Si c'était toi

Mary Higgins Clark
et Alafair Burke

Si c'était toi

ROMAN

Traduit de l'anglais (États-Unis)
par Amélie Juste-Thomas

Albin Michel

Ce livre est un ouvrage de fiction. Toute ressemblance avec des faits avérés, des lieux existants ou des personnes réelles, vivantes ou décédées, serait purement fortuite.

Édition originale américaine parue sous le titre :
IT HAD TO BE YOU

À la mémoire de Jerome « Jerry » Derenzo,
le petit-fils bien-aimé de Mary Higgins Clark.

Et pour tous les bibliothécaires,
qui ouvrent un monde de possibilités livre après livre.

Prologue

Dix ans plus tôt

Le clair de lune dessinait un chemin scintillant sur l'eau derrière le Harbor Yacht Club, et Sarah Harrington, cinquante-quatre ans, balayait du regard ses invités, un sourire serein aux lèvres. C'était le coup d'envoi du week-end du Memorial Day[1] et elle avait hâte de passer un autre été en famille. Seule la fraîcheur inhabituelle pour la saison aurait pu laisser soupçonner la tournure funeste que la fête pourrait prendre, mais les pensées de Sarah se concentraient sur ses enfants et sur la vitesse à laquelle défilait la vie.

Comment était-il possible que ses bébés, ses jumeaux, Simon et Ethan, soient déjà diplômés de l'université ? Un

1. Jour où l'on commémore les soldats morts au champ d'honneur, le dernier lundi du mois de mai *(N.d.T.)*.

mélange d'admiration et de stupeur la submergea tandis que Simon faisait tournoyer avec habileté sa petite amie, Michelle, sur la piste de danse. Trois mètres plus loin, Ethan dansait lui aussi avec sa copine, Annabeth, main dans la main, formant une sorte de ronde avec la fille de Sarah, Frankie, douze ans.

Sa mémoire la ramena aux jours où devenir mère était un rêve hors de portée. Elle et Richard s'étaient mariés jeunes, juste après que Richard avait décroché son diplôme de droit. Il avait alors vingt-six ans, elle vingt-quatre. Ils savaient tous deux qu'ils voulaient des enfants, mais n'étaient pas pressés. Lui commençait sa carrière à Boston et elle était une artiste en herbe. Leur famille s'agrandirait le moment venu. Sept ans plus tard, il était associé dans un cabinet florissant. Et elle exposait dans une galerie d'art de Manhattan.

Ils étaient prêts à accueillir un bébé. Prêts à ne plus se contenter d'attendre patiemment. Elle fut anéantie quand la première tentative de fécondation in vitro échoua et que Richard voulut tout arrêter, de crainte qu'elle ait à nouveau le cœur brisé. Le père Hogan, de l'église St. Cecilia, leur avait suggéré de rencontrer un consultant en adoption qui avait aidé un autre couple de la paroisse.

Et surprise ! La deuxième tentative fut un succès. L'échographie révéla deux embryons partageant le même placenta. De vrais jumeaux. Plus rares que les faux jumeaux, mais une probabilité accrue avec la procréation assistée. En un claquement de doigts, elle passa de zéro à deux enfants. Et dix ans plus tard, alors que Sarah avait quarante-trois ans, la petite Frances était arrivée à l'improviste. La famille Harrington comptait désormais cinq membres, comme Sarah l'avait toujours voulu.

Les jumeaux, conquis par leur petite sœur, décidèrent rapidement qu'elle voulait qu'on l'appelle Frankie. Sarah avait hésité à les laisser faire. Elle pensait que si les garçons disaient cela, c'était parce qu'ils auraient préféré un petit frère. Le diminutif finit toutefois par s'imposer, même si Frankie ne devint jamais le garçon manqué dont ses frères rêvaient.

Ce soir-là, elle portait une robe qu'elle avait choisie elle-même au grand magasin après que Sarah lui avait expliqué que le thème de la réception était « soirée d'été en blanc », car tout le monde serait vêtu de blanc. Sarah n'avait jamais vu autant de satin et de tulle ailleurs que sur une robe de mariée. Frankie était aux anges.

Oh, comme elle était heureuse que cette fête donnée en l'honneur du succès de Simon et d'Ethan soit si merveilleusement réussie ! Les garçons étaient très beaux, leurs cheveux bruns et leur peau bronzée contrastaient avec leurs tenues blanches assorties – chemise, veste en lin, jean près du corps. Les nuages qui menaçaient de les contraindre à se réfugier à l'intérieur s'étaient dissipés. Et même si Simon et Ethan ne respiraient pas exactement l'amour fraternel, ils ne laissaient paraître aucun signe du conflit qui les opposait depuis quelques jours à propos de cette épouvantable histoire concernant Annabeth. Au sourire qui éclairait les yeux d'Ethan, Sarah songea que la jeune fille n'était pas près de disparaître. Peut-être Richard finirait-il par le comprendre lui aussi et qu'il se raviserait. Peut-être que la douceur qu'Annabeth témoignait à l'égard de Frankie ce soir-là le ferait changer d'avis.

« Je te donne un bonbon si tu me dis à quoi tu penses. »

Plongée dans ses pensées, Sarah n'avait même pas remarqué que sa meilleure amie, Betsy, s'approchait d'elle. Elles s'étaient rencontrées un été, en colonie de vacances, quand elles avaient quatorze ans, et étaient tout de suite devenues proches. Elles se connaissaient depuis si longtemps qu'elles ne se rappelaient plus laquelle des deux avait décidé que livrer ses pensées les plus intimes à l'autre valait bien un bonbon.

Elles n'étaient pas jumelles et pourtant, sans se concerter, elles avaient jeté leur dévolu sur le même tailleur-pantalon blanc pour cette soirée. Plutôt que tirer à pile ou face pour décider qui retournerait son achat, elles avaient préféré se rendre à l'évidence : elles avaient manifestement toutes les deux un goût impeccable.

Même vêtues à l'identique, personne n'aurait pu les confondre. Betsy, avec son mètre soixante-huit et sa carrure athlétique, appelait souvent Sarah, qui avait une ossature délicate et quinze centimètres de moins, sa « copine haute comme trois pommes ». Comme d'habitude, Sarah avait choisi ce soir-là un look discret mais raffiné, complétant son tailleur par un caraco en soie blanche et un collier de perles classique. Ses cheveux châtains, flattés par le soleil depuis son arrivée à la maison au bord de la mer, étaient noués en un chignon lâche, quelques mèches espiègles encadrant son visage en forme de cœur.

Toujours plus mordante que son amie, Betsy avait opté pour un gilet de smoking blanc au lieu d'un chemisier. Son imposant collier en or enfreignait le dress code de la soirée, mais Betsy savait toujours quelles règles suivre et quelles règles contourner. Ses cheveux blonds aux mèches argentées tombaient en cascade sur ses épaules.

En regardant ses garçons, Sarah songea qu'eux aussi pouvaient sembler très similaires, physiquement parlant, alors qu'au fond, ils étaient complètement différents. Après des études à Harvard, Simon commencerait son droit à Columbia à l'automne.

D'aussi loin qu'elle s'en souvienne, il avait toujours planifié sa vie. À onze ans, il avait annoncé vouloir devenir avocat, comme son père. Quand Sarah et Betsy avaient proposé, un peu par plaisanterie, qu'un des jumeaux emmène la fille de Betsy, Michelle, à une soirée dansante organisée par le lycée, Simon avait saisi la balle au bond. Ils avaient alors quinze ans et ne s'étaient plus quittés.

Ethan tenait davantage de l'électron libre, comme Sarah. *Ou du moins, comme je l'étais*, pensa-t-elle. Il avait terminé l'université du Massachusetts à Amherst en temps et en heure, mais pas sans une discussion sérieuse les deux ou trois fois où il avait voulu tout arrêter. Il était doué pour la guitare et rêvait d'en faire son métier. Richard avait souligné qu'il aurait autant de chances de subvenir à ses besoins en jouant à la loterie.

Côté cœur, Sarah soupçonnait qu'Ethan avait eu un certain nombre de copines, même si elle n'en avait rencontré aucune – enfin, jusqu'à ce qu'il fasse la connaissance d'Annabeth à Harbor Bay en juin dernier. Elle et Richard avaient d'abord cru à un flirt d'été comme il y en a tant à Cape Cod. Cela ne durerait que quelques semaines, avant qu'Ethan n'entame sa dernière année de lycée. Mais leur fils s'était pris de passion pour la jeune femme, comme il s'était pris de passion pour la musique. *Tout se passera bien pour eux*, se dit Sarah. *Pour nous tous. Bien sûr que tout se passera bien.*

Comment résumer toutes ces pensées pour Betsy et son bonbon ?

« Regarde-les, Betsy. Je sais que je ne suis pas objective, mais ils sont parfaits. Quand je songe combien j'aime mes enfants et comme ils ont grandi vite, mon cœur est sur le point d'exploser.

– Eh bien, espérons que ça n'arrive pas. Ce ne serait pas bon pour ta santé et pas facile à nettoyer.

– Mon choix de mots est peut-être un peu trop imagé », concéda Sarah.

Betsy passa un bras autour des épaules de son amie et la serra furtivement contre elle. « Je vois ce que tu veux dire. Ça passe si vite. Dennis est encore mon petit garçon, alors qu'il vient de nous apprendre qu'il voulait suivre un cursus de droit. Il commence déjà à réviser pour l'examen d'entrée. Voilà, une nouvelle génération d'avocats chez nous aussi.

– Où est-il, d'ailleurs ?

– Avec mon couche-tôt de mari. Ne le prends pas mal, Walter s'endormait à table, alors je lui ai donné la permission de rentrer à la maison. Si tu veux mon avis, Dennis serait resté plus longtemps si les serveurs ne lui avaient pas demandé sa carte d'identité quand il a essayé de prendre un verre. Il aura vingt et un ans en octobre, et je peux te dire qu'il compte les jours.

– Espérons qu'il les fête avec moins d'éclat que les jumeaux. » Pour leur anniversaire, Simon et Ethan avaient demandé à passer le week-end dans leur maison au bord de la mer, juste avec deux amis. Sarah et Richard n'avaient eu vent de la fête tapageuse rassemblant près d'une centaine d'étudiants que lorsque leur voisin les avait appelés pour les prévenir qu'une bande de gamins s'étaient faufilés dans leur jardin pour profiter du jacuzzi. « Regarde ta Michelle danser avec Simon. Si intelligente, si belle et déjà tellement mûre.

– Ça ne m'étonnerait pas que nous ayons bientôt un mariage à organiser.

– Ce n'est qu'une question de temps, confirma Sarah. Mais connaissant Michelle, nous n'aurons pas notre mot à dire. Cette jeune femme est aussi têtue que son entêtée de mère. »

Le regard de Betsy passa des enfants Harrington, sur la piste de danse, au mari de son amie, Richard. Il parlait à Howard Carver, l'un de ses deux associés dans le petit cabinet qu'il avait fondé quand il avait quitté la grande société qui l'employait. Son second associé n'était autre que le mari de Betsy, Walter. Richard et Sarah avaient été les premiers à annoncer, treize ans plus tôt, qu'ils faisaient construire une maison de vacances à Cape Cod, à seulement deux petites heures de Boston, à Harbor Bay très exactement. Sarah était vite parvenue à convaincre Betsy et Walter de faire de même. Y voyant un bon investissement, Howard avait suivi à son tour.

Richard et Howard tenaient à la main des verres à martini remplis d'un liquide sombre. Des manhattans, aurait parié Sarah.

« Ça avance avec lui ? demanda Betsy.

– Pas ce soir, Betsy, surtout pas ce soir. Ils sont si heureux. C'est tout ce que j'attendais de ce week-end. »

Les yeux de Richard croisèrent ceux de sa femme quand il se rendit compte que les deux amies regardaient dans sa direction. Il sourit, ses yeux bleus étincelant d'énergie, même à cette distance. Elle sentit qu'instinctivement, elle lui renvoyait son regard admiratif, comme elle l'avait toujours fait, comme il s'y attendait.

De l'extérieur, on aurait dit un conte de fées. La fête de fin d'études parfaite pour des jumeaux parfaits appartenant à la famille parfaite.

Deux heures plus tard, en passant devant le Harbor Yacht Club, Jenna Merrick, trente-six ans, vit scintiller les lumières blanches de la fête. Elle baissa la vitre de sa voiture pour entendre les rires et la musique qui résonnaient au-dessus du littoral. Les Harrington, toujours aussi gentils, l'avaient invitée à se joindre à eux. Elle avait été tentée d'accepter. Elle avait travaillé au yacht-club comme serveuse, mais n'y était jamais allée en tant qu'invitée. De quoi cela aurait-il l'air qu'une employée du snack local se montre à une soirée chic donnée par les heureux propriétaires de résidences secondaires ? Et qu'aurait-elle porté, de toute façon ?

Peut-être aurait-elle eu droit à son conte de fées, elle aussi. Telle Cendrillon, elle aurait trouvé son prince charmant au bal. Ou peut-être pas… et elle aurait fini toute seule dans un coin ou, pire, elle aurait dû se dépatouiller des convives qui l'auraient prise pour une serveuse. Si on lui avait demandé comment elle connaissait les jumeaux, qu'aurait-elle répondu ? *On s'est rencontrés au snack où je travaille et depuis dix ans, je m'occupe de leur chien durant l'été* ?

Jenna avait décliné l'invitation, proposant plutôt d'emmener Bacon faire une balade nocturne pendant la réception. Ce serait son cadeau aux garçons pour l'obtention de leurs diplômes. Elle était présente, neuf ans plus tôt, quand les enfants avaient baptisé le chiot, un boxer. Son prédécesseur, Picasso, était mort au mois de novembre précédent, et le chagrin s'était suffisamment atténué pour que les Harrington accueillent un nouveau membre de la gent canine.

Par tradition familiale, Sarah avait voulu lui donner le nom d'un artiste. Elle avait réduit la liste à Warhol, O'Keeffe et Pollock. Simon, qui maîtrisait depuis son plus jeune âge l'art délicat de solliciter un changement de menu avec diplomatie, demanda à ses parents si lui et ses frère et sœur pouvaient chercher d'autres options. Ils se tournèrent alors vers Internet. En lisant à voix haute une liste de noms d'artistes dont les enfants n'avaient jamais entendu parler, Simon tomba sur Francis Bacon. Sarah lui expliqua qu'il s'agissait d'un portraitiste d'origine irlandaise connu pour ses peintures sombres, perturbantes de silhouettes humaines, mais tout ce qui intéressait les enfants, c'était son drôle de nom de famille. Leurs gloussements enchantés avaient résonné encore plus fort que l'agitation de la fête de ce soir. Ce serait donc Bacon le boxer.

Jenna s'arrêta devant le portail des Harrington et tapa son code d'entrée personnel. La barrière coulissa et, une fois de plus, elle mesura la splendeur de cette demeure. Avec sa façade de bardeaux pleine de coins et de recoins et son toit à pignon typiques de Cape Cod, elle était trois fois plus grande que les maisons avoisinantes. Son jardin luxuriant, impeccablement entretenu, était une explosion de couleurs. Les soirées qu'elle passait seule dans cet endroit en compagnie de Bacon lui faisaient l'effet de vacances de luxe.

Sa clef était dans la serrure de la porte d'entrée quand un sentiment de malaise s'insinua en elle. Quelque chose clochait.

Le silence était écrasant. Même lorsqu'elle ferma les yeux pour essayer d'entendre quelque chose – quoi que ce soit –, tout ce qu'elle perçut fut un bruit sourd au loin. Sans doute la réverbération de la musique sur l'eau, au yacht-club.

Au lieu de tourner la clef, elle sonna. Même depuis le porche, elle entendit clairement le carillon. Le silence de la nuit retomba immédiatement.

Où était Bacon ?

Le boxer avait la capacité troublante de sentir qui se trouvait de l'autre côté d'une porte. Pour lui, l'humanité se répartissait en deux catégories : amis et inconnus. Partant du principe que les inconnus étaient nécessairement des envahisseurs, il les accueillait par un tonnerre d'aboiements dantesques qui auraient fait fuir à toutes jambes le plus endurci des criminels. Mais avec les amis, Bacon était l'incarnation même de la joie, jappant d'impatience à la perspective d'aller jouer.

Bacon avait neuf ans, ce qui n'était plus tout jeune pour un boxer. Peut-être devenait-il un peu sourd ? Peut-être son pouvoir magique s'était-il émoussé ? Ou alors... Elle ne voulait pas le trouver comme ça. Comment pourrait-elle annoncer la nouvelle aux Harrington ? Bacon était leur bébé.

Elle n'avait pas le choix. Il semblait exagéré d'appeler la police parce qu'un chien n'aboyait pas. Elle fit jouer la clef et poussa doucement la porte, se préparant au pire.

D'abord, elle vit le sang. Puis les corps. Un rang de perles éparpillé dans le liquide visqueux. Richard face contre terre, Sarah, les yeux ouverts, vitreux, figés pour toujours. Ce ne fut que lorsque Jenna se mit à crier que Bacon s'y mit à son tour, hurlant à la mort depuis l'arrière de la maison.

Il avait compris que sa maman et son papa étaient partis pour toujours.

PRESQUE DIX ANS PLUS TARD

1

Michelle Ward, trente-deux ans, entendit des petits pieds trottiner au-dessus de sa tête, signe indéniable que les enfants étaient levés et que ses deux heures et demie de solitude matinale touchaient à leur fin. Les mots coulaient, rapides, sur son écran et elle voulait terminer ce chapitre tant qu'elle était sur sa lancée. La voix de son mari rappelant aux petits de se brosser les dents la rassura : il avait pris les choses en main. C'est le sourire aux lèvres qu'elle termina d'écrire la scène dans laquelle les deux personnages principaux de son roman se rencontraient d'une manière on ne peut plus charmante.

Elle le savait, Simon ne faisait pas la carrière dont il avait rêvé à son entrée en fac de droit. Si son père s'était épanoui dans l'atmosphère décontractée d'un petit cabinet d'avocats, Simon, lui, aurait voulu travailler à la Cour suprême, comme assistant d'un juge, pour ensuite devenir juriste dans le domaine des litiges commerciaux complexes au sein de l'un des plus grands cabinets du monde. C'était le genre de personne qui, dès l'enfance, avait planifié sa vie entière, jusqu'à ce que la vie elle-même décide de n'en faire qu'à sa tête.

Après le meurtre effroyable de ses parents, il n'était pas en état de commencer son droit. Columbia avait alors promis de lui garder une place dans la promotion de l'année suivante, afin de lui laisser le temps de faire son deuil. Seulement, quand il s'était senti prêt à se concentrer sur ses études, un groupe d'étudiants avaient déjà adressé une pétition au doyen pour faire révoquer son admission au vu de ce qu'ils appelaient « des raisons plus que probantes de croire qu'il avait commis ou était complice d'un double meurtre ». Michelle aurait voulu qu'il poursuive l'université en justice pour manquement à sa parole, mais ses parents les avaient prévenus qu'un procès aurait peu de chances d'aboutir et ne ferait qu'attirer une attention malsaine sur Simon et son frère. Au lieu de quoi, le père de Michelle avait appelé sa propre alma mater, la Suffolk Law School, et s'était débrouillé pour y faire entrer en toute discrétion le fils de son défunt associé.

Puis, quand Simon avait passé le barreau, deux avocats qui ne le connaissaient ni d'Ève ni d'Adam avaient contacté le comité de déontologie de l'État pour essayer de l'empêcher de prêter serment. Leurs efforts avaient été vains, mais les employeurs ne s'étaient pas franchement bousculés pour embaucher l'un des membres du tristement célèbre « Duo de la mort ».

Au lieu d'une carrière flamboyante dans un cabinet tape-à-l'œil, Simon avait donc accepté la proposition d'embauche du père de Michelle et travaillait désormais dans le modeste cabinet où avait jadis officié son père. Quand le frère de Michelle, Dennis, avait fini son droit à l'université de Boston l'année suivante, il l'avait rejoint et à présent, Dennis et Simon avaient le statut d'associés. À dire vrai, Simon était bien plus brillant que son beau-frère, et c'était lui qui abattait le travail juridique en coulisse, mais, de peur qu'il ne fasse fuir les clients potentiels, c'était Dennis le visage du cabinet. Alors que le père de Simon avait été le véritable chef d'orchestre de Harrington, Ward & Carver, le vent avait tourné avec la création de Ward & Harrington LLC.

Peut-être était-ce son naturel optimiste, mais Michelle avait décidé de croire que, malgré l'horreur absolue de cette épouvantable soirée, d'une certaine manière, leur vie était plus heureuse que si Simon avait réalisé ses rêves professionnels. Il avait des horaires fixes, partait rarement en déplacement et rentrait à la maison à temps pour dîner avec elle et les enfants.

Et, contrairement à la majorité de ses amies écrivaines, qui se plaignaient que leurs maris ne comprennent pas qu'elles travaillaient très dur, Simon mettait un point d'honneur à lui dégager du temps pour qu'elle puisse écrire au calme. C'est ainsi qu'elle se trouvait à cet instant dans la cuisine, en pyjama, occupée à élaborer une scène de rencontre délicieuse qui redonnerait le sourire à n'importe qui. Ces quelques heures, tôt le matin, lui étaient réservées, et pendant qu'elle travaillait, Simon habillait les enfants et leur faisait prendre un petit déjeuner qu'il préparait lui-même avant de partir au bureau. Elle avait déjà publié quatre romances à succès, sous pseudonyme afin d'éviter les retours de bâton d'une notoriété dont ils n'avaient que trop souffert.

Elle venait de refermer son ordinateur portable quand ses enfants, Daniel, six ans, et Sophie, quatre ans, descendirent l'escalier en trombe.

« J'ai faim, dit Sophie, son visage angélique encore plein de sommeil.

– Tu as toujours faim, la taquina Daniel. Tu es une machine à manger.

– Non, c'est toi la machine à manger. »

Simon les rejoignit dans la cuisine, en peignoir duveteux, les cheveux encore mouillés. « Vous êtes tous les deux des machines à manger, alors je vais faire une gigantesque montagne de pancakes. »

Sophie applaudit et Daniel lâcha un « Yesss » satisfait. Où apprenaient-ils tout cela ?

Michelle débarrassait les assiettes et Simon finissait de se préparer pour le travail, quand la sonnerie stridente du téléphone les fit sursauter. De nos jours, on utilisait plutôt le portable, et il était vraiment tôt pour un coup de fil inattendu.

« Allô ? dit Michelle d'une voix teintée de curiosité.

– Pourrais-je parler à Simon Harrington ? » Une femme. Avec une pointe d'accent du sud des États-Unis.

« Puis-je savoir qui est à l'appareil ? »

La voix dans le combiné était calme, presque détachée. « Je m'appelle Lydia Martindale. J'anime un podcast, *Secrets mortels*.

Le cœur de Michelle s'emballa et elle sentit un frisson courir le long de sa colonne vertébrale. « Pourquoi voulez-vous parler à mon mari ?

– Vous n'êtes pas sans savoir que cela fait près de dix ans que ses parents ont été tués. Nous comptons évoquer l'affaire à cette occasion. Nous aimerions qu'il participe à notre émission. »

Il leur avait fallu tellement d'années pour retrouver une forme de normalité. Inquiet de ce que lui réservait l'avenir, Simon avait failli ne jamais lui demander sa main, alors qu'ils savaient depuis le lycée qu'ils passeraient leur vie ensemble. Et une fois mariés, ils s'étaient demandé s'il serait prudent d'avoir des enfants, au cas où Simon finirait par être officiellement mis en examen. Durant toute cette période, elle s'était exercée à ne pas craindre d'éventuels coups de théâtre qu'ils n'auraient pu contrôler. Leur vie était ainsi faite. Le temps passait, ils avançaient.

Michelle serra un peu plus fort le combiné. « Je vais raccrocher…

– Si lui ne nous parle pas mais qu'Ethan le fait, de quoi cela aura-t-il l'air ? » La question sonna comme une menace aux oreilles de Michelle. « Simon est-il encore en contact avec Ethan ? Et Frances ? Elle est en bons termes avec ses frères ? »

À la mention de la sœur de Simon, Michelle eut une hésitation. Après les meurtres, Frankie avait emménagé chez les parents de Michelle. Elle n'avait que douze ans, à l'époque. On lui avait expliqué que son père et sa mère avaient été tués, mais elle ignorait que ses frères étaient soupçonnés du meurtre. Jusqu'à ce qu'elle entende des élèves en parler à l'école. Quand Frankie était rentrée à la maison en pleurs, les parents de Michelle lui avaient dit que ses petits camarades avaient sans doute mal compris, qu'ils étaient cruels, et ils lui avaient assuré que ses frères étaient innocents. Ils défendaient encore ce point de vue aujourd'hui, malgré les preuves. Michelle n'était pas certaine de savoir s'ils croyaient réellement que quelqu'un d'autre avait tué les Harrington ou s'ils aimaient trop les enfants de Richard et Sarah pour s'autoriser à envisager autre chose.

Encouragée par les Ward, Frankie était restée proche de ses deux frères en grandissant, même quand les jumeaux s'étaient brouillés définitivement. Mais une fois installée en Californie, pour la fac, ses appels et ses textos s'étaient faits de plus en plus rares. Simon avait essayé de se convaincre qu'elle était accaparée par sa nouvelle vie, mais même lorsqu'elle revenait à la maison, à Boston, elle paraissait distante et froide, bien différente de la Frankie enjouée et rayonnante qu'ils connaissaient. Quand Michelle avait pressé sa mère de questions à ce sujet, elle avait fini par expliquer que Frankie s'était renseignée sur le meurtre de ses parents et qu'elle se demandait si, en réalité, ses frères n'étaient pas impliqués. Simon fut anéanti lorsque sa femme lui apprit la nouvelle.

« Aucun commentaire », répondit Michelle, la tristesse de savoir sa famille brisée jetant une ombre sur ses pensées.

La podcasteuse poursuivit sans se démonter. « L'épouse d'Ethan, Annabeth, va accoucher dans trois mois. Vos enfants feront-ils la connaissance de leur cousin ? »

Avec un sentiment de malaise croissant, Michelle raccrocha. Quand Simon revint dans la cuisine, après avoir troqué son peignoir contre un costume-cravate, elle avait le regard dans le vague. « Le téléphone a sonné, non ? »

Elle lui parla de Lydia Martindale et de ses questions inquisitrices.

« J'imagine qu'il fallait s'y attendre. L'émission de télé qui a contacté ta mère il y a quelques années ne pouvait pas être la seule à vouloir tirer profit du meurtre de mes parents. »

Presque trois ans plus tôt, la productrice d'un programme décortiquant des affaires criminelles avait demandé si la famille serait partante pour participer à son émission télévisée. Contrairement à cette Lydia Martindale, la femme n'avait pas téléphoné à leur domicile au petit matin. Au lieu de cela, elle s'était rendue en personne chez les parents de Michelle. De ce que celle-ci avait compris, elle avait voulu s'assurer que Frankie était à l'aise avec cette idée avant d'approcher Simon et Ethan. Frankie avait mis son veto, fin de la discussion.

« Tu savais qu'Annabeth était enceinte ? » interrogea Michelle.

Simon secoua silencieusement la tête, mais elle vit la douleur dans les yeux de son mari. Jusqu'au meurtre, lui et Ethan étaient non seulement des frères jumeaux, mais aussi les meilleurs amis du monde, qui se confiaient tous leurs secrets.

Mais ça, c'était avant qu'Ethan ne tue leurs parents. Simon ne le lui pardonnerait jamais, quoi qu'il advienne.

Une fois son mari parti travailler, Michelle prit le relais avec les enfants, qui étaient dans l'ignorance béate de l'appel téléphonique ayant replongé leur mère dans les affres du passé.

Les meurtres de Sarah et de Richard avaient laissé des cicatrices qui ne disparaîtraient sans doute jamais complètement, mais Simon s'était donné beaucoup de mal pour accepter le fait que l'enquête n'aboutirait pas et que la police ne prouverait jamais la culpabilité d'Ethan, ce qui signifiait que le reste du monde continuerait à se demander s'il était impliqué, lui aussi. Elle et Simon s'étaient construit une vie, avec les enfants, loin, bien loin de ces sombres souvenirs.

Cela faisait déjà près de dix ans ? Vraiment ? Certaines journées avaient semblé interminables, mais le temps filait si vite.

Quand leurs enfants avaient commencé à demander pourquoi grammy et grandpa étaient leurs seuls grands-parents alors que tant de leurs amis en avaient quatre, ils avaient expliqué que les parents de papa étaient morts lorsqu'il avait vingt-deux ans. Ni elle ni Simon ne savaient quand il conviendrait de leur raconter l'histoire dans son intégralité, ni même s'il le fallait, mais de toute façon, cela finirait par échapper à leur contrôle.

Ces tablettes, entre les mains de ses enfants. Ce matin encore, Sophie s'était servie de la sienne pour jouer à *La chenille qui fait des trous*, tandis que Daniel s'exerçait à Candy Crush. D'ici peu, ils apprendraient à utiliser ces ordinateurs miniatures pour chercher des informations sur Internet. Et ils finiraient par taper le nom de Simon.

Comment explique-t-on à ses enfants que des inconnus sont persuadés que leur père a conspiré avec leur oncle pour assassiner leurs grands-parents ? Un oncle dont ils ignorent même l'existence. Un coup de projecteur pour marquer les dix ans des meurtres serait peut-être un mal pour un bien, si cela permettait enfin de disculper Simon.

Michelle rouvrit son ordinateur portable et chercha le podcast *Secrets mortels*, de Lydia Martindale. Elle lança un épisode et reconnut immédiatement la voix. Le son était métallique et il n'y avait que dix-sept avis. L'appel à huit heures du matin aurait dû lui mettre la puce à l'oreille. Du travail d'amateur.

En tapant « émission affaires criminelles » sur Internet, elle tomba sur une foule d'articles traitant du boom de ce genre de programmes. Elle cliqua sur l'un d'eux intitulé « Quand résoudre des cold cases devient un divertissement ». Elle n'avait jamais entendu parler d'aucun de ces podcasts ni de ces émissions de télévision, même les plus connus. Après tout ce qu'elle avait vécu, les meurtres, l'enquête, Michelle n'aurait pas imaginé s'intéresser à des affaires criminelles sur son temps libre.

Ses yeux s'écarquillèrent lorsqu'elle lut qu'une émission, *Suspicion*, était parvenue à résoudre presque toutes les affaires qu'elle avait couvertes. Le présentateur était un homme séduisant du nom de Ryan Nichols qui, aux yeux de Michelle, tenait davantage du présentateur-vedette que du fin limier. Apparemment, selon des sources internes, le succès des enquêtes revenait à une femme qui tirait les ficelles en coulisse, Laurie Moran, la productrice.

Michelle tapa son nom et atterrit sur le portrait que lui avait consacré le *New York Magazine*. Journaliste, fille de l'ex-premier commissaire adjoint du New York City Police Department, elle avait décidé de rouvrir des enquêtes en suspens après que le meurtre de son mari était resté non résolu pendant cinq ans.

À la mention de l'homicide, Michelle se rendit compte que Laurie Moran n'était autre que la journaliste qui avait contacté sa mère et Frankie quelques années plus tôt. D'après Betsy, cette femme semblait sérieuse et pleine d'empathie, tout le contraire de l'animatrice de podcast qui venait de l'appeler.

Arrivée au passage de l'article où Laurie qualifiait ces cinq années de « nébuleuses et confuses », Michelle hocha la tête, des larmes plein les yeux. Peut-être le moment était-il venu d'affronter les fantômes du passé.

Elle attrapa son téléphone sur le comptoir de la cuisine et chercha un nom qui se trouvait en haut de sa liste de contacts. Elle ne s'était jamais résolue à l'effacer.

Annabeth. Annabeth, envers qui Michelle s'était montrée si inutilement cruelle. Annabeth, qui attendait apparemment son premier enfant avec Ethan.

Pourvu qu'elle n'ait pas changé de numéro.

2

LAURIE MORAN remarqua qu'elle souriait devant son miroir tandis qu'elle appliquait d'une main légère la crème hydratante teintée puis la touche de mascara qui constituaient sa routine beauté habituelle.

D'aussi loin qu'elle s'en souvenait, sa seule préoccupation au petit matin était de réussir à sortir son fils du lit et à quitter l'appartement à l'heure. Les cauchemars dont elle avait souffert pendant des années après le meurtre de Greg ne lui avaient pas facilité la tâche, mais ils s'étaient espacés au fil du temps, et Timmy avait grandi et gagné en autonomie. Malgré sa certitude de vouloir épouser Alex, elle n'avait pu s'empêcher de craindre que fusionner leurs foyers ne chamboule la vie bien réglée qu'elle avait travaillé si dur à créer.

Aujourd'hui, après six mois de mariage, Laurie souriait toute seule parce qu'elle s'était réveillée avec l'odeur du café en grains fraîchement moulu, le jazz qu'écoutait Tim dans sa chambre, au bout du couloir, et la sensation des bras de son mari autour d'elle. Aucun signe de chaos ici.

Son cœur se gonfla encore un peu plus quand elle s'approcha de la cuisine. Ramon fredonnait un air qu'elle ne reconnut pas, tout en surveillant la cuisson du pain perdu. Dans le coin réservé au petit déjeuner, assis côte à côte, penchés sur le *New York Post*, Alex et Tim planchaient sur les statistiques des équipes nationales de hockey depuis le All-Star Break.

Ils étaient parfaitement à l'aise l'un avec l'autre. Malgré les cheveux bruns et ondulés d'Alex et la blondeur de Tim, n'importe qui les aurait pris pour un père et son fils en les voyant ce matin-là.

« Notre équipe sera invincible quand Tim Moran sera dans les buts », déclara Laurie, espérant que « dans les buts » était l'expression adéquate. Au moins avait-elle fini par s'habituer à appeler son petit garçon Tim. À l'époque où on le nommait encore Timmy, il clamait vouloir devenir gardien de but des Rangers avant ses vingt et un ans.

« Il pourrait bien être trop occupé à jouer de la trompette dans un quartette de jazz pour passer pro », déclara Ramon, prouvant qu'il ne perdait jamais une miette de la conversation, même quand il semblait complètement absorbé par sa tâche.

« Ce garçon est capable de faire tout ce qu'il veut, dit Alex en donnant à Tim une petite tape sur l'épaule.

– Comme maman, rebondit Tim, l'air satisfait. On t'attendait, maman. » Il jeta un regard réjoui à Ramon et ils commencèrent à murmurer un compte à rebours : trois, deux, un… « Joyeux anniversaire des six mois ! »

Les mots exacts que lui avait chuchotés Alex ce matin-là. Elle déposa un baiser sur la tête de Tim, encore humide de la douche. « Vous êtes tellement gentils de vous en souvenir, tous les deux. En parlant de journées à marquer d'une pierre blanche, ton anniversaire est dans deux semaines, Tim, et tu ne nous as toujours pas dit ce qui te ferait plaisir. » Onze ans déjà ? Comment était-ce possible ?

« Si je vous le disais, ce ne serait pas une surprise. »

Tim bondit de son siège quand on frappa à la porte. Les portiers, au rez-de-chaussée de l'immeuble, ne prenaient plus la peine d'annoncer l'arrivée du père de Laurie, mais Leo insistait pour toquer plutôt que d'utiliser la clef qu'elle lui avait donnée.

« Bonjour, grand-père ! Ramon a fait du pain perdu à la cannelle ! Tu en veux ? »

Même si, comme ses camarades de classe, Tim admirait des musiciens, des athlètes et des stars de YouTube, il voyait toujours son grand-père comme un Superman. Ex-premier commissaire adjoint du NYPD, il aurait pu devenir commissaire de la ville s'il n'avait pas pris sa retraite pour aider Laurie à élever son fils après le meurtre de Greg. Oui, Leo Farley était un super-héros dans son genre.

« Non merci, mon vieux. Je me suis préparé une omelette de blancs d'œuf avec des légumes, comme me l'a appris Ramon, dit-il en se tapotant l'estomac. Il faut que le palpitant tienne le coup. »

Près de trois ans plus tôt, le père de Laurie avait été emmené en urgence au Mount Sinai Hospital pour un épisode de fibrillation cardiaque qui avait entraîné la pose de deux stents dans son ventricule droit. Laurie s'était fait l'effet d'un vieux disque rayé, à le sermonner constamment au sujet de ce qu'il mangeait, tandis que Leo se plaignait qu'elle veuille faire de lui un pauvre vegan adepte du sans-gluten. Ce n'est que lorsque Ramon et ses talents culinaires s'en étaient mêlés qu'il avait accepté d'opérer quelques changements dans son alimentation. Il lui arrivait encore de s'autoriser un steak de temps à autre ou ses célèbres « lasagnes à la Leo », mais pas assez souvent pour qu'elle s'en inquiète.

Quand Laurie et Alex s'étaient mis en quête d'un appartement, ils avaient établi une longue liste d'exigences. Beaucoup d'espace pour un bureau et au moins une chambre d'amis. Des murs épais afin de préserver les voisins de l'enthousiasme de Tim pour la trompette. Un lieu de vie séparé pour Ramon, qui insistait pour qu'on le qualifie de « majordome », même si, à ce stade, il était plutôt comme un oncle pour Alex –, sans oublier, bien sûr, une cuisine satisfaisant à ses critères pointilleux. Mais l'exigence principale, celle qui occupait le haut de la liste, c'était l'emplacement.

L'ancien appartement de Laurie, sur la 94e Rue, n'était qu'à un bloc de celui de son père et à cinq blocs de l'école de Tim. Un jour, bientôt peut-être, Tim voudrait sans doute faire seul le chemin jusqu'à St. David, mais en attendant, aucun appartement au monde n'aurait pu être assez génial aux yeux de Laurie pour priver son fils et son père de leur rituel quotidien. Elle s'était inquiétée quand ils avaient emménagé sur la 85e Rue. Était-ce trop loin ? Mais Leo l'avait rassurée, quelques pas de plus ne pouvaient que lui faire du bien.

Laurie profita de ce que Tim allait chercher son sac à dos dans sa chambre pour prendre son père à part. « Je peux te demander de remettre ta casquette d'ancien inspecteur ?

– Sache que je ne la retire jamais », répondit-il, un peu sèchement peut-être.

Elle sourit. « Bien sûr. Apparemment, Tim est trop grand maintenant pour distiller ses habituelles allusions cousues de fil blanc au sujet de son cadeau d'anniversaire. Tu peux essayer de lui tirer les vers du nez ? »

Un gloussement secoua l'ancien policier.

« Quoi ? J'ai raté un épisode ? demanda-t-elle.

– Plusieurs, même. *Môssieur* Timothy tente de jouer les grands, mais pas sur le trajet de l'école ! À chaque vieille histoire de flic que je lui raconte, il mentionne un nouveau jeu vidéo ou un concert auquel il aimerait assister. Fais-moi confiance, ton vieux papa a une liste longue comme le bras. Prépare-toi à devoir signer un emprunt si tu veux tout lui offrir.

– J'aurais dû savoir que Farley avait un coup d'avance.

– Toujours ! »

C'était l'heure de pointe dans le métro et le quai était bondé, comme d'habitude. Voilà un autre rituel auquel Laurie n'aurait pas renoncé, malgré la proposition souvent réitérée de Ramon de la déposer au bureau en voiture. Laurie était journaliste. Elle avait de la chance d'avoir des personnes pour l'aider, elle en avait conscience, mais elle aurait été incapable de se couper complètement du monde réel.

Elle remarqua une jeune femme assise sur un banc qui essayait de taper un message sur son téléphone d'une main, tout en tenant fermement le bambin qui se tortillait sur ses genoux de l'autre. Les yeux de la femme allaient de son écran au tunnel, guettant la rame que l'on entendait au loin.

« Tout va bien ? demanda Laurie. Je ne voudrais pas être indiscrète, mais vous avez l'air un peu submergée. »

La femme leva la tête, elle avait les traits tirés. « C'est juste un peu dur ce matin. Il faut que je dépose ce jeune homme à la crèche, mais on n'est pas en avance, et si je suis encore en retard au travail... Je ne peux pas perdre cet emploi. Il faut au moins que j'envoie un mail à mon patron avant de monter à bord, parce que ensuite, je ne capterai plus, mais je ne peux pas lâcher mon fils... Parce que tu gigotes dans tous les sens, Jake, et avec le métro qui va arriver et tous les horribles accidents dont on entend parler... » Les mots de la jeune femme s'enchaînaient si rapidement que Laurie songea qu'elle était près de fondre en larmes.

« Laissez-moi vous aider. Je vous en prie. » La femme commença par secouer la tête, mais elle regarda de nouveau le visage de Laurie. « Je suis maman, moi aussi. S'il vous plaît. Je peux m'occuper de Jake ou taper le message pour vous, c'est comme vous voulez. »

La jeune mère hésita un instant, semblant avoir du mal à se décider. Enfin, elle hocha la tête et sourit avec gratitude. « C'est vraiment très gentil de votre part. » Elle tendit à Laurie son téléphone. « Jake, je te présente notre nouvelle amie...

– Laurie. Salut, Jake. Je suis ravie de faire ta connaissance. » Elle lut le message que la femme avait commencé à rédiger puis le termina elle-même en tapant avec deux pouces. Elle lut le résultat à voix haute.

« C'est parfait, dit la femme.

– Et de quel nom je le signe ?

– Tara. Je m'appelle Tara.

– C'est pas Tara, dit Jake en tirant la langue. C'est ma maman.

– Vous n'imaginez pas ce que ça représente pour moi, reprit Tara. C'est tellement dur en ce moment. Parfois, j'aimerais avoir de la famille qui pourrait me donner un coup de main. Jusqu'à ce que je me rappelle pourquoi on n'est que tous les deux… Désolée, ça fait beaucoup. Disons que quand on n'adresse plus la parole à ses parents, il y a généralement une bonne raison. »

Elles montèrent ensemble dans la rame et Laurie adressa un sourire plein de tristesse à la femme. Elle se sentait encore plus reconnaissante du soutien que Tim et elle avaient trouvé dans leur vie.

Un quart d'heure plus tard, elle arrivait au quinzième étage du 15 Rockefeller Center, qui abritait les Fisher Blake Studios. En sortant de l'ascenseur, elle aperçut Ryan Nichols entrer d'un pas nonchalant dans le bureau de leur patron, Brett Young. Brett accueillit le présentateur de l'émission que Laurie avait créée avec une déclaration enthousiaste : « Ma porte est toujours ouverte pour vous, Ryan ! »

Qu'est-ce que ces deux-là manigançaient encore ?

3

Annabeth Harrington fit une pause sur le palier, le regard attiré par le miroir accroché là. Ses yeux marron étaient gonflés. Entre les transformations de son corps et les nausées matinales, elle n'avait pas son compte de sommeil. Elle posa les mains sur son ventre tendu et le caressa doucement. « Plus que trois mois, murmura-t-elle. J'ai tellement hâte de te rencontrer. »

Elle sentit un petit coup de pied contre sa main droite. « Tu m'entends, hein, mon ange ? »

Quand elle se retourna, son mari, Ethan, la contemplait du bas des marches. Il portait un tee-shirt à l'effigie de Bruce Springsteen et un short de sport, et ses cheveux bruns ondulés étaient humides après sa séance matinale de jogging. « Si j'étais aussi canon que toi, moi aussi, je me materais dans le miroir. » Il lui donna un rapide baiser quand elle finit par atteindre le pied de l'escalier.

« Et d'un, tu es aussi canon que moi, et de deux, je ne me "matais" pas. Je méditais sur mon gros ventre.

– Qui est aussi beau que le reste. Comment va le petit gars aujourd'hui ?

– Ou la petite fille », le corrigea Annabeth. Ils avaient choisi de ne pas connaître le sexe, mais Ethan semblait convaincu qu'ils accueilleraient un garçon. « Bébé ne tient pas en place. Comme son papa. Comment s'est passée ta séance ? »

Elle ne plaisantait pas lorsqu'elle disait que son mari ne tenait pas en place. Il avait besoin de faire du sport tous les matins, sans quoi il passait le reste de la journée à faire les cent pas et à remuer dans tous les sens. Il jurait qu'aller courir au réveil était le seul moyen de gérer son surplus d'énergie. S'ils avaient pu la mettre en bouteille, cette énergie, ils auraient été milliardaires. Habituellement, il suivait l'un des parcours qu'il affectionnait dans le voisinage, mais ce jour-là, il avait bondi du lit encore plus tôt que d'ordinaire, annonçant qu'il voulait longer la Charles River, le fleuve qui séparait Boston de Cambridge. Avec les voies aménagées sur chaque rive, un dénivelé inexistant et une vue sur la ville et sur l'eau, c'était un lieu très prisé des férus de course à pied. « C'était parfait. Un soleil incroyable.

– Tu n'as pas eu froid ?

– On n'a pas froid lorsqu'on court le kilomètre en quatre minutes, ma puce.

– Frimeur.

– Quand on ne sait pas faire grand-chose, il faut bien se lancer des fleurs dès qu'on le peut. »

Typique d'Ethan. « C'est amusant comme tu arrives à te dénigrer même quand tu te fais mousser.

– Ça demande du talent.

– Et tu en as tellement, le taquina-t-elle avec un grand sourire. J'espère que notre bébé sera aussi modeste que son papa. »

Tandis qu'ils partageaient ce moment tendre, le portable d'Annabeth sonna dans la poche arrière de son jean de grossesse. Ethan dut déceler la confusion sur son visage quand elle regarda l'écran, car il lui demanda qui c'était. « Aucune idée. » Elle décrocha. « Allô ? » dit-elle d'un ton méfiant.

La voix à l'autre bout du fil lui était inconnue. « Vous êtes Annabeth Harrington ? »

Annabeth fronça les sourcils. Du démarchage téléphonique. Elle aurait dû s'en douter. « Qui est à l'appareil, je vous prie ?

– Je m'appelle Lydia Martindale. J'anime un podcast et j'essaie de joindre votre mari, Ethan. »

Ethan plissa les yeux en distinguant son nom.

« Comment avez-vous eu ce numéro ?

– J'ai contacté des amis à vous sur les réseaux sociaux. J'espère que ça ne vous dérange pas.

– Bien sûr que ça me dérange. Je ne vous connais pas. » Annabeth mit son téléphone sur haut-parleur afin qu'Ethan puisse écouter.

La voix de Lydia Martindale était inexpressive, c'en était presque perturbant. « Cela fait bientôt dix ans que ses parents ont été tués. Nous comptons commémorer cette date et souhaiterions qu'il participe à notre émission. »

Ethan secoua vigoureusement la tête, agitant la main pour qu'Annabeth raccroche.

« Je peux vous assurer que ça ne l'intéresse pas.

– Est-il en contact avec son frère ? Allez-vous présenter le futur bébé à Simon et Michelle ? »

Annabeth eut un moment d'hésitation. La complexité de leurs liens familiaux pesait lourdement sur ses épaules. « Nous préférons ne pas nous étendre sur le sujet. »

La podcasteuse insista, sa voix prit une intonation un tantinet plus hostile. « Je viens de parler à Michelle. Ils vont sans doute participer à l'enregistrement. Vous et votre mari n'êtes pas inquiets de ce qu'ils pourraient dire ? »

Le cœur d'Annabeth se serra en entendant le nom de Michelle. Le frère et le père d'Ethan s'étaient montrés glaciaux avec elle au début de leur relation, alors que sa mère, Sarah, avait toujours été gentille. Quant à Michelle… Annabeth se serait attendue à ce que la petite amie du frère d'Ethan prenne sa défense. Il ne lui avait certainement pas échappé que Richard cherchait à contrôler la vie de ses fils, aussi souhaitait-elle sûrement qu'ils soient libres de faire leurs propres choix. Au lieu de quoi Michelle avait semblé se délecter du fait que Richard l'apprécie encore plus qu'il ne détestait Annabeth. Après tout, Michelle était la fille de Betsy et Walter Ward, la meilleure amie de Sarah et l'associé de Richard. Les Ward n'étaient certes pas aussi riches ni flamboyants que les Harrington, mais Michelle était allée dans les mêmes écoles chics que les jumeaux. Elle était la petite amie parfaite pour le non moins parfait Simon. Ils traitaient Ethan comme une brebis galeuse avant même qu'il ne tombe amoureux d'une fille du cru, une fille dont les parents gagnaient leur vie en travaillant pour des gens comme les Harrington ou les Ward.

Combien de fois s'était-elle demandé ce qui serait arrivé si Richard et Sarah n'avaient pas été tués ? Ethan aurait-il fini par céder à son père et par la quitter ? Ou serait-il resté avec elle contre vents et marées, au risque de se retrouver coupé de sa famille ? Ou alors, au contraire, Richard se serait-il résolu à accepter Annabeth, comme Sarah le lui avait assuré à maintes reprises ? Peut-être qu'avec le temps, elle et Michelle seraient devenues amies. Tous les quatre, ils auraient pu s'installer dans le même quartier et passer leurs vacances ensemble. Mais ce meurtre avait anéanti toute chance de s'entendre. Si Simon et Michelle participaient à ce podcast, que raconteraient-ils au sujet d'Ethan et elle ?

Elle en avait une vague idée, vu la cruauté dont avait fait preuve Michelle la dernière fois qu'elles s'étaient adressé la parole, peu après qu'il était devenu évident que la police soupçonnait Ethan et Simon d'avoir assassiné leurs parents. « C'est Ethan qui a fait ça, avait insisté Michelle. Tout ça pour pouvoir rester avec toi tout en touchant son héritage. Tu as leur sang sur les mains. »

« Ne croyez pas un mot de ce qu'ils racontent, dit Annabeth d'un ton ferme. Et ne vous avisez pas de me rappeler. » Après avoir raccroché, elle regarda Ethan avec de grands yeux. « Qu'allons-nous faire ?

– Continuer à vivre notre vie, dit-il, imperturbable. Ne laisse pas une espèce de tordue gâcher cette belle journée. »

Sur ces bonnes paroles, il monta l'escalier quatre à quatre. Quelques secondes plus tard, l'eau coulait dans la douche.

La menace à peine voilée de la podcasteuse de mettre les meurtres sur le dos d'Ethan pesait encore douloureusement quand le téléphone d'Annabeth sonna de nouveau. Elle s'attendait à voir s'afficher le même numéro, mais fut surprise de lire un nom familier : Michelle Ward, encore enregistrée sous son nom de jeune fille.

« Annabeth à l'appareil, dit-elle, percevant la froideur qu'elle avait mise dans ses mots.

– C'est Michelle. Je suis désolée d'appeler si tôt, mais il faut que je te parle.

– De Lydia Martindale ? Elle vient de me téléphoner. Alors comme ça, Simon et toi allez participer à son podcast ? Pourquoi faire quelque chose d'aussi imprudent ? Vous ne pouvez pas laisser tomber ?

– Quoi ? Ce n'est pas vrai. Elle a sous-entendu que c'était vous qui alliez lui parler. »

Annabeth s'autorisa un soupir de soulagement. « Alors elle a essayé de nous manipuler toutes les deux.

– Il semblerait. Annabeth, tu ne crois pas qu'il serait temps de découvrir ce qui s'est passé ce soir-là ?

– Je sais ce qui s'est passé. Parce que je sais que ce n'est pas Ethan.

– Et moi, je sais que ce n'est pas Simon. Et pourtant, c'est forcément l'un ou l'autre, alors...

– J'ai parfaitement conscience que tu penses qu'Ethan est coupable, répliqua Annabeth. Et que je suis son prétendu mobile. Tu as été très claire à ce sujet.

– Et toi, tu dois te dire que c'est Simon, répondit Michelle, avec autant de tristesse et de résignation que sa belle-sœur. Je suis désolée de t'avoir dit tout ça. Je l'admets, selon moi, Ethan est coupable, mais je ne t'ai jamais vraiment tenue pour responsable. J'étais juste en colère. Tellement en colère. Je le suis encore. Non seulement Simon a perdu ses parents, mais sa vie a été gâchée parce qu'il n'est pas parvenu à prouver son innocence. Tu dois ressentir la même chose. »

Ethan menait une agréable carrière d'ingénieur du son en free-lance et Annabeth travaillait au service marketing d'une chaîne de cinéma familiale. Plus important, ils étaient ensemble et auraient bientôt un enfant. « Ethan et moi sommes heureux. La vie de mon mari n'a pas été "gâchée", comme tu dis.

– Très bien. Mais tant que la vérité n'éclatera pas, un doute planera au-dessus de nos têtes. Nous sommes dans les limbes, à attendre que les choses redeviennent normales. Et avec un bébé en route...

– Comment tu sais ça ?

– La fouine du podcast, répondit Michelle avec un petit rire. Félicitations. Je suis vraiment heureuse pour toi. Tu ne te demandes pas ce que tu raconteras à tes enfants à propos de ce qui est arrivé à leurs grands-parents ? »

Bien évidemment. Annabeth y pensait constamment. Une raison de plus pour ne pas trouver le sommeil. C'était en partie pour cela qu'ils avaient attendu si longtemps pour fonder une famille. Ils n'étaient pas certains de vouloir faire porter à la génération suivante le poids des terribles doutes qui pesaient sur eux. « Qu'est-ce que tu suggères ? dit-elle.

– Tu as déjà entendu parler d'une émission qui s'appelle *Suspicion* ? Produite par une certaine Laurie Moran ? »

Annabeth en avait vu plusieurs épisodes à la télé, qui l'avaient captivée. Et elle savait que la productrice avait contacté la mère de Michelle ainsi que Frankie quelques années plus tôt. Mais elle laissa patiemment Michelle résumer le concept et évoquer le nombre d'affaires en souffrance qui avaient été résolues. Hors de question de partager plus d'informations que nécessaire avec la femme de Simon.

Entendant Ethan dévaler l'escalier, elle l'interrompit brusquement. « Merci d'avoir appelé, mais nous ne sommes pas intéressés.

– Tu ne vas même pas y réfléchir ?

– Il ne le fera pas. J'en suis certaine. »

Elle fut soulagée de voir qu'Ethan se servait une tasse de café sans lui demander qui avait téléphoné. Cela faisait dix ans qu'Annabeth avait compris qu'ils ne pouvaient faire confiance ni à Simon ni à Michelle. Ce n'était pas maintenant que cela changerait.

En regardant son mari se plonger dans le *Boston Globe*, elle eut le terrible sentiment que les deux appels de ce matin-là n'étaient qu'un début. Une porte s'ouvrait sur le passé, et il se pourrait bien qu'ils ne parviennent pas à la refermer.

4

QUAND LAURIE ARRIVA AUX STUDIOS, un pain au chocolat l'attendait sur son bureau, accompagné d'une enveloppe portant son nom. C'était une carte d'anniversaire de mariage signée par son assistante, Grace Garcia, et son assistant de production, Jerry Klein. La note manuscrite disait : *En général, les histoires d'amour au travail finissent aux RH, mais certaines d'entre elles durent toute la vie. Ravis qu'Alex et toi soyez dans la seconde catégorie.*

Du Grace et Jerry tout craché.

Elle entendit retentir les rires qu'elle connaissait si bien et entra dans le bureau de Jerry, juste à côté du sien. Grace portait une minirobe vert jade, des talons aiguilles noirs et des créoles dorées qui lui descendaient presque jusqu'aux épaules. Ses épais cheveux noirs étaient tirés en un chignon serré sur le haut de son crâne. Jerry, quant à lui, arborait un col roulé vert, un pantalon noir et un blazer à carreaux.

« Ce n'est pas juste, lança Laurie en les rejoignant. Vous ne m'avez pas envoyé le mémo sur le code couleur.

– On n'a rien planifié, répondit Jerry en prenant la pose à côté de Grace. Nous avons tous les deux très bon goût, c'est tout.

– Les grands esprits se rencontrent, ajouta Grace. Ça fait longtemps que tu es là ? Désolée, je ne t'ai pas entendue arriver.

– C'est mon côté ninja. Ça ne fait que quelques instants. Merci pour la carte et le pain au chocolat ! Mais comment vous êtes-vous souvenus que nous fêtions nos six mois de mariage ?

– J'aimerais pouvoir nous en attribuer tout le mérite, dit Grace. Mais ton fils nous l'a rappelé par texto. »

Un sourire sur les lèvres, Laurie secoua la tête. « Il n'aurait pas dû envoyer un message pour ça. En fait, il n'aurait pas dû vous déranger du tout.

– Ma belle, tu n'es pas au courant ? On s'écrit tout le temps. Il me bombarde de musique, et moi de vidéos de chiens. »

Il lui faudrait s'habituer au fait qu'elle ne connaissait pas tous les détails de la vie de son fils maintenant qu'il devenait grand. Il lui vint soudain à l'esprit que Tim pourrait avoir une autre raison d'écrire à Grace.

« Oh là là ! J'imagine qu'il est en âge d'avoir un crush ! J'espère qu'il ne t'a pas mise mal à l'aise…

– Timmy ? Un crush ? Non, c'est encore un petit garçon innocent.

– À moi aussi, il m'écrit, intervint Jerry. Pas plus tard que la semaine dernière, il m'a demandé un conseil vestimentaire pour son récital de trompette.

– On est la tata et le tonton rigolos », conclut Grace en tapant dans la main que Jerry lui présentait.

Logique. Grace et Jerry étaient ses collègues, mais aussi deux de ses plus proches amis, et Tim les considérait comme des membres de la famille.

« Qu'est-ce qui vous faisait rire, tous les deux, avant que j'arrive ?

– Les derniers rebondissements de la vie amoureuse de Grace, répondit Jerry, l'air réjoui. Tu débarques pile quand ça promet de devenir croustillant. »

Grace entra en scène, la voix encore enjouée. « OK, donc, comme je le disais à Jerry, j'ai fini par rencontrer un type à qui je parlais sur Bumble. » Grace échangeait activement sur plusieurs applis de rencontre, envisageant la recherche du grand amour comme un sport de combat. « Au début, tout était super. Il ressemblait à ses photos de profil, n'avait pas menti sur sa taille. Il avait choisi un bistro français, et vous savez que j'aime les escargots. Il a commencé à me faire des compliments sur ma tenue, alors je me suis dit : "Chouette, ce type est fréquentable." Mais ensuite, il se met à me questionner sur la marque de ma robe, sur l'endroit où j'ai acheté mes chaussures… J'avais l'impression d'être interrogée par la police de la mode ! Quand il m'a demandé de but en blanc combien j'avais dépensé pour tout ça, j'ai voulu comprendre pourquoi il me posait toutes ces questions. Vous savez ce qu'il m'a répondu ? » Elle laissa passer les quelques secondes nécessaires à tout effet comique. « Qu'il ne pourrait jamais sortir avec une femme qui gagne plus que lui !

– Je ne sais même pas comment tu arrives à en rire, dit Laurie. Je crois que je lui aurais balancé ses quatre vérités.

– Oh, j'ai éclaté de rire, je lui ai rétorqué qu'il était ridicule et je suis partie en laissant sur la table de quoi payer ma part de l'addition. Au moins, les escargots étaient bons. »

Décidément, Laurie était soulagée de ne plus avoir à chercher l'âme sœur. Comment Grace parvenait-elle à garder son sens de l'humour malgré sa légendaire malchance avec les hommes, arguant qu'elle continuerait à embrasser des crapauds tant qu'elle n'aurait pas trouvé son prince charmant ?

L'expression de Grace se fit plus grave. « En parlant d'hommes ridicules, on doit te prévenir que Ryan vient de passer. Il te cherchait. »

Ryan Nichols était le présentateur de *Suspicion*. Lui et Laurie avaient pris un mauvais départ quand il avait rejoint l'équipe, environ un an et demi plus tôt. Il fallait l'admettre, le fait qu'Alex ait été le présentateur d'origine de l'émission n'avait pas facilité les choses. Aux yeux de Laurie, personne n'aurait été capable de prendre la relève. Sans compter que son patron, Brett, avait embauché Ryan sans lui demander son avis, sans même s'intéresser aux candidats qu'elle avait suggérés – tout simplement parce que Ryan avait le mérite d'être le neveu de son meilleur ami et ancien colocataire à l'université, un historien connu du nom de Jed Nichols.

Diplômé avec mention de Harvard, formé à la Cour suprême, ancien procureur fédéral en charge de la criminalité en col blanc, Ryan était à l'évidence suffisamment intelligent pour ce travail. Mais contrairement à Alex, qui avait plaidé pendant des années, il avait quitté le bureau du procureur alors qu'il était encore novice pour devenir expert à temps partiel sur une chaîne d'information du câble. Laurie en était consciente, la célébrité l'intéressait davantage que le travail de fond.

Après plusieurs mois passés à s'exaspérer mutuellement, ils avaient finalement trouvé un terrain d'entente un an plus tôt, mais l'ancien Ryan avait de nouveau pointé le bout de son nez de casse-pieds ces derniers temps, et Laurie voyait à l'expression de Grace et de Jerry que quelque chose les tracassait concernant sa visite matinale.

« A-t-il précisé ce qu'il voulait ? demanda Laurie.

– Non, mais il avait l'air agacé que tu ne sois pas encore là », répondit Grace.

Jerry roula des yeux. « Ce qui est quand même assez gonflé quand on sait à quelle heure il arrive le lendemain de ces soirées m'as-tu-vu qui lui valent de figurer régulièrement dans les pages people des magazines.

– Je viens de le voir entrer dans le bureau de Brett. J'y vais.

– Ce n'est pas tout, dit Grace. Quand il est passé, il a jeté un coup d'œil dans ton bureau et la carte de félicitations ne lui a pas échappé. Il a demandé ce que c'était, alors je lui ai expliqué que tu fêtais tes six mois de mariage et que c'était peut-être pour ça que tu étais un peu en retard. Il a soupiré et marmonné quelque chose du genre : "J'imagine que ses priorités ont changé maintenant qu'elle est mariée." Je suis désolée. Je n'aurais même pas dû lui adresser la parole. Je n'étais pas sûre de devoir te le dire, mais Jerry pensait que tu préférerais être au courant.

– Tu n'as rien fait de mal, la rassura Laurie. Je m'en occupe. Vous êtes prêts à passer en revue des dossiers potentiels pour l'émission ? »

Elle s'était intéressée à plusieurs affaires non résolues pour le prochain passage à l'antenne, mais aucune ne l'avait inspirée. Qu'une affaire soit intrigante, ce n'était pas suffisant. Il fallait au moins un suspect identifiable – quelqu'un qui avait été en butte aux soupçons pendant des années, même s'il n'y avait pas eu de mise en examen. Et le ou les suspects devaient être prêts à clamer leur innocence devant la caméra. Laurie avait coutume de ne prendre contact avec de potentiels candidats qu'une fois certaine de pouvoir trouver de nouveaux éléments. Elle avait demandé à Grace et à Jerry d'examiner les trois dossiers qu'elle avait retenus, afin d'explorer différentes pistes avec eux ce matin-là.

« Absolument, dit Jerry, mais nous avons une quatrième affaire à te proposer. Je te laisse lui en parler, Grace. C'est toi qui as eu la personne au téléphone. »

Grace se frotta les mains. « On a reçu un appel ce matin, à neuf heures pile. Est-ce que le nom de Frankie Harrington t'évoque quelque chose ? »

Laurie se mordit les lèvres. Ce nom lui semblait vaguement familier, mais elle n'arrivait pas à mettre le doigt dessus.

Grace lui donna un indice. « Tu l'as contactée, elle et une femme du nom de Betsy Ward, il y a quelques années, quand tu cherchais le sujet de notre deuxième épisode. »

Laurie était sous pression à l'époque. La première émission avait été un immense succès. Ils avaient résolu l'enquête sur le meurtre très médiatisé d'une riche femme du monde qui avait été étouffée dans son lit après une luxueuse réception donnée en l'honneur de sa fille et de trois de ses amies tout juste diplômées. Mais émotionnellement, produire cette émission avait laissé des traces chez Laurie. Cinq ans plus tôt, un homme avait abattu son mari, Greg, sous les yeux de Timmy, qui n'était qu'un bambin à l'époque. Avant de quitter les lieux, le tueur avait lancé au petit garçon : « Dis à ta mère qu'elle est la prochaine, et ensuite, ce sera ton tour. » Quand elle avait repris le travail, en charge de sa propre émission, elle avait eu la faiblesse de croire que le tueur, que Timmy surnommait Yeux bleus, ne reviendrait pas s'en prendre à eux. Quelle erreur. Pendant le tournage, Yeux bleus était réapparu. Et ce n'était pas à Laurie qu'il s'en était pris, mais à Timmy. L'enfant était parvenu à s'enfuir et Yeux bleus ne ferait désormais plus de mal à personne, mais, traumatisée d'avoir vu son fils en danger, elle s'était demandé si elle serait de nouveau capable de se concentrer sur son travail.

Méditer sur cette période de sa vie l'aida à se rappeler l'affaire à laquelle Grace faisait référence.

« Le Duo de la mort, dit-elle.

– Bingo ! s'exclama Jerry.

– La sœur a appelé ? Vraiment ? »

À l'époque, Laurie s'était dit que cette affaire ferait une suite parfaite à sa première émission. Comme cette riche femme du monde, Richard et Sarah Harrington avaient été tués chez eux après avoir donné une réception en l'honneur de leurs fils tout juste diplômés, des jumeaux.

L'allée qui conduisait à la maison de vacances des Harrington, à Cape Cod, était fermée par un portail que l'on déverrouillait à l'aide d'un code ou depuis la maison. Peu de temps auparavant, une tempête avait délogé de son support la caméra de surveillance qui se trouvait au niveau du portail et l'homme à tout faire de la famille ne l'avait pas encore remise en place. Sur la vidéo apparaissaient donc les véhicules qui entraient et sortaient, mais pas les visages de leurs occupants. La BMW noire de Richard Harrington avait été filmée à vingt et une heures douze et le portail avait été ouvert avec le code. Quatre minutes plus tard, à vingt et une heures seize, le code avait de nouveau été utilisé, cette fois par quelqu'un conduisant la Range Rover blanche de la famille, qu'ils laissaient à Cape Cod et que les jumeaux avaient empruntée ce soir-là pour emmener leurs petites amies à la fête. Dix minutes plus tard, la caméra avait enregistré l'écho de deux coups de feu à quelques secondes d'intervalle. Et au bout de sept minutes supplémentaires, la Range Rover avait quitté les lieux. Peu après, l'un des fils – on ignorait lequel – avait été aperçu s'éloignant de la Range Rover, abandonnée aux abords du parking secondaire aménagé dans un champ à l'occasion de la fête. Les clefs avaient été retrouvées sur le contact.

Sur la base de ces éléments, la police pensait qu'un des fils avait quitté en douce la réception après le départ des parents, les avait tués, puis était revenu en toute discrétion au yacht-club, tandis que l'autre jumeau était resté sur place, jouant le rôle de son frère en plus du sien afin de faire croire que ni l'un ni l'autre ne s'étaient éclipsés. Les garçons, eux, n'en démordaient pas : ils n'avaient pas quitté la fête, jusqu'à ce que la police vienne leur apprendre que quelque chose d'horrible était arrivé. C'est à ce moment-là, avaient-ils clamé, qu'ils s'étaient rendu compte que leur voiture n'était plus sur le parking principal. La Range Rover n'avait été retrouvée que le lendemain, par les policiers.

Une affaire parfaite pour *Suspicion.*

Avant d'approcher les jumeaux, Laurie avait contacté la meilleure amie de Sarah Harrington, Betsy Ward. Betsy et son mari, Walter, avaient recueilli la fille des Harrington, Frankie, après le meurtre. Une petite fille innocente, dont au moins l'un des frères avait fait une orpheline. Qu'elle choisisse ou non d'apparaître à l'écran, Laurie n'imaginait pas un instant se lancer dans cette émission sans sa bénédiction.

Certes, Frankie était déjà adulte quand Laurie l'avait approchée par l'intermédiaire de Betsy, mais elle avait à peine dix-huit ans. Betsy et Frankie avaient laissé Laurie leur faire l'article, mais après une semaine de réflexion, Betsy l'avait informée que Frankie ne voulait pas attirer de nouveau l'attention sur cette histoire. Elle se concentrait sur ses études à Chapman University, en Californie, et n'avait aucune envie de se replonger dans cette épouvantable soirée qui avait bouleversé le cours de sa vie.

« J'imagine qu'elle avait gardé notre numéro, dit Grace.

– Elle a changé d'avis pour l'émission ? demanda Laurie.

– Je n'en suis pas sûre. Je ne sais pas pourquoi elle a téléphoné. J'ai simplement dit que tu n'étais pas au bureau et que je pouvais prendre un message. Mais quand elle m'a expliqué qu'elle appelait à propos de ses parents, j'en ai eu des frissons, j'ai pensé que ça devait concerner une affaire. Je n'ai pas voulu trop insister, alors j'ai cherché sur Internet. »

Assise à sa table de travail, Laurie était sur le point de composer le numéro de Frankie Harrington quand un appel entrant s'afficha. Un numéro interne à la société. Il s'agissait de Dana Licameli, la secrétaire de Brett. Brett, qui venait justement d'accueillir Ryan à bras ouverts dans son bureau. Alors que Ryan s'amusait à lâcher devant Grace des remarques désobligeantes sur les priorités de Laurie.

Elle décrocha. « Bonjour, Dana.

– Oh, parfait, tu es arrivée. » Elle parlait à voix basse, sur un ton d'excuse. « Brett veut te voir. Maintenant.

– Bien sûr. Laisse-moi deviner : il n'est pas seul.

– Effectivement.

– OK. Merci pour l'info. »

5

Lorsqu'elle pénétra dans le vaste bureau de Brett, les yeux de Laurie tombèrent immédiatement sur son collègue, qui venait de réussir un putt de plus de deux mètres sur le tapis de golf tout neuf que le boss venait de faire installer. Ni l'un ni l'autre n'avaient remarqué son arrivée.

« Joli coup, lança-t-elle.

– Ah, Laurie, content que vous ayez pu vous libérer », dit Brett, débarrassant Ryan du putter pour le poser contre la monumentale baie vitrée qui donnait sur la patinoire du Rockefeller Center.

Âgé d'une soixantaine d'années, doté d'une chevelure grise léonine, il affichait en permanence une moue mécontente, restant séduisant malgré tout. Au bout de toutes ces années à travailler à ses côtés, Laurie l'avait compris : il préférait s'entourer de personnes aussi attirantes que lui. De l'avis général, elle était plutôt jolie et pourtant, combien de fois lui avait-il suggéré de demander quelques astuces à Jennifer Marciano, qu'il n'appelait jamais autrement que « la fille du maquillage » ?

Laurie lui décocha son plus beau sourire. « Bien sûr, Brett. Dana m'a précisé que c'était urgent. » Elle résista à l'envie irrépressible de jeter un regard entendu au club de golf.

Brett lui fit signe de s'asseoir sur le canapé, et elle s'exécuta. Il prit sa place habituelle, dans l'un des fauteuils modernes en cuir noir face à elle. Ryan s'installa dans l'autre fauteuil, et elle se sentit dans la peau d'un suspect cuisiné par deux inspecteurs, quoique dans un décor nettement plus luxueux.

« Content de voir que vous avez pu venir au bureau malgré vos six mois de mariage, dit Brett d'un ton tranchant.

– C'est mon fils qui a organisé ça. »

Brett ébaucha un sourire, ce qui était toujours déconcertant chez lui. « Un bon gamin, celui-là. Vous avez trouvé une affaire pour votre prochaine émission ? J'ai très envie d'en savoir plus.

– Nous y sommes presque, mais il y a encore du pain sur la planche. »

Les yeux fixés sur Laurie, Brett se pencha en avant, les mains jointes, l'air un brin accusateur. « Nous sommes à la croisée des chemins, Laurie. De plus en plus de monde s'intéresse aux true crimes. Il y a du streaming, des podcasts et une nouvelle génération de détectives qui enquêtent depuis leur canapé. Nous devons garder une longueur d'avance, et pour ça, il faut agir vite. »

Laurie acquiesça. Elle avait trente-neuf ans, cela faisait dix-sept ans qu'elle était journaliste, dont douze années dans la production d'émissions. Elle avait parfaitement conscience de la pression constante qui s'exerçait dans le secteur des médias. « Je suis d'accord, Brett. Mais je reste confiante dans l'approche unique que propose *Suspicion*. Nous ne nous contentons pas de ressortir de vieilles affaires ou de spéculer sur des crimes. Nous mettons tout en œuvre pour les résoudre. Voilà ce qui nous distingue des autres. »

Elle vit Ryan lever les yeux au ciel en soupirant.

« Vous ne partagez pas mon avis ? demanda-t-elle.

– Tout cela me paraît juste un peu… pompeux. Êtes-vous en train de dire que les autres émissions n'enquêtent pas ou ne font pas de vrai journalisme ? »

Laurie perdait patience, mais n'en laissa rien paraître. « Bien sûr, beaucoup de ces émissions font un vrai travail d'investigation, mais pas toutes. Ce que je veux dire, c'est que la nôtre a une approche différente, et nous avons fait nos preuves, nous avons résolu des affaires. Je tiens à continuer sur cette lancée.

– Et moi, je tiens à atteindre nos objectifs de rentabilité, rétorqua Brett. Le problème avec votre émission, c'est que le concept est trop limité. Pourquoi avons-nous forcément besoin d'un suspect ? Et puis vous ne vous intéressez qu'à des affaires du siècle dernier. Pour les jeunes générations, c'est quasiment la préhistoire. Il n'y a que des fossiles aux cheveux gris dans le format que vous proposez. » Elle se garda de lui rappeler sa couleur de cheveux. « Parfois, je me demande si je n'ai pas commis une erreur en vous donnant le feu vert, mais compte tenu de votre situation familiale à l'époque, j'ai pensé que c'était ce dont vous aviez besoin pour vous remettre en selle. Maintenant, on est coincés avec ce principe réducteur. »

Quand Laurie avait repris le travail après le meurtre de Greg, elle n'était pas au mieux de sa forme. Elle enchaînait les flops et son poste chez Fisher Blake était sur la corde raide. Le succès du premier épisode de *Suspicion* avait signé son grand retour. À présent, à entendre Brett, l'émission était un fardeau.

« Alors que suggérez-vous exactement ? dit-elle.

– Il faut que nous soyons plus actuels. On pourrait s'intéresser à des affaires qui font les gros titres en ce moment plutôt qu'à des dossiers poussiéreux. Exposez-lui votre idée, Ryan. »

On y était. D'abord, l'anniversaire de mariage de Laurie ; maintenant, l'idée de Ryan. Elle était arrivée avec quelques minutes de retard et il avait immédiatement saisi sa chance pour la discréditer auprès de Brett, tout en faisant des putts sur un gazon synthétique.

« Le massacre des sept sœurs, dit-il.

– Je vous en prie, ne l'appelez pas comme ça, dit-elle. Sept jeunes femmes innocentes ont perdu la vie sous les tirs d'un déséquilibré qui s'est introduit en pleine nuit dans leur logement sur le campus. »

Ryan lança à Brett un regard qui voulait dire : *Vous voyez ce que je me coltine ?*

« Une punchline efficace, un soupçon de scandale, voilà ce qui fait de l'audience, Laurie, répliqua Brett d'un ton mi-patient, mi-agacé. J'apprécie votre passion pour cette émission, mais il faut qu'on innove. Avec le recul, on aurait dû utiliser la disparition de votre neveu, l'année dernière.

– Vous n'êtes pas sérieux. Sa vie était en danger.

– Oh, bon, d'accord, ce n'était pas un bon exemple. Mais Ryan est sur la bonne voie avec le massacre des étudiantes. La presse en a fait ses choux gras. Ça pourrait changer la donne pour nous.

– Ça a eu lieu il y a seulement deux semaines. La police enquête activement. Le temps de finir de préparer l'émission, l'affaire serait sans doute résolue.

– Alors nous pourrions complètement changer de format, poursuivit Ryan. Un épisode par jour, disponible en streaming.

– Donc, on passe d'affaires non résolues à des affaires en cours. Pas de suspects identifiés. Pas d'enquête approfondie. En fait, on supprime tout ce qui fait la spécificité de *Suspicion* et on crée un programme complètement nouveau. »

Quelque chose clochait, Laurie le sentait. L'année précédente, elle avait eu l'impression d'avoir trouvé un modus vivendi avec Ryan, et le succès de l'émission avait fini par convaincre Brett de lui faire confiance. Mais récemment, ses idées et ses contributions étaient souvent écartées. Elle jeta un coup d'œil à Ryan, qui la jaugeait d'un air arrogant.

Brett fixait le plafond, plongé dans ses pensées. « Je n'avais pas vu les choses sous cet angle, mais ce ne serait pas une mauvaise idée. Impliquez Ryan derrière la caméra, qu'il ne se contente plus de la présentation. Ça allégerait votre charge de travail, et vous pourriez vous consacrer davantage à votre vie de famille. »

C'est là qu'elle comprit ce qui se passait. Elle se rappela le jour où Ryan lui avait dit, dans ce même bureau, que contrairement à Alex, il travaillerait à temps plein au studio, abandonnant son cabinet juridique pour se concentrer sur Fisher Blake. En plus de présenter l'émission de Laurie, il interviendrait dans les autres programmes d'information, donnant son avis d'expert dans les émissions de pop culture quand des célébrités se mettraient dans le pétrin et jouant les consultants juridiques pour l'écriture des scripts. « Si ça marche, avait-il dit, je produirai peut-être ma propre émission un jour », comme si créer un rendez-vous d'information était une petite compétence qu'il pouvait cueillir en chemin. *Et si je mélange de l'eau et du sable, je pourrai me construire un château*, avait pensé Laurie à l'époque.

Mais il était parvenu à ses fins. Sauf qu'au lieu de faire l'effort de créer son propre programme, il prévoyait de lui piquer le sien. À l'évidence, il avait exploité le temps passé à copiner avec Brett pour lui mettre dans la tête que la « vie de famille » de Laurie empiétait sur son travail.

« Si je puis me permettre, Brett, le tour que prend cette conversation me surprend. Puisque Ryan veut à ce point s'impliquer en coulisse, il devrait savoir que si je n'ai choisi aucune des affaires que nous avons évoquées, c'est parce que nous sommes sur le point d'obtenir l'accord de la famille pour rouvrir l'enquête sur les meurtres de Richard et Sarah Harrington.

– Jamais entendu parler », commenta mollement Ryan.

Exactement la réponse que Laurie attendait.

« Des jumeaux soupçonnés depuis des années du meurtre de leurs parents », dit-elle.

Une lueur s'alluma dans les yeux de Brett. « Le Duo de la mort ? Alors ça ! Ce serait énorme. Ils sont d'accord pour passer à l'antenne ? »

Laurie était tout bonnement incapable de mentir, mais vu les circonstances, elle était disposée à laisser Brett croire ce qu'elle-même avait envie de croire. « Il reste encore du boulot, mais la petite sœur nous a contactés. Il y a quelques années, quand je lui avais suggéré que l'affaire pourrait être au centre de notre deuxième émission, elle s'y était opposée. Cela étant, ajouta-t-elle avec un regard appuyé à Ryan, il faut parfois du temps pour récolter les fruits de son labeur. » Chaque phrase qu'elle venait de prononcer était vraie. « En mettant les bouchées doubles, on devrait pouvoir assurer une diffusion pour le dixième anniversaire des meurtres.

– J'adore ! »

Le revirement d'attitude de son patron fut pour Laurie l'équivalent d'un putt à dix mètres. Ryan finit par comprendre de quelle affaire elle parlait, et elle le vit chercher désespérément un moyen de reprendre la main.

« Tout le monde sait que ces gosses ont fait le coup ensemble. Des vrais jumeaux à leur fête de fin d'études. Les parents sont rentrés tôt à la maison, l'un des deux frères les a suivis et les a abattus. L'autre est resté à la réception et a joué son propre rôle ou celui de son frère, en fonction de son interlocuteur. C'est pour cette raison qu'ils avaient choisi des tenues identiques.

– Ça, nous l'ignorons, protesta Laurie. Le dress code était "soirée d'été en blanc". Ils trouvaient peut-être amusant de s'habiller de la même façon. C'est le genre de choses que nous leur demanderons.

– Que *je* leur demanderai, rectifia Ryan.

– Bien sûr, dit-elle. Comme d'habitude. » *Vous faites votre job et moi le mien.*

Brett était déjà debout, prêt à fondre sur la prochaine malheureuse victime qui déclencherait son courroux. « Ça me semble très bien, Laurie. Allez, bouclez-moi tout ça. Et que ça saute. Ah, et saluez Alex de ma part, tous mes vœux pour ces six premiers mois. C'est un type bien que vous avez là.

– Et lui, il est tombé sur une femme bien, ajouta-t-elle.

– Touché. »

Ryan ne décrocha pas un mot dans le couloir quand ils prirent chacun une direction opposée.

Grace leva les yeux de son ordinateur lorsque Laurie s'approcha. « Comment ça s'est passé ? demanda-t-elle. Tu as l'air sur les nerfs.

– Le bon vieux Ryan est de retour et il est pire qu'avant. Je vais tout vous raconter, mais il faut d'abord que je passe un coup de fil. »

Elle tomba directement sur le répondeur de Frankie Harrington. « Frankie, c'est Laurie Moran, de l'émission *Suspicion*. Je suis tellement contente que vous ayez gardé mon numéro. Je me tiens à votre disposition. »

Laurie était en train de mettre Grace et Jerry au courant, livrant sa meilleure imitation d'un Brett en quête d'audiences mirifiques, quand sa ligne fixe sonna. Elle reconnut le numéro de Frankie Harrington, que Grace avait pris soin de noter en même temps que son message.

« Laurie à l'appareil, dit-elle.

– Madame Moran, c'est Frankie Harrington. Vous vous souvenez peut-être que nous avons échangé il y a quelques années…

– Bien sûr que je m'en souviens. Je me suis souvent demandé comment vous alliez. Appelez-moi Laurie, je vous en prie.

– Je vais bien. Globalement. Aussi bien que possible, j'imagine. J'ai réfléchi à votre émission. Vous auriez le temps de me rencontrer ? En personne. Rapidement si vous avez un moment. »

Alex et elle avaient des billets pour un spectacle à Broadway ce soir-là et l'école de Tim organisait un concours de sciences le lendemain après-midi. Ensuite, elle était censée retrouver son amie Charlotte pour dîner. Mais elle savait que si elle remettait à plus tard cet entretien, Brett et Ryan y verraient le signe que son émission n'était plus sa *priorité*. « Bien sûr. Je peux prendre le prochain train pour Boston.

– En fait, je suis à New York. Je travaille, mais j'ai une pause déjeuner à midi.

– Dites-moi simplement où je vous retrouve. »

6

CHEZ KATZ'S DELICATESSEN, Laurie fut accueillie par l'odeur de la viande en salaison et du pain de seigle tout chaud. Les murs étaient ornés de photographies de clients rassasiés, certains connus, d'autres non, mais qui tous célébraient l'histoire foisonnante de ce haut lieu du pastrami et des gros cornichons au vinaigre. Le brouhaha des bavardages échangés autour du déjeuner et des couverts qui s'entrechoquaient emplissait l'air. Cela faisait des années qu'elle n'était pas venue, mais l'endroit lui restait familier. Son père l'emmenait là quand elle était enfant à chaque fois qu'ils déjeunaient en tête à tête. Le fait que Frankie lui ait donné rendez-vous ici était peut-être de bon augure.

Elle balaya du regard la marée de clients qui attendaient une table et repéra la robe à motif cachemire bleu turquoise et jaune que Frankie lui avait dit porter. Ses longs cheveux bruns tombaient en cascade sur ses épaules.

Frankie se retourna. À part son teint plus mat, elle était le portrait craché de sa mère – silhouette menue, pommettes hautes. Sans doute avait-elle vérifié sur Internet de quoi Laurie avait l'air. Laurie avait voulu faire de même, mais impossible de trouver la moindre image. Frankie avait bien un compte LinkedIn, mais sans photo de profil. Il existait également un Instagram à son nom, qui n'était pas accessible au public.

« Vous devez être Frankie », dit Laurie.

À sa grande surprise, celle-ci l'étreignit brièvement en guise de salutation. « J'ai le sentiment de vous connaître, après tous les échanges que nous avons eus. Beaucoup de journalistes nous ont harcelés au fil des ans, mais vous, vous avez toujours été très correcte. »

Ses mots étaient une source de réconfort pour Laurie, après la façon dont Brett et Ryan avaient balayé du revers de la main l'approche si singulière de son émission. « Je ne veux surtout pas ajouter à la douleur qui s'abat sur une famille, dit-elle.

– Je l'ai senti, et c'est pour cette raison que je vous ai appelée. Merci beaucoup de vous être déplacée au dernier moment. C'est mon tour de rapporter son déjeuner au juge pour lequel je travaille, et il avait envie de son sandwich préféré. Je me suis dit qu'on pouvait se rencontrer ici, histoire de faire d'une pierre deux coups, mais je ne m'attendais pas à ce qu'il y ait autant de monde. »

Un homme en chemise blanche et tablier de boucher qui se hâtait vers le comptoir de vente à emporter marqua un temps d'arrêt en passant devant Laurie. « Ça alors ! s'exclama-t-il, un grand sourire fendant son visage. Ça fait un bail. Vous avez rendez-vous avec votre père ?

– Non, mais je vais être obligée de lui rapporter du pastrami ou il me fera une crise. C'est avec cette jeune femme que je déjeune, répondit-elle. Frankie, voici Hank. Un type bien.

– Eh, ne ruinez pas ma réputation ! Vous êtes deux ? »

Laurie fit oui de la tête, et il les emmena loin de la cohue. « Là-bas, dit-il en pointant du doigt une table en train d'être débarrassée au fond de la salle. Dites au commissaire qu'il nous manque. Et je vous rassure tout de suite : il suit les ordres du médecin à la lettre et ne mange que de la dinde. J'avoue qu'en général, j'ajoute quand même de quoi faire un petit écart. »

Sur le chemin, Frankie se pencha vers Laurie et glissa : « Trop cool. De vraies VIP. »

Laurie sourit en passant devant la photo de son père qui posait en compagnie de l'ancien maire et chef de la police. « Être une semi-habituée a ses avantages. »

Elle avait appris pas mal de choses sur Frankie en consultant son profil LinkedIn. En dernière année d'économie et de sciences politiques à Chapman University, dans la ville d'Orange, en Californie, elle faisait partie d'un programme d'excellence, était rédactrice en chef de la revue juridique des étudiants de premier cycle et chantait dans la chorale. Une fois assise, Laurie l'interrogea sur ce qu'elle faisait à New York.

« L'université nous donne la possibilité de valider un semestre de dernière année par un stage à temps plein. Je travaille au palais de justice, j'étudie les négociations de peines. C'est le sujet de mon mémoire. Je voulais entrer en fac de droit, mais maintenant que j'ai vu comment fonctionne un tribunal, je trouve ça plutôt déprimant. Trop de conflits.

– Tous les avocats ne travaillent pas forcément sur des procès, souligna Laurie.

– Je sais. C'est ce que Walter dit aussi. Je le soupçonne de vouloir que je marche sur ses traces, comme son fils.

– Le fils Ward est avocat, lui aussi ?

– Oui, il s'appelle Dennis.

– Vous êtes proches, tous les deux ? »

Elle semblait ne jamais s'être posé la question. « Non, pas vraiment. Il était déjà à la fac quand je suis venue vivre avec Betsy et Walter. Il n'était pas loin, à Northeastern, et ensuite au Boston College, pour son droit. Il ne vivait pas sur le campus, mais en coloc. Je suis beaucoup plus proche de Michelle, parce qu'elle a toujours été en couple avec Simon. Enfin, maintenant, nous sommes une grande famille recomposée. Dennis et Simon travaillent dans le cabinet que mon père et Walter ont fondé ensemble. »

Laurie remarqua que Frankie ne faisait allusion à aucun éventuel conseil de la part de Simon concernant son avenir. « Qu'en pense votre frère ? Que vous devriez aller en fac de droit ? »

Une certaine lassitude s'imprima sur son visage. « Je n'ai pas eu le temps de lui en parler. »

Sur quoi le serveur s'approcha. Laurie commanda, comme d'habitude, un demi-sandwich au pastrami et un bouillon aux kneidleh, et Frankie fit de même.

« Je ne voudrais pas vous mettre mal à l'aise, dit Laurie, mais vous ressemblez tellement à votre mère.

– Je sais. Je suis sa copie conforme. Ce que je viens de vous dire, que je n'avais pas eu le temps de parler à Simon, ce n'est pas vrai. Je l'évite depuis un moment. Et Ethan aussi. »

Laurie l'encouragea d'un signe de tête, sentant qu'elle voulait se confier.

« Toutes ces années, je me suis contentée d'accepter ce que Betsy et Walter me disaient, que la police se trompait, que Simon et Ethan n'avaient rien à voir avec les meurtres. Mais je commence à me demander s'ils ne sont pas un peu aveugles quand il s'agit de mes frères et moi.

– Pourquoi dites-vous cela ? s'enquit Laurie.

– Parfois, ils auraient dû être un peu plus sévères avec moi, quand je faisais le mur ou quand je séchais les cours. Mais ils ne me disaient jamais rien, parce que j'avais perdu mes parents. Peut-être qu'ils n'ont jamais vraiment réfléchi aux indices qui incriminaient mes frères.

– Et maintenant, vous vous posez des questions ? » demanda Laurie.

Frankie se mordilla nerveusement les lèvres avant de hocher la tête. « Ça m'arrive, oui. Ça a commencé après votre premier coup de fil. J'en ai parlé à ma camarade de chambre, et elle m'a demandé si je pensais qu'ils l'avaient fait. Spontanément, j'ai répondu non, mais elle est mordue d'affaires criminelles, alors elle s'est renseignée et m'a raconté ce qu'elle avait déniché. Je ne voulais pas y croire, mais je me suis repassé le film. Par exemple, ça n'a aucun sens que mes frères ne se parlent plus. Ils m'ont dit que c'était trop dur de rester proches alors que tout le monde les accusait d'avoir comploté pour commettre un crime aussi atroce. Quand on est enfant, on ne comprend pas vraiment le monde qui nous entoure et on prend pour argent comptant ce que les adultes racontent, c'est tout. Mais maintenant, ça me paraît évident. Traverser des moments pareils, être soupçonnés ensemble, ça aurait dû les rapprocher, non ? J'ai insisté, et ils ont fini par admettre qu'ils se suspectaient l'un l'autre. J'ai encore du mal à l'accepter.

– Si j'ai bien saisi, souligna Laurie, la police a toujours cru que Simon et Ethan avaient tout planifié à deux.

– Vous avez raison. Mais Simon et Ethan ont affirmé qu'ils n'avaient pas quitté la fête, ce qui signifie que chacun pense que c'est l'autre qui a tué nos parents. C'est pour ça qu'ils ont coupé les ponts.

– Pourquoi se mettre en cause mutuellement, alors ? Ça n'aurait pas pu être quelqu'un d'autre, comme les Ward l'ont toujours soutenu ? » Laurie avait passé le reste de la matinée à revoir les coupures de presse concernant l'affaire et pensait savoir pourquoi la police avait accusé les jumeaux. Mais elle voulait entendre l'avis de Frankie.

« Eh bien, il y a cette vidéo qui montre que la Range Rover que mes frères avaient prise pour se rendre à la fête ce soir-là est arrivée à la maison juste après la voiture de mon père.

– Elle était au parking du yacht-club, et les voituriers laissent en général les clefs sur le contact, donc, en théorie, n'importe qui aurait pu la prendre, suivre vos parents, puis l'abandonner sur le parking secondaire.

– Sauf que l'associé de mon père a vu l'un de mes frères s'éloigner du parking à pied. Il ne l'a pas aperçu dans la voiture. Mais Simon comme Ethan jurent qu'ils n'ont pas quitté la soirée jusqu'à l'arrivée de la police.

– Vous parlez de Walter ? Je croyais qu'il était convaincu de l'innocence de vos frères ? »

Frankie secoua la tête. « Désolée, ce n'était pas très clair. Mon père a lancé le cabinet avec Walter et un troisième avocat, Howard Carver. C'est lui qui a déclaré à la police avoir vu Simon ou Ethan sur le parking. Il n'arrivait pas à les différencier. »

Un témoin avait déclaré avoir aperçu l'un des jumeaux près de la Range Rover, mais Laurie avait supposé qu'il s'agissait d'un des voituriers ou d'un passant quelconque. Que le témoin connaisse les Harrington rendait l'identification encore plus compromettante. Elle sortit un petit carnet de son sac à main et y inscrivit le nom de Howard Carver. Sa déposition serait d'un intérêt crucial.

« Sans compter que la personne qui conduisait la Range Rover connaissait le code du portail, ajouta Frankie. Et notre chien, Bacon, a en quelque sorte témoigné. La caméra du portail enregistrait aussi les sons, et on n'entend aucun aboiement dans la vidéo jusqu'à l'arrivée de la police.

– C'est important, à votre avis ? demanda Laurie.

– La capacité qu'avait Bacon à deviner qui se trouvait à la porte était presque surnaturelle. Ma mère disait qu'on aurait dû l'appeler Dring-Dring. Il savait toujours quand quelqu'un allait entrer. Si c'était un inconnu, il aboyait à pleins poumons. Si c'était quelqu'un qu'il connaissait, il émettait une espèce de couinement pour manifester sa joie de recevoir de la visite. Et puis il y a cette histoire de coffre-fort. »

Les Harrington avaient été abattus avec un pistolet qu'ils avaient acheté pour se protéger. Mais Laurie n'avait rien lu concernant un coffre-fort. « Dites-m'en plus, encouragea-t-elle Frankie en griffonnant énergiquement dans son carnet.

– Mes parents laissaient toujours l'arme dans le coffre, le tueur connaissait donc forcément la combinaison. À moins que mon père ou ma mère l'ait sortie, mais je ne vois ni l'un ni l'autre pointer une arme sur un ami de Bacon. Quand vous faites le compte : Howard qui voit l'un de mes frères quitter le parking, l'utilisation de leur voiture, le code du portail, Bacon qui n'aboie pas, la combinaison du coffre… » Elle ne poursuivit pas, se refusant à formuler sa conclusion à voix haute.

« Mais la maison était sens dessus dessous. Les tiroirs étaient ouverts. Les étagères vidées de leurs livres. Comme si on avait cherché des objets de valeur.

– Exactement ce qu'on ferait si on voulait faire croire à un cambriolage qui a mal tourné. » Laurie percevait une tristesse croissante dans la voix de Frankie.

Malgré l'accumulation d'indices, quelque chose chiffonnait Laurie. « La caméra avait glissé de son support, mais elle fonctionnait toujours et enregistrait les allées et venues. Vos frères l'auraient su. Pourquoi utiliser la Range Rover ? Les voituriers laissent en général les clefs sur le contact. Ils auraient pu prendre la voiture d'un invité. Ou même y aller à pied en passant par la plage. Votre maison n'était qu'à huit cents mètres du yacht-club.

– Ils ne savaient pas qu'elle fonctionnait. Quand la police leur a demandé s'il y avait des caméras de sécurité, ils ont répondu qu'il y avait celle du portail, mais qu'elle était en panne. En fait, ils avaient entendu mon père expliquer à Peter, deux jours plus tôt, les travaux qu'il devait effectuer à la maison et il avait mentionné la caméra. Ils ont cru qu'elle ne marchait plus du tout. »

À l'évidence, Frankie serait dans son élément en fac de droit. « Qui est ce Peter ? s'enquit Laurie.

– Peter Bennett. Un gars du coin qui gardait un œil sur la maison de Harbor Bay quand on était à Boston.

Un genre de gardien. Il mettait le chauffage en route avant notre arrivée, s'occupait des menues réparations, ce genre de choses. Apparemment, il y a toujours beaucoup à faire dans une résidence de bord de mer. Je me souviens que mes frères disaient qu'il aurait dû avoir une chambre sur place vu qu'il était toujours fourré dans les parages.

– Au bout du compte, vous, que pensez-vous qu'il se soit passé ? »

Frankie secoua la tête. « Je ne sais pas et j'ai très envie de le découvrir. C'est pour ça que je vous ai appelée. Je m'en souviens comme si c'était hier. On fêtait les diplômes de Simon et Ethan. Tout le monde était là, la famille, les amis, les copains de fac. La soirée parfaite… jusqu'au moment où… » Elle marqua une pause. Elle revivait les événements.

« J'étais à l'intérieur avec quelques enfants de mon âge, on jouait aux osselets dans un coin de la salle de bal. C'est la dernière fois que j'ai vu ma mère. Elle m'a dit qu'elle devait faire un saut à la maison, mais qu'elle n'en avait pas pour longtemps. Quand je revois la scène, il y a quelque chose dans son ton, comme une urgence, que je n'avais pas saisie à l'époque. Je me souviens m'être demandé pourquoi elle était si pressée. Elle n'est jamais revenue. Des policiers sont arrivés pour emmener mes frères. Ethan et Simon ne trouvaient pas nos parents. Ils ont voulu que je les accompagne, mais la police les en a empêchés. C'est Betsy et Walter qui m'ont récupérée. Tout ce qu'on savait, c'est qu'il s'était passé quelque chose à la maison. On pensait à un cambriolage. Je me souviens vaguement que Simon a parlé de vandalisme. Nous n'avions pas à l'idée que nos parents étaient morts. Betsy et Walter me l'ont appris le lendemain, et le monde s'est écroulé autour de moi.

– Avez-vous vu l'un ou l'autre de vos frères quitter la soirée avant l'arrivée de la police ? »

Le regard de Frankie se perdit dans le vague, comme si elle fixait un écran sur le mur derrière Laurie. « J'ai l'impression de les avoir vus pendant toute la soirée, mais pas en même temps. Ils étaient inséparables jusqu'à ce qu'ils partent à l'université. Mais ce soir-là, ils n'étaient jamais ensemble. Mes parents nous ont fait poser pour des photos de famille au début de la fête et j'ai demandé à Ethan et à Annabeth de danser avec moi, pendant que Simon dansait avec Michelle. Après ça, c'est comme s'ils étaient là chacun à leur tour. »

Exactement l'hypothèse qu'avait suivie la police. « Ça vous a semblé bizarre ? » interrogea Laurie.

Elle avait hâte de connaître la réponse à cette question, mais Frankie garda le silence tandis qu'un serveur déposait avec soin leur commande sur la table.

« Je n'y ai pas prêté attention sur le moment. Ce n'est que lorsque j'ai commencé à me demander ce qui était réellement arrivé ce soir-là, en me repassant le film, que ça m'a interpellée. Quand l'un des deux était en train de danser, l'autre était au bar, et vice versa. L'une des seules autres photos qui les montre tous les deux au même endroit a été prise quand le photographe nous a tous fait poser près du stand de glaces. Mais il était déjà au moins vingt-deux heures. »

Les Harrington avaient été tués peu avant vingt et une heures trente et ils habitaient à moins de huit cents mètres du yacht-club. « Vous ne pouvez donc pas affirmer que vos frères étaient tous les deux présents sur place. »

Elle secoua la tête en goûtant timidement son bouillon aux kneidleh. « C'est étrange, non ? On mangeait des glaces, on s'amusait, alors que nos vies étaient sur le point de basculer.

– Frankie, dit doucement Laurie, vous ne pensez pas que vous l'auriez remarqué si l'un d'eux s'était fait passer pour l'autre ? Même dans le cas de jumeaux parfaitement identiques, la famille est capable de les distinguer. »

Elle soupira, fronçant les sourcils. « La plupart du temps, oui, bien sûr. Sur les photos, ils se ressemblent énormément, mais il y a toujours eu des différences subtiles : leur façon de se tenir par exemple, leurs expressions, même leur rire. Simon est très déterminé et sérieux, alors qu'Ethan fait toujours l'idiot pour amuser la galerie. Par contre, ils ont toujours été très forts quand il s'agissait d'inverser les rôles. Ils adoraient piéger leurs amis et leurs profs. Notre famille aussi. Papa et moi, on tombait parfois dans le panneau, mais ma mère, jamais. »

Laurie voyait la douleur dans les yeux de la jeune femme, le supplice que c'était pour elle de concilier les souvenirs qu'elle avait de ses frères avec les accusations qui commençaient manifestement à faire leur chemin dans son esprit.

« Et vous pensez que mon émission pourrait vous aider ?

– Je l'espère, répondit Frankie.

– Vous avez conscience de ce que cela implique ?

– Oui. Il est possible que je découvre qu'au moins l'un de mes frères a tué nos parents.

– Auquel cas, il y aurait mise en examen et condamnation.

– Mais on découvrira peut-être que c'est quelqu'un d'autre, et nous pourrons de nouveau former une famille. » La voix de Frankie était pleine d'espoir. Elle ne désirait rien de plus que pouvoir faire confiance à ses frères.

« Quand j'ai discuté avec Betsy, elle m'a dit qu'elle vous parlerait de mon émission, ainsi qu'à vos frères. D'après elle, ils refusent catégoriquement d'y participer.

– Je pense pouvoir les convaincre.

– Qu'est-ce qui vous fait dire ça ?

– Ils m'aiment et ils veulent que je les aime aussi. Faites-moi confiance. Ils participeront si je le leur demande.

– À qui dois-je m'adresser en premier ?

– Simon, répondit Frankie d'un ton ferme.

– Pourquoi ?

– Parce que j'ai eu sa femme, Michelle, pas plus tard que ce matin. C'est elle qui m'a poussée à vous appeler. Elle veut connaître la vérité, elle aussi. »

7

À SIX HEURES LE LENDEMAIN MATIN, frottant ses yeux ensommeillés, Laurie s'installa sur le siège passager du cabriolet Mercedes qui l'attendait au pied de son immeuble. Elle fut accueillie par la voix de Bill Withers qui chantait « Lovely Day ».

Le chauffeur désigna d'un geste un gobelet estampillé Starbucks qui trônait dans le porte-gobelet : un grand caffè latte. Ce chauffeur n'était autre que l'une de ses meilleures amies, Charlotte Pierce.

Laurie l'avait rencontrée pendant le tournage du troisième épisode de *Suspicion*, qui rouvrait l'enquête sur la disparition de la petite sœur de Charlotte juste avant son mariage. *Suspicion* avait fini par établir qu'elle avait été assassinée et avait même réussi à identifier son meurtrier. L'amitié qu'avaient nouée Laurie et Charlotte avait été le fruit inattendu de ces recherches.

Après la tragédie qui avait frappé sa famille, Charlotte avait pris les rênes de l'entreprise familiale, LadyForm. Ce qui n'était au début qu'un petit fabricant de sous-vêtements était devenu, en grande partie grâce au flair de Charlotte, l'un des leaders du vêtement de sport féminin de haute technicité.

« Hola, chica ! » lança Charlotte en faisant ronronner le moteur. Ses cheveux bruns mi-longs coiffés-décoiffés encadraient son visage rond. Elle portait un sweat à capuche blanc et un pantalon de jogging noir qui réussissaient l'exploit d'être à la fois très à la mode et extrêmement confortables. « Prête pour une nouvelle aventure ?

– La musique est vraiment très forte, dit Laurie.

– Mais elle donne le sourire », rebondit Charlotte en balançant les épaules en rythme.

Bien décidée à embrasser l'humeur joyeuse de son amie, Laurie monta le volume. Ce genre de bonnes ondes lui seraient bien utiles aujourd'hui. « Je n'arrive pas à croire que notre sortie entre filles se termine en virée à LaGuardia, dit-elle. J'espère qu'on finira mieux que Thelma et Louise.

– Il nous faut des clones, répondit Charlotte. Un corps pour le bureau, un autre pour la fiesta. Prête à respirer l'oxygène recyclé d'un vol commercial ? J'ai entendu dire que c'était nocif pour la peau. » En théorie, elles auraient dû dîner ensemble ce soir-là, mais le travail de l'une comme de l'autre en avait décidé autrement. Frankie avait vu juste. Elle et la femme de Simon, Michelle, avaient convaincu celui-ci de donner une chance à Laurie. Quant à Charlotte, une chanteuse à la mode avait contacté LadyForm la veille. Elle voulait lancer sa propre ligne de vêtements de sport et avait demandé à être reçue au plus vite, tant que « son énergie créative était dans la bonne vibe ».

Laurie passerait donc la première journée du mois de mars à Boston, par des températures avoisinant zéro, tandis que Charlotte se dirigerait vers un luxueux gratte-ciel sous le soleil de Miami. La vie était parfois injuste.

Laurie nicha son sac à dos entre ses pieds sur le plancher du cabriolet. « C'est toi la jet-setteuse. Tu rencontres des célébrités, tu réinventes la mode. Ta vie ressemble à une page de magazine tendance. »

Charlotte rit en déboîtant pour dépasser une camionnette de livraison garée en double file et garder sa place au milieu des embouteillages. « Tu sais que tu travailles trop quand le seul moment où tu parviens à papoter avec ta copine, c'est sur la route de l'aéroport. Tu penses vraiment réussir à convaincre les Harrington de participer à ton émission ? Ça vaut ce que ça vaut, mais je suis convaincue qu'ils sont coupables.

– Tu en sais plus que je ne l'imaginais sur cette affaire.

– Seulement parce que tu m'as dit que tu bossais dessus. De l'avis général, leur père était très autoritaire. Il se servait de son argent pour contrôler les moindres détails de la vie de ses fils. Ça peut ficher un gosse en l'air. Faire naître beaucoup de colère. Ce n'est pas juste une question d'héritage. Peut-être qu'ils voulaient se libérer de la pression de leur père.

– Honnêtement ? fit Laurie. Moi aussi, mon instinct me dit que c'est eux. Ça tombe bien, le but de mon émission n'est pas de prouver à tout prix l'innocence des suspects. Mais les coupables doivent être démasqués. Pour que les membres de cette famille puissent enfin tourner la page. Tu aurais dû voir comme Frankie était tiraillée. Elle ne sait plus à quel saint se vouer. »

Charlotte était bien placée pour compatir au sort des victimes et de leur famille. « Je suis passée par là. Après la disparition de ma sœur, c'était tellement dur de ne pas savoir ce qui lui était arrivé, sans parler du fait que j'ai été soupçonnée. Découvrir qu'elle avait été tuée par quelqu'un en qui j'avais confiance m'a anéantie. J'espère que Frankie se prépare émotionnellement à cette éventualité. »

Je l'espère aussi, pensa Laurie.

8

À Boston, quand son Uber se gara devant Ward & Harrington LLC, Laurie fut surprise de tomber sur une grande maison de style Cape Cod transformée en bureaux. Elle était habituée aux cabinets d'avocats de Manhattan, qui occupaient plutôt des gratte-ciel.

Le petit hall d'entrée faisait l'effet d'une cacophonie visuelle : mélange de meubles anciens en bois sombre et de quelques pièces modernes, plus élégantes, comme si deux personnes différentes avaient décoré l'endroit sans se consulter.

Une femme assise sur un canapé Chesterfield en cuir se leva au moment où Laurie passa le seuil. Elle portait une robe-tunique jaune tournesol, et une tresse de cheveux blonds s'entortillait sur sa nuque. « Madame Moran, je suis très contente de vous rencontrer en personne, dit-elle en lui tendant la main. Je suis Michelle. »

Elles s'étaient parlé au téléphone la veille pour organiser ce rendez-vous. « Votre mari est donc d'accord pour s'entretenir avec moi ? »

Elle acquiesça d'un signe de tête énergique. « Je suis tellement nerveuse, j'en tremble presque. »

Laurie lui serra doucement la main. « Tout va bien se passer. »

Emboîtant le pas à Michelle dans l'escalier qui menait à l'étage, Laurie demanda depuis combien de temps le cabinet occupait ces locaux.

« Je venais de commencer le lycée quand ils ont acheté la maison et l'ont réagencée, donc ça doit faire seize ans. C'était l'idée de Richard. C'était lui qui prenait les décisions. Il disait que ça reviendrait moins cher à long terme d'être propriétaire des murs. À l'origine, cet étage comptait six chambres. La surface parfaite pour aménager trois bureaux : un pour Richard, un pour mon père et un pour Howard.

– Howard Carver, dit Laurie. Le témoin qui a vu l'un des jumeaux sur le parking.

– Lui-même, répondit Michelle d'une voix aussi tranchante que le verre. Le Carver de ce qui était à l'époque “Harrington, Ward & Carver”.

– Vous en parlez au passé ?

– Ça fait très longtemps qu'il a pris sa retraite », répondit-elle, d'une voix soudain plus légère. Le départ de Howard cachait-il quelque chose ? Il était encore trop tôt pour tirer ce fil. « Simon occupe l'ancien bureau de Howard. Dennis, celui de Richard. Et mon père a gardé le sien, même s'il ne vient plus qu'une fois par mois, et encore. » Elle toqua à une porte entrouverte. « Salut, Dennis. Tu as une minute ? Je voudrais te présenter Laurie avant qu'elle ne s'entretienne avec Simon. »

Laurie la suivit dans une pièce aux murs d'un blanc éclatant, dotée d'un bureau laqué blanc et d'un salon extrêmement moderne. Contrairement à sa sœur, Dennis avait les cheveux bruns. Ses lunettes en écaille lui rappelèrent celles d'Alex. « Dennis Ward. Désolé pour la déco bizarre dans l'entrée. J'ai enfin réussi à convaincre mon père de moderniser les lieux, mais certains des meubles que nous avons commandés sont en cours de réapprovisionnement. »

Il n'échappa pas à Laurie qu'il ne mentionnait pas Simon dans cette prise de décision. « Ah, le calvaire des retards de livraison. Je connais. Mon mari et moi avons fait refaire notre appartement l'année dernière.

– Alors comme ça, vous allez consacrer une émission entière aux Harrington ? C'est Michelle qui me l'a appris.

– C'est en tout cas mon souhait.

– J'en ferai partie ? demanda-t-il en riant.

– Avez-vous la moindre idée de l'endroit où se trouvaient Simon et Ethan entre vingt et une heures quinze et vingt et une heures trente-cinq ce soir-là ? »

Il secoua la tête. « Je suis parti vers vingt heures trente avec mon père.

– Vous ne vous amusiez pas, à cette fête ?

– Pas vraiment, j'étais le seul qui ne buvait pas. Trop jeune. Et les copains des jumeaux commençaient à être passablement saouls.

– Alors vous n'apparaîtrez sans doute pas à l'écran, dit Laurie.

– Et zut. Ma seule chance de devenir célèbre un jour. Plus j'y réfléchis, plus je me dis qu'il vaudrait mieux ne pas mentionner mon cabinet. Très franchement, je n'arrive pas à croire que Simon envisage de faire ça : remuer le passé alors que sa vie est sur les rails. À mon avis, il commet une grosse erreur. »

D'abord, la décoration. Maintenant, « mon » cabinet. Même le nom avait changé : « Ward & Harrington » et non plus l'inverse. À l'évidence, les associés n'étaient pas sur un pied d'égalité.

Michelle toussota et jeta un regard grave à son frère. « Dennis, on en a déjà parlé.

– Je m'inquiète pour vous, c'est tout. Vous prenez un risque énorme, celui de chambouler sa vie une fois de plus, alors que les chances de découvrir quoi que ce soit sont très minces. Et honnêtement, ça pourrait nous péter à la figure, à papa et à moi, puisque Simon fait partie de ce cabinet.

– S'il te plaît, dit Michelle, tu avais promis de ne pas essayer de le faire changer d'avis. »

Il leva les mains en signe de capitulation. « Et je tiendrai ma promesse.

– Travailler avec Simon ne vous a jamais inquiété ? demanda Laurie.

– Inquiété ? Comme dans : est-ce que je pense qu'il est le meurtrier ? Bien sûr que non. C'est mon beau-frère. Je le connais depuis que je suis gamin. Quand il a commencé à sortir avec Michelle, il est presque devenu un membre de notre famille. Je suis sûr que notre mère et Sarah préparaient en secret leur mariage depuis des années.

– Et Ethan ? »

Un ange passa. « C'était le fils des amis de mes parents. Je ne le connais pas comme je connais Simon.

– Vous pensez qu'il serait capable de tuer ? » demanda Laurie.

Dennis haussa les épaules. « Ce que je sais, c'est que mes parents ne le croient pas. Mais son propre frère pense que oui, alors… Voyez avec Simon. »

C'était exactement ce que Laurie avait l'intention de faire.

9

Michelle Harrington n'avait pas menti, elle était si nerveuse qu'elle en tremblait presque. Elle savait que cette productrice, Laurie Moran, avait contacté sa mère et Frankie quelques années plus tôt. À l'époque, la conversation l'avait tellement angoissée qu'elle en avait eu le cœur au bord des lèvres.

Ses romans lui demandaient beaucoup de travail. Et Simon ne comptait pas ses heures au cabinet, même s'il ne faisait pas la carrière de ses rêves, loin de là.

Le plus important, c'était qu'ils avaient Sophie et Daniel. Ainsi que les parents de Michelle, qui étaient convaincus de l'innocence de Simon. Et jusqu'à ce qu'elle parte à l'université, ils avaient aussi eu Frankie.

Mais Michelle avait appris par sa mère que Frankie commençait à fureter. Elle venait de fêter ses vingt-deux ans et avait donc le droit de gérer elle-même sa fiducie, un tiers des biens des Harrington, qui avaient été répartis à parts égales entre leurs enfants. D'après ses parents, quand les Harrington avaient rédigé leur testament, Sarah avait insisté auprès de Richard pour qu'il n'essaie pas de « contrôler la vie de tous depuis la tombe ». Ils avaient nommé la mère de Michelle, Betsy, administratrice de la fiducie jusqu'au vingt-deuxième anniversaire de chacun des membres de la fratrie. Ils n'avaient plus qu'à espérer les avoir suffisamment bien élevés pour qu'ils se débrouillent à partir de là.

Simon avait déjà perdu ses parents et n'avait plus aucun lien avec Ethan. Il avait peur de perdre Frankie aussi, elle le voyait bien. Et si sa sœur s'éloignait parce qu'elle se posait des questions sur les meurtres, qu'en serait-il de Sophie et de Daniel ? Chercheraient-ils un jour à en savoir plus sur la mort de leurs grands-parents ? S'il acceptait de participer à cette émission, ce serait avant tout pour prouver son innocence à Frankie et à leurs enfants.

Même si la culpabilité d'Ethan était établie, Michelle savait que Simon se sentirait toujours en partie responsable. Avec le recul, elle se rendait compte qu'elle aurait dû l'encourager à soutenir Ethan, plutôt que de toujours prendre le parti de Richard.

C'était comme si Ethan ne faisait jamais rien de bien aux yeux de son père. Richard l'avait forcé à entrer à l'université juste après le lycée, alors qu'il l'avait supplié de lui accorder une année sabbatique pour expérimenter la vie de musicien et voir s'il pouvait en faire son métier.

Lorsque ses notes avaient plongé parce qu'il ne s'investissait pas dans ses études, au lieu de l'aider à trouver sa voie, Richard lui avait hurlé dessus et l'avait traité de raté. Quand enfin il avait trouvé le bonheur en rencontrant Annabeth, Richard avait déclaré qu'elle n'était pas « convenable ». Tout ce qu'il savait d'elle, c'était que son père tenait la quincaillerie locale et que sa mère était femme de ménage. Annabeth était obligée de travailler comme jeune fille au pair pour payer ses frais de scolarité. Richard avait toléré leur relation pendant une année mais, la remise de diplômes des jumeaux approchant, il avait lancé un ultimatum à Ethan : « Tu laisses tomber cette fille ou je te coupe les vivres. »

Si Michelle avait pu remonter le temps, elle aurait obligé Simon à affronter son père. Dans les grandes lignes, Simon était parvenu à satisfaire aux exigences impossibles de Richard, mais ce n'avait pas été sans conséquences. Elle se souvenait du jour où il était venu chez elle, aux vacances de printemps, et lui avait avoué qu'il avait triché à un examen. « Pourquoi ? avait-elle demandé. Non seulement c'est mal, mais c'est hyper risqué, alors pourquoi ?

– À cause de mon père, avait-il expliqué, au bord des larmes. Tu ne vois pas que je suis coincé ? Je ne peux pas échouer ! Je ne peux pas me contenter d'être moyen. Je dois être parfait. Je ne veux pas qu'il me traite comme il traite Ethan. »

Si elle et Simon avaient pris la défense d'Ethan et d'Annabeth, Richard aurait-il fini par lâcher prise ? Aurait-il accueilli Annabeth au sein de la famille Harrington comme il avait si chaleureusement accueilli Michelle ? On ne le saurait jamais. Mais à l'époque, ni elle ni Simon n'avaient osé. Tout comme Simon ne voulait pas être traité comme Ethan, Michelle redoutait de subir le sort d'Annabeth. Alors ils avaient gardé le silence. Non, pire encore, ils avaient dit à Richard ce qu'il avait envie d'entendre pour qu'il continue de les voir comme de « bons petits ».

Et maintenant, pour la première fois, son mari était sur le point de confier à une productrice de télévision pourquoi son frère avait tué leurs parents. C'était Michelle qui avait tout déclenché. Et il lui était impossible de faire machine arrière.

10

Laurie avait examiné de nombreux clichés des jumeaux Harrington. Elle fut pourtant prise de court quand Simon l'accueillit dans son bureau. Il avait d'épais cheveux bruns, la même intensité dans les yeux que sur les photos vieilles d'une décennie et semblait plein d'assurance, même s'il n'était pas certain de vouloir rencontrer Laurie.

Il ne perdit pas de temps. « Il y a dix ans, je pensais qu'un avenir parfait me tendait les bras. Il a suffi d'une nuit pour que la vie perde toute valeur à mes yeux. Et maintenant ? Michelle et moi sommes heureux. Nous avons nos enfants, Sophie et Daniel. Pourquoi devrais-je mettre un coup de pied dans la fourmilière ? »

Assise à ses côtés, sur le canapé en cuir assorti à celui du rez-de-chaussée, Michelle lui prit la main. Elle ouvrit la bouche, puis se ravisa et regarda Laurie.

« Ce n'est pas à moi de répondre à cette question, dit Laurie. Mais d'après ce que j'ai compris, Frankie et

Michelle pensent que votre famille gagnerait à connaître la vérité. »

Simon serra les dents, une lueur traversa ses yeux, puis son expression se radoucit. « Je sais que je ne pourrai pas le cacher indéfiniment à mes enfants. Ma plus grande peur, c'est que leur nom de famille se révèle un fardeau. Mais qu'est-ce qui vous fait penser que vous réussirez là où la police a échoué ? Hors de question de remuer la vase et de nous remettre sous le feu des projecteurs pour rien. »

La même préoccupation que son beau-frère Dennis. *Vous prenez un risque énorme, celui de chambouler toute sa vie une fois de plus, alors que les chances de découvrir quoi que ce soit sont très minces.*

Laurie se pencha en avant dans la bergère à oreilles qu'elle occupait et fixa Simon droit dans les yeux. « Avec un regard neuf, on peut mettre au jour de nouvelles pistes. Et le rôle de notre émission n'est pas d'accuser qui que ce soit, Simon. Ce que nous voulons, c'est entendre votre version de l'histoire et déceler la vérité. Pensez-vous que ce soit l'approche qu'avait adoptée la police de Harbor Bay ?

– Absolument pas, répondit-il avec une pointe de colère. Comprenez que Harbor Bay ne compte pas énormément de vieilles fortunes. C'était une petite ville endormie que personne ne connaissait jusqu'à ce que des gens comme mes parents découvrent sa proximité de Boston et ses plages magnifiques. Les habitants du coin se plaignaient d'être envahis par les citadins, et ma famille faisait partie des envahisseurs. Quand un double homicide a frappé leur petite ville, ça a été plus facile de faire porter le chapeau aux enfants pleins aux as des victimes que de mener l'enquête. Ils n'ont même pas essayé de nous différencier, Ethan et moi. Pour eux, on était une seule et même personne.

– Lorsque vous avez appris le meurtre, qui avez-vous soupçonné d'emblée ?

– Ça ressemblait à un cambriolage. Même la police semblait le croire. La chambre de mes parents, le salon et la cuisine étaient sens dessus dessous.

– Pas le reste de la maison ?

– Non. C'était bizarre. Un cambrioleur aurait sans doute commencé par le bureau de mon père, mais il était intact. »

Laurie sortit un grand bloc de papier de son sac à dos et prit ses premières notes de la journée.

« Je leur avais aussi parlé d'un curieux incident qui avait eu lieu lors d'un week-end passé là-bas, vers la fin avril. Le trottoir devant la maison avait été tagué. Quelque chose du genre : "Cette famille est un mensonge." »

Laurie n'avait rien lu à ce sujet, elle griffonna quelques mots supplémentaires.

« Je me suis dit que ça pouvait avoir un lien, continua Simon, mais la police n'a pas creusé, pour autant que je le sache. On les a prévenus que la caméra du portail était cassée. Ils ont vérifié auprès de Peter, notre gardien ; en fait, elle fonctionnait encore. Il leur a donné la vidéo. Après avoir vu la Range Rover, la police a resserré les investigations sur nous. J'aurais sans doute dû prendre un avocat, mais tout ce que je voulais, c'était qu'ils découvrent la vérité. »

L'effet tunnel. Un biais cognitif. Ce n'était pas la première fois que Laurie y était confrontée. Les inspecteurs se persuadaient de la culpabilité d'un suspect et orientaient leurs recherches dans ce sens, excluant les autres pistes. Ils ne souhaitaient pas intentionnellement piéger une personne innocente, mais ils cessaient d'être objectifs et ne voyaient que ce qu'ils voulaient voir. Ajoutez à cela une population locale méfiante envers les nouveaux venus, et vous obteniez le cocktail idéal pour une enquête ratée.

« Vous souvenez-vous du nom des inspecteurs qui étaient sur l'affaire ? » Laurie avait laissé un message aux services de police de Harbor Bay la veille, mais n'avait pas encore obtenu de réponse.

« Comment les oublier ? Le chef Bruce Collins et son adjointe, Roberta Hanson.

– Ils sont toujours en activité ? demanda-t-elle en notant les noms.

– Aucune idée. Harbor Bay, pour moi, c'était le paradis. Mais depuis la mort de mes parents, l'océan en général et Cape Cod en particulier me sortent par les yeux.

– En apprenant que le meurtrier avait utilisé votre voiture, avez-vous immédiatement suspecté Ethan ?

– Non. Bien sûr que non. J'ai pensé que ça pouvait être ce type avec lequel j'étais à la fac, Tom Keenan. La police a enquêté sur lui, mais il avait un alibi en béton : il faisait la fête à Nashville avec des amis ce week-end-là. Il venait à la maison de temps en temps. Bacon se serait sans aucun doute souvenu de lui, et il aurait pu apercevoir le code quand il était en voiture avec moi.

– C'était donc votre ami, souligna Laurie.

– Il ne l'est plus depuis longtemps.

– Je suis désolée. Pourquoi le soupçonner d'avoir fait du mal à vos parents ? »

Il marqua une pause et Laurie le vit échanger un regard avec sa femme. « Elle ne peut pas nous aider si elle ne connaît pas toute l'histoire, dit Michelle.

– Mais Tom n'est pas coupable. Ce qui s'est passé avec lui n'a rien à voir avec les meurtres. Et ça donne une mauvaise image de moi.

– Écoutez, reprit Laurie, vous n'avez même pas encore dit oui pour l'émission. Et si ce n'est pas pertinent, nous ne nous en servirons pas. Mais on ne sait jamais, ces infos pourraient se révéler utiles. »

Simon hocha la tête avec réticence. « Un jour, je l'ai payé pour qu'il rédige un de mes devoirs d'histoire. J'avais eu une mauvaise note à un partiel et mon père était furieux. Il m'a dit qu'il ne payait pas des frais de scolarité astronomiques pour que je me tourne les pouces. J'étais terrorisé à l'idée de plomber ma moyenne et j'ai paniqué. J'avais choisi des matières qui demandaient énormément de travail personnel et je n'arrivais plus à faire face. Tom rédigeait des devoirs pour d'autres étudiants et il obtenait toujours de très bonnes notes. Alors j'ai cédé à la facilité. Mais quand j'ai été admis en fac de droit, j'ai reçu un mail anonyme menaçant de me dénoncer au doyen si je ne déposais pas vingt mille dollars à un certain endroit du campus. Quand j'ai essayé de tirer les choses au clair avec Tom, il a nié avoir envoyé ce message, mais c'était forcément lui. Je n'en avais parlé à personne.

– À part moi, précisa Michelle. Simon s'est tout de suite senti coupable d'avoir triché et il est venu tout me raconter lorsque je suis rentrée chez mes parents pour les vacances de printemps. Il s'en voulait tellement. Mais il était impossible de revenir en arrière.

– Vous avez payé ? » demanda Laurie.

Il secoua la tête. « J'étais étudiant. Je n'avais pas cette somme. Je me suis effondré, je suis allé demander de l'argent à mon père. Je ne l'avais jamais vu aussi en colère. Il a pété les plombs. Il m'a attrapé par les bras et m'a secoué si fort que mes dents s'entrechoquaient. Et après il m'a frappé. J'aurais voulu me défendre, mais je me suis figé. Je n'arrivais pas à croire qu'il était en train de me taper. Il ne s'est arrêté que lorsque ma mère l'a entendu hurler et qu'elle s'est précipitée dans la pièce. Ça a été immédiat, comme si on avait appuyé sur un interrupteur. Il est brusquement redevenu tout à fait normal, impassible. Moi, j'étais en état de choc. »

Au cours de ses recherches, Laurie n'avait vu aucune mention de gestes violents de la part de Richard

Harrington. « Il ne vous avait jamais brutalisés, vous ou vos frère et sœur, avant cela ?

– Il se mettait en colère, ça oui, parfois même jusqu'à se montrer cruel. Pour lui, nous mettre la pression, nous insulter, nous rabaisser, c'était nous rendre plus forts. Mais il n'avait jamais été violent. Il aurait considéré ça comme indigne de lui, parce que c'est une perte de contrôle. Par la suite, il n'a jamais reconnu les faits. Il a prétendu que je grossissais l'incident et m'a interdit d'en reparler. »

On était loin du patriarche de la « famille parfaite » que les médias avaient décrit dans le sillage du meurtre. « Après qu'il a retrouvé son calme, que s'est-il passé ?

– Il a dit que si on le payait, Tom en demanderait toujours plus et qu'il fallait trouver une autre solution, même si Tom finissait par me dénoncer à la fac. J'ai cru que ma mère pourrait se débrouiller pour me donner l'argent sans qu'il le sache, mais elle n'avait aucun moyen de m'aider. Je revois ses larmes. J'en suis encore mortifié. Je n'ai jamais eu autant honte de ma vie. J'ai essayé de gagner du temps avec Tom, en faisant durer les échanges de mails. Mais les messages se sont subitement arrêtés peu après la remise des diplômes. Quand mes parents ont été tués, je me suis demandé s'il n'avait pas voulu prendre les choses en main et leur demander de l'argent directement. Il aurait pu être au courant de la fête par des amis communs et prendre notre voiture au yacht-club.

– Sauf qu'il avait un alibi, poursuivit Laurie.

– Exactement. Et après, tout s'est retourné contre moi. Lorsque la police a découvert qu'on me faisait chanter, ils y ont vu un mobile. J'aurais soi-disant tué mon père pour payer Tom.

– La police semblait convaincue que votre frère et vous aviez tout manigancé pour toucher l'héritage, dit Laurie. Six mois plus tôt, vous aviez fêté vos vingt-deux ans, l'âge qui vous permettait de contrôler votre fiducie, selon les termes du testament de vos parents.

– Et pourquoi aurais-je fait une chose pareille ? J'étais admis dans l'une des meilleures écoles de droit du pays, et j'avais bien l'intention d'y aller. Je voulais entrer dans un grand cabinet, où j'aurais gagné bien plus d'argent qu'en héritant. Sans compter qu'on a failli ne pas toucher l'assurance-vie quand la compagnie d'assurances nous a accusés du meurtre. Et la succession aussi aurait pu nous mener au tribunal.

– Mais vous l'avez touché, cet héritage, finalement ? »

Il hocha la tête. « Uniquement parce que Betsy a accepté, comme exécutrice testamentaire et tutrice légale, de renoncer au droit de Frankie à réclamer nos parts. Si on en avait été exclus, tout serait revenu à notre sœur.

– Si je peux me permettre, quel était le montant en jeu ?

– Un peu moins de dix millions de dollars. Une fois qu'il a été clair que Frankie ne cherchait pas à faire main basse sur la succession, l'assureur et le tribunal ont divisé la somme en trois parts égales. »

Il n'avait pas tort. Trois millions de dollars, c'était certes une somme plus que rondelette, mais il aurait empoché bien plus en devenant avocat d'affaires dans une grande boîte. Cela étant, un gamin de vingt-deux ans avec un père autoritaire aurait pu vouloir accélérer les choses.

« Et Ethan ? s'enquit Laurie. Peut-être était-il pressé de toucher son héritage ? »

Simon chercha encore le regard de Michelle, qui lui pressa la main. « Dis-lui, l'encouragea-t-elle. Il est temps que la vérité éclate.

– Mon père menaçait Ethan de lui couper les vivres s'il ne rompait pas avec sa petite amie, Annabeth. Elle venait d'une famille des environs, des gens plutôt modestes. Il était catégoriquement opposé à cette relation. Ça faisait des mois que papa était sur son dos. Il était convaincu que sa famille en avait après son argent, parce qu'une chaîne de bricolage avait implanté un magasin près de la route nationale et que d'après la rumeur, la petite quincaillerie du père d'Annabeth battait de l'aile. Mais quand mon père a découvert que Tom essayait de me faire chanter, c'est comme s'il en avait eu après nous deux, mon frère et moi. Il voulait nous couper les vivres à tous les deux. Ethan a dit à papa que ce n'étaient pas ses oignons, qu'il sortait avec qui il voulait. Mais moi, j'étais prêt à tout pour rentrer dans les bonnes grâces de mon père. Je me suis convaincu qu'il me verrait en héros si je réussissais à séparer Ethan et Annabeth. »

Laurie n'écrivait pas assez vite pour coucher sur le papier tout ce que Simon lui confiait. « Et comment vous êtes-vous débrouillé pour jouer les héros ?

– Deux jours avant notre fête de remise de diplômes, nous sommes allés dîner tous les quatre, Ethan, Annabeth, Michelle et moi, dans une pizzeria locale, le Pizza Palace. Ethan et moi, on est passés chercher les filles avec la Range Rover. En partant, j'ai pris Annabeth à part. Je lui ai dit que notre père était sur le point de mettre Ethan dehors à cause d'elle. »

Simon fixait ses genoux, manifestement peu fier de ce qu'il avait fait. Michelle posa une main réconfortante sur son épaule.

« Simon s'accuse, mais c'était mon idée. À l'époque, je pensais protéger la relation de Simon avec son père, mais en réalité, j'étais égoïste. La façon dont Richard traitait Ethan et Annabeth ne m'avait pas échappé, et je ne voulais pas qu'il s'en prenne à nous aussi. J'ai dit à Simon qu'il fallait qu'Annabeth comprenne le genre de tensions qu'elle provoquait dans la famille.

– Et Ethan a découvert ce que vous avez fait », conclut Laurie.

Simon hocha la tête. « Il était prêt à assumer, c'est tout à son honneur. Mais moi, j'avais peur que mon père arrête de nous verser de l'argent à cause de l'histoire avec Tom. J'ai été méchant, je lui ai dit qu'elle n'était pas celle qui lui convenait, que jamais il ne l'épouserait et qu'elle perdait son temps. J'ai en quelque sorte déchargé toute ma honte sur elle. Je pensais que si j'étais assez cruel, elle partirait d'elle-même. »

À mesure qu'il se confiait, Laurie sentait tout le poids du passé sur les épaules de Simon. « Mais elle est restée.

– Oui. Elle a tout répété à Ethan. Pour formuler les choses poliment, il était très, très en colère. C'est pour ça qu'on s'est disputés, ce soir-là. Il a même menacé de boycotter la fête, mais ma mère l'a convaincu de ne pas manquer cette soirée si importante. Loin de moi l'idée de dire du mal de mes parents, mais ils étaient très attachés aux apparences. Ethan et moi étions habitués à afficher un sourire de façade quand c'était nécessaire. Alors on s'est mis d'accord pour se rendre au yacht-club avec la Range Rover. On est d'abord passés prendre Michelle, puis Annabeth. Pour Annabeth, c'est Ethan qui est allé sonner à la porte. Michelle et moi, nous sommes restés dans la voiture, mais le père d'Annabeth a tenu à venir nous saluer. »

Michelle cacha son visage dans ses mains. « C'était affreux.

– Il était fâché ? demanda Laurie.

– Honnêtement, dit Simon, j'aurais préféré ça. Il s'est montré incroyablement gentil. À tel point que j'ai pensé qu'il était au courant et qu'il voulait s'assurer que nous ayons honte de nous.

– Et ça a marché, souligna Michelle.

– Ethan était toujours furieux, reprit Simon. Une fois au yacht-club, on a fait en sorte de ne surtout pas se croiser. Et la police a cru que ça faisait partie d'un plan. » À son tour, il s'enfouit le visage dans les mains et se frotta les yeux avant de relever la tête. « Désolé. Ça fait presque dix ans, et j'ai toujours l'impression que c'est un cauchemar dont je vais me réveiller.

– Et ce type, Tom ? Vous avez fini par lui donner l'argent ? »

Pour la première fois depuis le début de la conversation, un sourire rusé fendit lentement le visage de Simon. « Non. Je lui ai dit que je ne porterais pas plainte contre lui s'il s'engageait à ne plus jamais me contacter. J'ai rédigé un accord et tout le toutim.

– Vos premiers pas d'avocat, fit remarquer Laurie.

– Exactement. Il n'a jamais avoué le chantage, mais il a signé les papiers.

– Simon, reprit Laurie, je sais que votre femme et votre sœur vous ont presque forcé à me recevoir aujourd'hui. »

Il eut un petit rire. « Elles m'ont un peu tordu le bras, c'est vrai.

– Je ne veux pas que vous acceptiez de participer si ce n'est pas votre décision à vous. » Elle sortit de son sac à dos deux exemplaires de l'accord juridique que devait accepter tout participant à son émission et leur en tendit à chacun un. « J'ai pris la liberté d'apporter le formulaire de décharge standard qu'il vous faudra parapher avant de lancer la production. »

Ils lurent le document avec attention.

« Si j'accepte, dit Simon, je prends le risque que tous les secrets de notre famille sortent au grand jour, n'est-ce pas ? La tricherie à l'examen. Les horreurs que j'ai dites à Annabeth. La rancœur croissante envers mon père. Tout ça sera livré en pâture aux téléspectateurs ? »

Laurie ne voulait pas se montrer déloyale. « Oui, c'est le genre de choses dont nous parlerons.

– Et votre présentateur ? Il me cuisinera comme si j'étais un suspect, c'est ça ? Tous les indices nous accusant, mon frère et moi, seront passés au crible ?

– Il est très doué pour jouer les avocats du diable. »

Simon examina l'accord en hochant lentement la tête. « Ethan sera soumis au même traitement ?

– Oui, confirma Laurie. Si nous arrivons à le persuader de participer. »

Simon se leva et alla à son bureau. « C'est tout ce que je voulais entendre, dit-il en signant le document avant de tendre le stylo à Michelle pour qu'elle fasse de même. À quelle heure est votre vol pour New York ?

– À quinze heures, mais je peux changer. Pourquoi ?

– Alors vous avez le temps.

– Le temps de quoi ?

– De faire signer Ethan. » Sans ajouter un mot, il prit le téléphone portable posé sur son bureau et lança l'appel.

11

SIMON SENTIT LE SANG LUI MONTER AUX JOUES en entendant la quatrième sonnerie. Quand le répondeur se déclencherait, que dirait-il ? *Salut, c'est ton frère, celui à qui tu n'as pas parlé depuis plus de sept ans. Comment ça va ?*

La sonnerie s'interrompit brusquement. Un silence, puis un timide : « Allô ? » Presque exactement la même voix que la sienne. Ethan.

« C'est Simon.

– Ouais, c'est ce que mon téléphone affiche. Visiblement, on a tous les deux gardé le même numéro. »

Simon percevait la tension dans ses doigts crispés sur l'appareil. Tant d'émotions contradictoires. Tant d'heures passées avec la police dans les semaines, les mois qui avaient suivi les meurtres. Un nombre incalculable d'interrogatoires. Simon en avait retiré une bonne connaissance du dossier. Le coupable avait utilisé leur voiture, connaissait leur chien, savait où trouver l'arme. La famille

Harrington ne comptait que cinq membres. Deux d'entre eux étaient morts. L'un était à l'époque une petite fille. Il ne restait que Simon et Ethan.

Et qu'avait fait Ethan quand on lui avait mis ces éléments sous le nez ? Il avait pointé un doigt accusateur sur Simon. Il avait dit à la police que son frère cherchait désespérément à se plier aux exigences d'un père autoritaire, mais qu'être le fils préféré avait aussi ses inconvénients et que, sous la pression, il en était venu à haïr toute la famille. Il avait fait passer Simon pour un volcan prêt à entrer en éruption. La façon dont Ethan avait agi était impardonnable.

Et pourtant... Le son de sa voix fit remonter tant de souvenirs. La plage, le bodysurf. Les tournois de ping-pong. Les débats pour savoir qui embrasserait une fille le premier (Ethan). Toutes les fois où ils avaient mené les profs en bateau en se faisant passer l'un pour l'autre.

Il déglutit, comme s'il pouvait physiquement ravaler les sentiments intenses qui refaisaient surface. « Où es-tu ? demanda Simon.

– Au boulot. »

Il se rendit compte qu'il n'avait aucune idée de l'endroit où travaillait son frère. Il savait par Frankie qu'il continuait de jouer de la guitare dans quelques groupes de rock locaux et qu'il gagnait sa vie comme ingénieur du son. Mais ça s'arrêtait là.

« Oui, mais où es-tu ? À quelle adresse ? Où seras-tu dans une demi-heure ?

– Pourquoi ?

– J'ai à mes côtés quelqu'un qui a besoin de te voir. Laurie Moran, la productrice de…

– De *Suspicion*, le coupa Ethan. Frankie m'a prévenu. Je ne le ferai pas. Frankie m'en veut à mort, mais c'est mon dernier mot.

– Non, c'est hors de question », répondit Simon.

Il n'imaginait que trop bien le sourire sarcastique que devait arborer son frère en répliquant : « Pardon ?

– Il faut qu'on fasse cette émission, insista Simon. Tu as un bébé en route, je suis au courant. Raison de plus. Il faut qu'on prouve notre innocence.

– C'est un peu gonflé de ta part. C'est toi qui as dit à la police que papa voulait m'obliger à rompre avec Annabeth. Tu m'as poignardé dans le dos.

– Seulement après que tu m'as accusé.

– C'est des foutaises, Simon. Tu n'as pas changé, hein ? Les contorsions intellectuelles dont tu es capable pour te convaincre que c'est toi le gentil ! Parfois, je me dis que tu y crois vraiment, à tous ces mensonges que tu te racontes.

– Donne-moi l'adresse, persista Simon.

– Je ne lui parlerai pas, rétorqua Ethan.

– Tu as le sentiment que je t'ai poignardé dans le dos à l'époque ? Attends de voir ce que ce sera si tu ne participes pas à cette émission. Je ne me gênerai pas pour parler de toi à la télé. Sur une chaîne nationale. Allez, l'adresse ? »

Un long silence, puis l'appel prit fin. Ethan lui avait raccroché au nez.

Quelques secondes plus tard, un texto. Il s'agissait d'une adresse à Back Bay, suivie d'un message : *C'est toi le responsable. Ne l'oublie pas.*

12

LAURIE NE CONNAISSAIT PAS BIEN les environs de Boston, mais le chauffeur de son Uber lui expliqua que l'aménagement urbain de Back Bay s'inspirait largement du Paris haussmannien. Le quartier était réputé abriter les plus jolies boutiques et les meilleurs restaurants de la ville. Sur Internet, l'adresse que Simon lui avait donnée correspondait à un studio d'enregistrement appelé UltraSon. En descendant de voiture, elle fut surprise de tomber sur un magasin d'une chaîne d'ameublement haut de gamme, mais finit par remarquer juste à côté une porte au nom du studio.

Laurie pianotait sur son appli Uber, attribuant une note de cinq étoiles ainsi qu'un généreux pourboire à son chauffeur, quand le téléphone vibra entre ses mains. Un appel en visio d'Alex.

« Salut, toi », dit-elle. Il était assis à son bureau, au tribunal, sa robe de juge posée sur le dos de son fauteuil.

« Eh bien, moi qui avais de la peine pour toi à l'idée que tu doives te lever aux aurores pour une dure journée de labeur à Boston. En fait, tu achètes des meubles !

– J'aurais préféré. On pourrait s'offrir un petit pays pour le prix d'un de ces canapés, dit-elle en désignant la boutique derrière elle. Comment se porte le juge Buckley ? Des coups de théâtre en salle d'audience aujourd'hui ? »

Un procès complexe pour fraude à la cryptomonnaie, que présidait Alex, débutait ce jour-là. Ils en étaient à l'étape de la sélection des jurés.

« Disons que ce n'est pas tous les jours qu'un juré potentiel déclare qu'il sait que l'accusé est coupable rien qu'en regardant sa tête.

– Et a-t-il raison ?

– Aucun commentaire, répondit-il. Je l'ai remercié pour son honnêteté et l'ai exclu illico du jury. À mon avis, c'était le but recherché. L'avocate de la défense a demandé à s'entretenir avec son client au sujet de son attitude devant la cour. C'est ce qui me permet de pouvoir discuter avec mon épouse à l'emploi du temps de ministre. »

Quand elle l'avait rencontré, Alex était un avocat renommé spécialisé en droit pénal. Il avait fait les gros titres en défendant un magnat accusé du meurtre de son associé. Contre toute attente, il avait obtenu l'acquittement de son client, et la presse avait crié au scandale, qualifiant le verdict d'affreuse injustice. Mais le nom d'Alex et celui de son client avaient été blanchis lorsque la femme de l'associé s'était suicidée, avouant le meurtre de son mari dans une lettre d'adieu.

Alex aimait plaider. Laurie le savait et l'avait toujours considéré comme l'un de ces avocats qui continueraient à le faire jusqu'au seuil de la mort. Mais un an plus tôt, le président l'avait nommé juge fédéral dans le district sud de New York, et Alex avait accepté.

« Je ne suis pas la seule à avoir un emploi du temps bien rempli, votre honneur. Comment ça s'est passé, ce matin ? »

Alex afficha un large sourire. Il avait dû y avoir un accroc. « Disons que Tim a profité de l'absence de maman pour me tester.

– Laisse-moi deviner : il ne voulait pas sortir du lit ?

– Oh, non, il s'est levé. Mais il ne voulait pas lâcher ses Joy-Con. »

Elle gloussa. « Je suis désolée, mais pourquoi est-ce aussi drôle d'entendre un juge fédéral prononcer un mot aussi idiot ? Je refuse de les appeler comme ça. » Pour elle, les manettes de jeu vidéo de son fils étaient « tes machins pour tes jeux ».

« En tout cas, il était plongé dans Mario Kart et quand je lui ai demandé d'éteindre, il a fait la sourde oreille. »

Le fils de Laurie était un enfant d'une grande gentillesse. Ses professeurs soulignaient tous sa prévenance et son empathie à l'égard de ses camarades. Mais depuis qu'il le connaissait, Alex avait toujours été le copain « sympa ». Celui qui avait des places « complètement folles » au premier rang pour les matchs des Knicks. Le mec cool qui avait décroché pour lui une rencontre avec Wynton Marsalis au Lincoln Center lors d'une soirée caritative.

À présent, le copain sympa vivait sous le même toit que lui et lui demandait d'arrêter de jouer aux jeux vidéo.

« Je suis désolée. Je lui parlerai en rentrant.

– C'est déjà réglé. Je lui ai expliqué que je ne pourrais jamais remplacer son père, mais que je t'avais promis de t'aider à faire de lui un homme dont Greg aurait été fier. Et que pour ça, il fallait que je m'assure qu'il soit à l'heure à l'école et qu'il écoute ses aînés.

– *Qu'il écoute ses aînés* ?

– Je sais, dit-il, partageant le sourire de Laurie sur l'écran. J'avais l'impression d'avoir cent douze ans. Mais ça a marché. Il s'est excusé et m'a avoué que quand il avait soufflé les bougies de son neuvième anniversaire, il avait fait le vœu qu'on se marie. »

Elle secoua la tête. Décidément, cet enfant était trop chou. « C'est bizarre, j'ai les larmes aux yeux, tout à coup.

– Pareil pour moi ce matin. Je savais que ça te ferait plaisir.

– Oh que oui ! Espérons que ma conversation avec Ethan Harrington sera aussi fructueuse.

– Ethan ? Je pensais que tu rencontrais Simon à son cabinet ? »

Alex s'était montré très inquiet que Laurie se confronte seule à un meurtrier potentiel, mais savoir qu'elle le verrait à son bureau, pendant les heures d'ouverture et en présence de sa femme, l'avait rassuré.

« C'est une longue histoire, mais en gros, Simon a convaincu Ethan de me rencontrer. Nous avons rendez-vous sur son lieu de travail, un studio dans un quartier très fréquenté. Même s'il avait des raisons de vouloir me faire du mal, ce n'est pas ici qu'il le pourrait.

– Envoie-moi un texto dès que tu quittes cet endroit, juste pour que je sache que tout va bien. Mon téléphone sera à côté de moi. »

Elle promit, raccrocha et poussa la porte où était écrit « UltraSon », laquelle s'ouvrit en grinçant sur un escalier étroit et raide. Fermement agrippée à la rampe, Laurie monta les marches en essayant d'occulter le fait qu'il serait très facile de l'attendre en haut et de la pousser un bon coup.

13

AU SOMMET DE L'ESCALIER, Laurie tomba sur une autre porte, qui donnait sur un petit bureau décoré de posters de musique vintage. Sur le téléviseur fixé au mur, dont le son était coupé, passait le film *Spinal Tap*, un documentaire parodique sur un groupe de heavy metal fictif. L'homme assis derrière le bureau avait la tête rasée, un casque audio sur les oreilles, et concentrait toute son attention sur l'ordinateur portable devant lui.

« Je cherche un certain Ethan Harrington », dit Laurie. Elle s'approcha et se pencha pour entrer dans le champ de vision de l'homme. Il sursauta et fit glisser le casque autour de son cou.

« Je ne voulais pas vous faire peur, s'excusa-t-elle.

– C'est raté, vous m'avez fichu une sacrée trouille. Je ne m'attendais pas à recevoir de la visite. Les trois studios sont réservés pour la journée. »

Elle répéta qu'elle venait voir Ethan.

« OK. Il est dans le studio B », dit-il en indiquant un couloir après le vestibule. Il appuya sur un bouton derrière lui. « Il est en train d'enregistrer, mais je viens de lui signaler qu'il avait de la visite. Attendez que la lumière rouge au-dessus de la porte s'éteigne avant d'entrer. Ils sont en plein habillage sonore. »

Elle hocha la tête. S'il savait.

La lumière rouge disparut, et elle entra.

Ethan Harrington leva les yeux de la table de mixage quand Laurie pénétra dans la régie. Elle fut saisie par la ressemblance avec son jumeau.

« Flippant, hein ? lança-t-il.

– Vous lisez dans mes pensées, répondit-elle en retirant son sac à dos pour le poser sur une petite table d'appoint dans un coin.

– Ça fait un bail que je n'ai pas rencontré quelqu'un qui connaisse mon frère, mais je me souviens de ce regard. » Il lui serra brièvement la main. « Donc, je suis Ethan, vous l'aurez compris. Le plus jeune des deux, à deux minutes près. Et le plus drôle aussi. » Il rit. Elle eut le sentiment que cette plaisanterie était récurrente entre eux avant qu'ils ne coupent les ponts.

La femme qui sortit de la cabine d'enregistrement était sculpturale, ses longs cheveux châtains ramenés sur le haut de sa tête en un chignon flou. Son visage sembla vaguement familier à Laurie. « Timing parfait, Ethan. Je ne serais pas contre une petite pause. Je vais au Starbucks. Je vous rapporte quelque chose ? Au fait, je m'appelle Donna », dit-elle en adressant un signe de tête à la nouvelle venue.

Son prénom suffit à Laurie pour se rappeler où elle l'avait vue. Elle tenait un second rôle récurrent dans une série que Laurie suivait, mais qui s'était récemment arrêtée.
« Si je puis me permettre, qu'enregistrez-vous ? Je suis productrice de télévision.

– Vous avez un rôle à me proposer ? demanda Donna.

– C'est une émission documentaire, alors pas de rôles. »
Elle en avait déjà trop dit et espérait que la femme ne voudrait pas connaître le nom du programme, car cela la conduirait à coup sûr à demander pourquoi elle rencontrait Ethan.

« Dommage. D'après mon agent, j'ai atteint l'âge où le seul rôle que je peux décrocher, c'est celui de la mère du héros. Et je n'ai même pas cinquante ans ! Bref, c'est pour ça qu'Ethan m'aide à enregistrer une démo pour des livres audio. Le marché est énorme et les gens se ficheront bien de savoir quel âge j'ai, du moment que ma voix correspond à ce qu'ils s'imaginent du personnage. »

Laurie remarqua une pile de trois romans posés sur le tabouret de bar qui se trouvait dans la cabine d'enregistrement. Angie Kim, Janelle Brown et Wendy Corsi Staub. Elle nota intérieurement de se renseigner sur ces autrices.

Une fois Donna partie, Ethan alla droit au but. « Je n'ai pas apprécié que mon frère menace de tout me mettre sur le dos si je n'acceptais pas de participer à votre émission.

– Je comprends, répondit-elle en levant les mains en signe d'apaisement. J'ignorais totalement qu'il ferait une chose pareille. Ce n'est pas mon style. »

Il la regarda dans les yeux un moment, puis son expression se radoucit. Il lui désigna le seul autre siège de la pièce et elle s'assit.

« Je comprends que votre passé soit source de souffrance, Ethan, mais il est parfois nécessaire de rouvrir les vieilles blessures. Votre sœur et votre belle-sœur pensent toutes les deux qu'il est temps pour votre famille de connaître la vérité.

– Je me moque royalement de l'opinion que Michelle peut avoir de moi, mais ça m'a vraiment blessé de découvrir que Frankie avait des doutes. On a toujours été proches, elle et moi, même quand j'ai coupé les ponts avec Simon. J'imagine qu'il ne s'est pas privé de vous dire qu'il me croyait coupable. »

Elle hocha la tête. « Et vous, vous pensez que c'est lui qui les a tués ? demanda-t-elle.

– Oui, qui d'autre ? L'associé de mon père lui-même a déclaré à la police qu'il avait vu l'un de nous deux près de la Range Rover juste après les meurtres, or je sais que ce n'est pas moi. Ce serait peut-être différent si Simon avait expliqué qu'il se trouvait là pour une raison quelconque, mais il n'en démord pas : il n'a jamais quitté la soirée. Ça plus le fait que c'était notre voiture, qu'il connaissait le code d'entrée et que Bacon n'a pas aboyé. Ça fait beaucoup. »

Maintenant qu'Ethan s'ouvrait à elle, elle percevait des différences subtiles entre les jumeaux. Simon dégageait une confiance en soi qui frisait l'arrogance. Son regard témoignait d'une certaine intensité, signe d'un esprit en ébullition constante. Ethan, au contraire, avait une attitude plus paisible et ses yeux, bien qu'aussi vifs que ceux de son frère, avaient une lueur plus douce. Il émanait de lui une sérénité sous-jacente que Laurie n'avait pas sentie chez son frère.

« Mais pourquoi Simon aurait-il fait une chose pareille ?

– Vous n'imaginez pas la pression que nous mettait notre père. C'était un homme extrêmement tyrannique. Contrairement à Simon, je l'envoyais promener. Il m'a menacé de me jeter dehors ou de me couper les vivres, mais je ne me suis pas laissé faire. J'ai terminé la fac, même si je n'en avais aucune envie. Ça semblait plutôt raisonnable comme marché. En revanche, il était hors de question qu'il décide de ma vie amoureuse. Simon vous l'a dit, ça ? »

Elle hocha la tête. « Ça vaut ce que ça vaut, mais il a reconnu qu'il s'était montré très désobligeant envers Annabeth.

– Trop tard, trop facile, dit Ethan avec tristesse. De toute façon, Simon n'a jamais été du genre à tenir tête à mon père. Il mettait un point d'honneur à être le bon fils, mais il avait accumulé beaucoup de rancœur. Je suis convaincu que s'il voulait intégrer une fac de droit prestigieuse et entrer dans un gros cabinet huppé, c'était pour faire mieux que lui. Quand on a su qu'il avait triché et quand mon père a refusé de payer pour le sortir d'affaire, je pense qu'il a fait une espèce de crise psychotique. Il voulait juste que mon père disparaisse.

– D'après Frankie, lorsque votre mère a quitté la soirée, elle lui a dit qu'elle allait revenir. Elle se rappelle aussi que Sarah semblait pressée. Ça vous évoque quelque chose ? Savez-vous pourquoi vos parents se sont éclipsés ? »

Il secoua la tête. « J'ignore ce dont se souvient Frankie. Ma mère ne m'avait même pas prévenu qu'elle partait. Mais quand j'ai vu mon père s'en aller, il avait l'air fâché. À l'époque, j'ai cru que c'était parce que j'étais venu avec Annabeth. Mais plus tard, je me suis demandé si ce n'était pas plutôt à cause de la tricherie de Simon. Il se peut très bien qu'il soit rentré en trombe à la maison, que Simon l'ait suivi avec l'autre voiture pour lui reparler de l'argent et qu'une fois sur place il soit allé chercher l'arme. Si maman était au courant de la dispute et qu'elle a vu Simon partir, elle l'a peut-être suivi pour tenter de les calmer. »

La scène commençait à se mettre en place dans l'esprit de Laurie.

« Donc vous pensez que votre mère n'est pas partie avec votre père ?

– Je n'en suis pas sûr, mais ce dont je suis certain, c'est que mon père était seul quand je l'ai vu quitter les lieux. Notre maison n'était qu'à dix minutes à pied du yacht-club en passant par la plage. À mon avis, Simon ne voulait pas tuer ma mère. Je pense qu'il l'a touchée par accident ou sous le coup de la panique, quand elle est entrée et qu'elle a découvert ce qu'il avait fait. Frankie vous a parlé des fleurs ? »

Laurie secoua la tête.

« Un week-end, avec ma sœur, on est allés sur la tombe de nos parents. Ça devait être trois ans après leur mort. Il y avait une magnifique couronne de fleurs sur la stèle de ma mère. Rien pour mon père. On en a parlé à Betsy et à Walter, mais ce n'était pas eux. Je suis persuadé que c'était Simon. C'est là que j'ai compris qu'il n'avait probablement pas voulu faire de mal à maman. Et Frankie m'a dit qu'il s'était passé la même chose quelques années plus tard, quand elle y était allée avec Betsy. Des fleurs, mais seulement pour ma mère. »

Il n'avait pas échappé à Laurie que les critiques de Simon s'étaient limitées à Richard. « Votre frère prétend que votre père s'en est pris à lui physiquement en découvrant qu'il avait triché. »

Le regard d'Ethan s'assombrit, un éclair de colère lui traversa le visage. « Mon père n'était pas parfait, mais il n'a jamais levé la main sur Simon. Il lui mettait constamment la pression, mais ce n'est pas la même chose.

– D'après lui, votre père pouvait se montrer cruel. »

Le mot arracha une grimace à Ethan. « J'essaie de me concentrer sur les bons moments.

– Pourtant…

– Disons qu'il tenait plus du sergent instructeur que du papa poule. Il pouvait se montrer glacial.

– Pourquoi Simon aurait-il inventé cette scène de violence ? Elle lui donnait une raison supplémentaire de vouloir tuer votre père, un mobile de plus. »

Ethan secoua la tête. « Je ne sais pas, dit-il d'une voix qui laissait poindre l'exaspération. Peut-être était-ce une manière de préparer le terrain, pour justifier ce qu'il a fait. Je ne crois plus un mot de ce qu'il raconte.

– Vous m'en avez déjà dit bien plus que je n'en savais sur l'affaire. La police a vérifié si des témoins avaient vu votre mère sur la plage, par exemple ? »

Il haussa les épaules. « J'en doute sérieusement. Les flics ne m'ont pas écouté. Tout ce qu'ils voyaient, c'était deux gosses de riche qu'ils pouvaient mettre derrière les barreaux.

– Votre frère et vous êtes au moins d'accord sur ce point, dit-elle, suscitant un sourire triste. S'il y avait de nouvelles pistes, vous ne voudriez pas les explorer ?

– Franchement ? Pas vraiment. J'ai passé beaucoup d'heures en thérapie pour tenter de tourner la page. J'aime mon job, ma musique. J'ai épousé le grand amour de ma vie. Nous allons avoir un bébé. Tout va bien pour nous et je n'ai aucune envie de tout ficher en l'air.

– Et Frankie ? Et cet enfant, justement ? Que lui direz-vous quand il vous posera des questions sur votre famille ? »

Il croisa les bras. « Vous savez appuyer là où ça fait mal, fit-il avec un clin d'œil.

– Je vous promets que je n'essaie pas de vous forcer la main. Je ne sais pas ce que vous avez traversé, mais j'ai eu mon lot de drames, moi aussi. Mon premier mari a été abattu sous les yeux de notre fils. C'était il y a huit ans, et ça ne fait que trois ans que l'affaire a été résolue. » Les yeux d'Ethan s'écarquillèrent, sa bouche s'entrouvrit ; il était sous le choc. « Je ressentais le traumatisme de mon fils dans toutes les cellules de mon corps, comme s'il coulait dans mes veines. Rien ne pouvait lui ramener son père ni faire disparaître la douleur de la perte, mais quand la police a trouvé le coupable, j'ai perçu un changement en lui – en nous deux. Comme un poids en moins sur nos épaules. Après cela, il a été plus facile de trouver la paix. »

Il baissa les yeux et joignit les mains, plongé dans ses réflexions. « Pourquoi pensez-vous pouvoir faire mieux que la police ?

– Parce que je l'ai déjà fait et que je suis une pro », répondit Laurie avec confiance.

Ethan la regarda droit dans les yeux, un mélange complexe d'émotions balayant son visage. « Ça ne me suffit pas. J'ai besoin de savoir qu'il ne s'agit pas d'une tentative de plus pour faire du neuf avec du vieux. Si vous me prouvez qu'il y a de nouveaux éléments, une piste valable à creuser, je participerai à votre émission.

– Je ne peux rien vous promettre, dit-elle.

– Je croyais que vous l'aviez déjà fait et que vous étiez une pro ? » répliqua-t-il avec un large sourire. Il n'avait pas menti, c'était bien lui le plus drôle des jumeaux Harrington.

Elle hocha la tête. « Vous marquez un point. » Puis elle sortit de son sac à dos un exemplaire de l'accord juridique. « Lisez ça avec votre femme. Je vous garantis que vous allez bientôt avoir très envie de le signer. »

Maintenant, il ne lui restait plus qu'à trouver un indice ayant échappé à la police. Tout simplement.

14

Lovée dans le canapé du salon, avec en bruit de fond un épisode de son plaisir coupable – une émission de téléréalité mièvre au possible –, Annabeth surfait sur un site de décoration à la recherche d'idées pour la chambre d'enfant. Elle ajouta deux berceaux potentiels à sa liste d'inspirations.

Pendant ce temps, calé dans son fauteuil pivotant préféré, son casque sur les oreilles et son ordinateur portable sur les genoux, Ethan mettait la touche finale au montage d'un podcast qu'il devait soumettre à son client le lendemain matin. Il avait insisté pour travailler près d'elle tandis qu'elle regardait son émission.

Ces deux-là avaient toujours été inséparables, mais Annabeth avait le sentiment qu'être à ses côtés était devenu encore plus important pour Ethan depuis qu'elle était enceinte. Lorsqu'elle lui avait posé la question, il avait expliqué qu'il croyait au pouvoir de la mémoire auditive. Il voulait que leur enfant connaisse le son de sa voix aussi tôt que possible.

Il retira son casque et posa son portable sur la table basse juste au moment où, à la télé, le rendez-vous romantique d'un couple potentiel se terminait.

« Fini, annonça-t-il avec satisfaction. J'ai loupé la cérémonie de remise de la rose ? »

Il jurait ses grands dieux que s'il regardait, c'était uniquement pour faire plaisir à Annabeth, mais elle savait qu'au fond ça l'amusait beaucoup, même s'il n'y avait aucune chance qu'il l'avoue.

« Non, ils font durer le plaisir. » Quand une page de pub interrompit le programme, elle coupa le son.

« Après tous les lits d'enfant qu'on a passés en revue, je crois avoir réussi à en trouver deux qui seraient parfaits.

– Il va nous falloir un deuxième bébé, alors.

– Ça viendra, comme on l'a toujours voulu. » Elle lui tendit son iPad. « En attendant, jette un œil. »

Habituellement plein d'enthousiasme quand il s'agissait du bébé, Ethan regarda l'écran d'un air songeur. « Ils ont l'air bien tous les deux », dit-il distraitement en lui rendant la tablette.

Annabeth leva un sourcil. « OK, raconte, dit-elle, même si elle savait déjà ce qui le préoccupait. D'habitude, tu t'enflammes encore plus que moi quand on fait du shopping pour le bébé. Qu'est-ce qui te trotte dans la tête ?

– Ah, dit-il d'un ton morose. La fameuse question que tout homme rêve que sa femme lui pose à la fin de la journée : "Qu'est-ce qui te trotte dans la tête ?" Eh bien, je me disais que je n'avais aucune chance de réussir à me concentrer sur des berceaux quand ma superbe femme était assise à côté de moi et qu'elle me regardait avec ces yeux-là. » Il quitta son fauteuil, s'assit près d'elle sur le canapé et lui donna un baiser.

Elle portait un de ses vieux tee-shirts à l'effigie d'un groupe de rock et un pantalon de yoga. Ses longs cheveux relevés sur le haut du crâne étaient retenus par une énorme pince. Le tapis rouge ? Très peu pour elle.

« Bien essayé, mais vu mon look, tu n'es pas crédible. Sérieusement, qu'est-ce qui se passe ? »

Il soupira, sa bonne humeur forcée s'envola. « Je me demande juste si j'ai pris la bonne décision avec Laurie. C'est quand même un sacré cap. »

Annabeth posa son iPad et se tourna vers lui. « D'abord, tu n'as fait aucune promesse, donc il n'y a rien à regretter. Et tu lui as donné une bonne motivation pour trouver de nouveaux éléments, ce que la police n'a pas été capable de faire en bientôt dix ans. »

Ethan la regarda, une lueur de gratitude dans les yeux. « Je ne veux pas que ça nous explose à la figure. Je ne fais pas confiance à mon frère.

– Et pour cause ! Ça vaut aussi pour Michelle. Ils n'avaient aucun droit de te mettre au pied du mur comme ça, de te menacer même. Ils n'ont pas changé, ils manipulent toujours les autres pour obtenir ce qu'ils veulent. Mais tu as parfaitement géré. »

Il hocha la tête, comme pour tenter de se convaincre qu'il avait fait le bon choix. « Je ne peux pas les laisser donner uniquement leur version de l'histoire. Si nous restons en contact avec Laurie, nous aurons au moins une chance de leur renvoyer la balle.

– Laurie est au courant qu'au début, Simon a essayé d'empêcher le partage de la fortune de tes parents ? » demanda Annabeth.

Un haussement d'épaules, un soupir. « Je n'en ai aucune idée. Elle n'en a pas parlé, mais c'est le genre de choses qu'elle pourrait nous balancer une fois qu'on aura accepté de passer devant la caméra. »

Ou alors, songea Annabeth, dans un coup de théâtre, Simon et Michelle pourraient intervenir en pleine interview et les faire passer, Ethan et elle, pour les méchants de l'histoire. À quelles autres révélations sur petit écran devait-elle s'attendre ? « Et mon père ? Elle a parlé de lui ?

– Pas du tout. » Il lui pressa la main. « Quoi qu'il arrive, jamais je ne prendrais le risque de le faire souffrir. Il m'a traité comme un fils quand j'ai perdu ma famille. Toute ma famille sauf Frankie. »

Sa sœur était bien la seule raison pour laquelle il envisageait de collaborer à cette émission. Car leur enfant ne serait pas à même de poser des questions avant plusieurs années, heureusement.

Annabeth détourna les yeux. « J'ai déjà vu *Suspicion*, Ethan. Ils remettent tout en question, tout le monde se retrouve sur le banc des accusés. Ils cherchent à découvrir si d'autres personnes que les suspects d'origine pourraient être coupables.

– C'est exactement ce que nous voulons, non ? » fit-il remarquer.

Quand, en rentrant à la maison, Ethan lui avait parlé de la visite de Laurie Moran au studio, elle s'était promis que la décision lui reviendrait entièrement. C'était lui qui avait perdu ses parents. Lui dont le nom avait été traîné dans la boue. Lui que l'on soupçonnerait toujours. Elle s'était juré de ne pas s'en mêler.

Et pourtant.

« Et s'ils pointent mon père du doigt ? demanda-t-elle. Toute cette histoire fait passer ma famille pour des… »

Elle repensa au face-à-face qu'elle et Simon avaient eu deux jours avant le meurtre, tentant d'empêcher les mots qui avaient été prononcés de prendre forme dans son cerveau. « Mon père vous a percés à jour, toi et ta famille, des suceurs de sang assoiffés d'argent nés du mauvais côté de la barrière, et il ne faudra pas longtemps à Ethan pour s'en rendre compte. »

Annabeth sentit les larmes lui monter aux yeux, ravivant les craintes qu'elle avait eues quand Michelle l'avait appelée pour lui parler de *Suspicion.*

« Ça va aller, dit Ethan.

– Mais l'argent…

– Il y a bien longtemps que nous nous sommes promis de ne plus en parler, dit-il avec un geste lénifiant. Ton père, toi et moi sommes les seules personnes au courant et ça ne changera pas, OK ? »

Elle voulut essuyer ses larmes, avant de se rendre compte qu'elles avaient déjà séché. Elle lui prit la main. « Tu sais toujours comment m'apaiser.

– Un autre de mes superpouvoirs ! Maintenant, la chambre d'enfant. Le second berceau. C'est celui qu'il nous faut. »

15

Sitôt descendue de l'avion à LaGuardia, Laurie s'empressa de vérifier ses messages sur son téléphone. Elle était au milieu d'un texto d'Alex, qui lui expliquait qu'il rentrerait tard du tribunal, quand elle s'arrêta net, surprise, devant l'une des passagères qui attendaient près de la porte d'embarquement.

Elle avait failli ne pas reconnaître Frankie Harrington. Quand elles s'étaient retrouvées chez Katz's, Frankie sortait du bureau et était habillée en conséquence. Mais là, sa silhouette menue disparaissait dans une chemise en flanelle XXL et un jean baggy délavé avec un trou au genou, ses cheveux noirs ondulés étaient cachés sous un bonnet, et un sac à dos et une parka étaient entassés sur ses genoux. L'allure typique de l'étudiante.

« Frankie ?

– Laurie ! Ça alors ! Le rendez-vous s'est bien passé apparemment. J'ai déjà eu les comptes rendus de Simon et d'Ethan. »

Le vol avait duré moins d'une heure, et pourtant, Laurie avait l'impression d'avoir quitté Boston depuis une éternité. « Simon et Michelle participent officiellement à l'émission. Il faut encore convaincre Ethan.

– Il m'en a parlé, dit Frankie. C'est pour ça que je suis ici. Je vais à Boston. Mon juge m'a accordé un long week-end. »

Une femme assise à côté d'elle poussa son manteau pour libérer la place près de Frankie.

« Ne le brusquez pas, conseilla Laurie en remerciant la femme d'un signe de tête. Laissez-moi un peu de temps pour potasser le dossier. Je suis sûre que je peux trouver un nouvel angle, ça devrait suffire à le convaincre.

– Je peux vous y aider. » Les yeux noirs de Frankie irradiaient d'optimisme. « L'essentiel des affaires de mes parents est stocké au garde-meuble depuis des années. J'y trouverai peut-être quelque chose d'utile. »

Voilà qui piqua la curiosité de Laurie. « Vous y avez déjà jeté un coup d'œil ?

– Non, c'est une longue histoire. D'après ce que j'ai compris, quand on a commencé à parler de la succession, les enquêteurs soupçonnaient déjà mes frères. Ils en ont informé le tribunal et la compagnie d'assurances, pour l'assurance-vie. Ils voulaient empêcher mes frères d'empocher leur part d'héritage.

– Simon m'en a parlé, dit Laurie.

– Le truc, c'est que j'ai toujours cru que les affaires de mes parents étaient au garde-meuble parce que c'était trop dur pour mes frères de les trier. C'est aussi ce que j'ai ressenti quand j'ai grandi et que j'ai eu la possibilité de le faire. Mais récemment, Betsy m'a expliqué que dans le cadre de la succession, Simon et Ethan avaient accepté de ne toucher à rien et de tout me laisser. »

Laurie allait lui demander pourquoi quand la réponse vint d'elle-même : « Aucun des deux ne voulait que l'autre récupère quoi que ce soit. »

Frankie hocha la tête avec tristesse. « Dire que pendant toutes ces années, je n'avais pas compris qu'ils se soupçonnaient l'un l'autre. Betsy les a convaincus de ne pas retarder la procédure pour ça. Ils ont fini par prendre leur fiducie et leur part de l'assurance-vie, mais les effets personnels m'appartiennent. Et je suis prête à me plonger dedans. Je découvrirai peut-être un nouvel élément qui nous permettra de convaincre Ethan.

– J'apprécie votre aide. Mais j'imagine que la police a fouillé la maison avant que les affaires ne soient stockées ? »

Frankie secoua la tête. « Non, justement. Ils en ont condamné l'accès pendant des jours. Et après, on n'a pas voulu retourner sur les lieux… Enfin… vous voyez, là où ça s'était passé. On est rentrés à Boston. Je me suis installée chez les Ward et mes frères sont restés dans la maison de nos parents jusqu'à ce qu'elle soit vendue. Mais il y a eu beaucoup de va-et-vient. Le truc, c'est que je ne me souviens pas que la police soit venue à Boston. »

Voilà un élément de plus dont elle devrait discuter avec la police de Harbor Bay. Si c'était vrai, cela étayait l'idée que l'enquête avait été bâclée, comme le prétendaient les jumeaux.

« Ethan a également mentionné que des fleurs étaient déposées sur la tombe de votre mère, mais pas sur celle de votre père. Ça vous évoque quelque chose ?

– Oh, oui, effectivement. Ça fait un bout de temps, mais c'est arrivé deux ou trois fois. J'ai toujours pensé qu'il s'agissait d'un de ses amis de l'église ou quelque chose comme ça. »

Laurie ne précisa pas qu'Ethan soupçonnait Simon. Une annonce informa les voyageurs du vol à destination de Boston que le préembarquement allait commencer.

« Frankie, avant que vous ne partiez, étiez-vous au courant que vos frères s'étaient disputés le soir de la fête ? Tous les deux m'ont dit que c'était pour cela qu'ils gardaient leurs distances. »

Frankie soupira. « Oui, à présent, je suis au courant. Mais c'est l'une des nombreuses choses qu'ils ont omis de me raconter avant que je ne me mette à poser des questions. J'ai toujours senti qu'Annabeth n'aimait pas parler de Simon, ni même de Michelle, mais j'ignorais ce qu'elle leur reprochait. Apparemment, mon père ne voyait pas d'un bon œil leur relation. »

Il devenait clair pour Laurie que, malgré les différends qui les opposaient, les jumeaux avaient essayé de tenir leur petite sœur à l'écart de leur conflit.

« Pensez-vous qu'il soit possible d'avoir accès aux affaires conservées au garde-meuble ? demanda Laurie. Si nous faisons l'émission, nous tournerons à Harbor Bay. Nous tenterons d'obtenir l'autorisation de filmer l'ancienne maison de votre famille et le yacht-club. Mais avoir un aperçu de ce que pouvait être votre vie à Boston nous aiderait.

– Bien sûr. Tout ce que vous voulez. »

Laurie sortit de son sac le formulaire de décharge de Fisher Blake. « Je vous donne ça pendant que nous y sommes. C'est l'accord standard de... »

Après avoir jeté un rapide coup d'œil au document, Frankie demanda à Laurie si elle avait un stylo. « Simon, Dennis et Walter ont tous les trois épluché les exemplaires que vous avez donnés à Simon et à Michelle.

– C'est pratique d'avoir des avocats dans la famille. » Laurie sortit un stylo de son sac à main.

« Faites-moi confiance, dit Frankie en signant, je pourrais presque vous en réciter chaque clause. »

Elle se leva de son siège au moment où retentit le dernier appel. Après une rapide étreinte, elle quitta Laurie et se dépêcha de gagner la porte d'embarquement.

Laurie la regarda disparaître sur la passerelle, puis fit demi-tour et s'éloigna d'un pas lent.

Au début, elle voulait à tout prix décrocher cette affaire pour amadouer Brett et empêcher Ryan de prendre la main sur son émission, mais maintenant, elle se sentait réellement impliquée. Elle voyait combien Frankie aimait ses frères et souhaitait de nouveau leur faire confiance. Quant à Simon et Ethan, à l'évidence, ils ne demandaient qu'à rester proches de leur petite sœur. Laurie s'aperçut qu'elle espérait pouvoir réconcilier les membres de la famille Harrington.

Était-il possible qu'ils ne soient pas coupables ?

16

New-Yorkais pur sucre, le père de Laurie se déplaçait toujours à pied. Si le trajet prenait cinq minutes, il marchait. S'il prenait quinze minutes, il marchait. Idem pour trente minutes. À moins d'une urgence professionnelle ou familiale, Leo Farley usait ses semelles.

Ce soir-là, ils se rendaient au restaurant J. G. Melon, à seulement onze petits blocs de l'appartement de Laurie. Alex travaillait tard au tribunal, il examinait les requêtes qui lui avaient été présentées dans le cadre du procès sur les cryptomonnaies. En son absence, Leo et Tim avaient décidé qu'ils iraient dîner tous les trois dans une gargote du coin une fois que Laurie serait rentrée à la maison, afin d'éviter à Ramon d'avoir à cuisiner pour eux juste avant sa soirée de repos.

Bien entendu, Leo était d'abord passé chez Laurie, pensant qu'ils marcheraient jusqu'au restaurant. Mais quand il s'était mis à pleuvoir à seaux, Ramon avait insisté pour les y conduire. Il devait de toute façon sortir la voiture pour se rendre à Chinatown, au tournoi bimensuel de mah-jong auquel il participait depuis octobre.

C'est ainsi que le trajet dura bien plus longtemps que s'ils avaient parcouru les onze blocs à pied. Voyant les mâchoires de son père se serrer à côté d'elle, Laurie se pencha vers Tim, assis à l'avant sur le siège passager, dans l'ignorance béate de l'embouteillage qui paralysait la Deuxième Avenue. Il expliquait à Ramon comment la trompette de Chet Baker « fusionnait » avec le saxophone alto de Paul Desmond dans la version d'« Autumn Leaves » qui emplissait l'habitacle.

Même s'ils n'étaient pas à la maison ni dans la rue, ils passaient tout de même du temps en famille, à la new-yorkaise.

« Merci encore, papa, d'avoir gardé Tim après l'école jusqu'à mon retour. Tu n'avais pas d'autres projets pour le dîner de ce soir ? »

Lors de la prestation de serment d'Alex, neuf mois plus tôt, Leo avait fait la connaissance de la juge en chef Maureen Russell. Il n'était pas du genre à étaler sa vie personnelle, mais Laurie savait qu'ils étaient restés en contact.

« Alex n'est pas le seul juge fédéral obligé de travailler tard ce soir », répondit-il d'un air faussement pudique.

Enfin, ils s'arrêtèrent à l'angle de la 74e Rue et de la Troisième Avenue, et le père de Laurie s'extirpa de la banquette arrière. Alors qu'il poussait la porte de J. G. Melon et s'effaçait pour laisser entrer sa fille, il préféra être très clair : « Tu m'as privé d'environ mille deux cents pas, mais ça ne m'empêchera pas de prendre un hamburger. Avec du fromage. Et interdiction de faire la moindre remarque.

– Pas de bacon, dit Laurie.

– C'est de bonne guerre. »

Le serveur venait de prendre leur commande quand Laurie demanda comment s'était passé le concours de sciences de l'après-midi. L'événement était noté dans son agenda depuis des semaines, mais elle avait été contrainte de le manquer pour se rendre à Boston.

La liste de projets scientifiques potentiels établie par le professeur était composée d'expériences relativement simples pour l'âge de Tim. Il avait ainsi construit un pont avec des pailles en plastique.

« Il a résisté à un gobelet entier de pièces de monnaie avant de s'effondrer, annonça-t-il avec jubilation. Mme McKennan a dit que c'était grâce aux triangles que j'avais utilisés pour supporter le poids total. Elle a dit que je pourrais repenser le pont Verrazzano quand je serais grand.

– Tu peux ajouter ça à ta liste de choses à faire, dit Laurie. Elle ne cesse de s'allonger.

– Elle voulait juste être gentille, répondit Tim. J'ai regardé sur Internet, il y a des gens qui ont construit des ponts capables de porter plus de sept kilos. Mais ils ont utilisé beaucoup plus de pailles, ce qui est très mauvais pour la planète.

– Je suis sûre que ton pont était génial, déclara Laurie. Et les autres projets ?

– Assez rigolos. Mais entre les expériences avec des Mentos et du Coca-Cola et les volcans de bicarbonate de soude, tu aurais sans doute appelé les pompiers, de peur que l'école explose, maman.

– Oh, toi, tu aimes taquiner ta mère, fit-elle en lui donnant un petit coup de genou sous la table.

– Un peu. » Il lui sourit de toutes ses dents.

Le père de Laurie en était déjà à sa troisième bouchée de cheeseburger, l'air satisfait, quand elle aborda le sujet de la police de Harbor Bay. « J'ai cru comprendre que les effectifs étaient réduits et qu'ils étaient plutôt étroits d'esprit. Ethan et Simon pensent que les enquêteurs ont tiré des conclusions hâtives et ne se sont jamais donné la peine de vérifier les détails. »

Leo fit une grimace en enfournant une frite de patate douce. « Je suis désolé de te l'annoncer, Laurie, mais c'est ce que clament tous les criminels.

– J'ai appelé les services de police pendant que j'attendais mon vol à Boston. Le chef Bruce Collins est mort il y a quatre ans. Et son adjointe, Roberta Hanson, a quitté la police deux ans plus tôt. Personne ne semble savoir où elle est passée. Ils doivent bien avoir un moyen de la joindre, non ? »

Leo la regarda, un sourcil levé. « Bien sûr qu'ils peuvent la joindre. Mais ils ne vont pas lui mettre une journaliste dans les pattes.

– Tu sais que je déteste te demander ce genre de service…

– C'est comme si c'était fait. J'appellerai demain à la première heure. Courtoisie entre flics, etc.

– J'ai vraiment besoin que cette enquête aboutisse. » Elle brossa un rapide tableau de ses craintes concernant Ryan, qui cherchait une fois de plus à la supplanter auprès de Brett.

« Il ne devrait pas faire ça, dit Tim. C'est ce que nous a expliqué Mme McKennan aujourd'hui : on peut se réjouir pour quelqu'un d'autre sans se sentir triste pour soi-même.

– Un conseil d'une grande sagesse, répondit Laurie.

– Tant qu'à aider ma fille, je serais ravi de rendre une petite visite à ces deux zigotos. » Leo se redressa sur sa chaise, croisa les bras et afficha une expression des plus patibulaires. « Qu'en penses-tu, Tim ? C'est assez intimidant ? »

Tim fit mine de trembler. « Carrément flippant, grand-père.

– Ça va, les comiques ? Vous avez terminé ? s'enquit Laurie en riant. Je suis une femme adulte capable de gérer ses collègues, merci beaucoup.

– C'est toi la boss, maman. »

Oui, c'était elle la boss. Et c'était exactement ce qu'elle devait rappeler à Ryan.

17

ANNABETH SE RETIRA DANS LA CHAMBRE, son sanctuaire, fermant sans bruit la porte derrière elle. La lueur de la lampe de chevet diffusait une lumière douce dans la pièce. Ethan répondait à deux ou trois mails tardifs avant de se mettre au lit, lui laissant quelques instants de solitude. Elle chercha le numéro de sa maison d'enfance à Harbor Bay dans ses contacts et lança l'appel.

Son père, Jimmy Connolly, décrocha à la deuxième sonnerie. « Annabeth ? Tout va bien ? C'est le bébé ? » Sa voix, usée par les années, semblait paniquée. C'était inhabituel pour elle de téléphoner si tard.

« Le bébé est en pleine forme, il m'a donné plein de coups de pied aujourd'hui. Et moi aussi, je vais bien. » Elle prit une profonde inspiration pour tenter de trouver un peu de sérénité. « Mais il faut que je te parle de quelque chose. Tu es seul ?

– Ta mère prend un de ses bains délassants, avec sa tisane et tous ses trucs du même genre. Tu m'inquiètes.

– Rien de grave, mais je pense qu'il faut que je te tienne au courant. » À mesure qu'elle relatait dans les moindres détails les échanges d'Ethan avec la productrice de *Suspicion*, elle sentait grandir ses propres craintes quant au regain d'attention que soulèverait l'émission. « Je suis presque certaine que Simon va tout mettre sur le dos d'Ethan. Il va l'accuser d'avoir tué son père parce qu'il menaçait de le déshériter s'il continuait de me fréquenter.

– On ne dit pas de mal des morts, mais ces gens n'ont jamais été assez bien pour toi. Te traiter de cette manière… »

La voix de son père était empreinte d'une colère sourde, mais ce n'était rien en comparaison de la rage dont elle avait été témoin après que Simon et Michelle l'avaient prise à part au Pizza Palace pour la pousser à quitter Ethan.

Quand elle était rentrée, sa mère était absente, c'était donc son père qui l'avait trouvée en pleurs dans sa chambre. Elle lui avait raconté ce qui s'était passé, et sa colère fut telle qu'Annabeth avait craint qu'il ne se rende chez les Harrington pour leur dire le fond de sa pensée. Même quand il avait appris leur mort, elle l'avait entendu confier à sa mère qu'au final, Ethan se porterait sans doute mieux sans un père aussi horrible dans sa vie.

« Le problème, papa, c'est que cette émission explore toutes les pistes jusque dans les moindres détails. S'ils découvrent qu'Ethan a puisé dans son héritage pour t'aider à rembourser tes emprunts, ils feront passer ça pour un mobile. Ils pourraient même insinuer que tu es complice, vu qu'au fond, toi aussi, tu as profité de la succession.

– Alors pourquoi Ethan accepte-t-il de faire ça ? Qui plus est au moment où vous allez avoir un bébé. »

Elle fit de son mieux pour expliquer que son mari craignait que sa sœur et, plus tard, son enfant finissent par douter de son innocence.

« Qu'est-ce que tu veux que je fasse, Annabeth ? »

Bonne question, songea-t-elle. « Toi, Ethan et moi sommes les seules personnes à savoir qu'il t'a donné cet argent.

– Prêté », corrigea-t-il.

Son père avait insisté pour les rembourser et continuait de leur envoyer un chèque de temps à autre.

« Ethan m'a promis que même s'il acceptait de participer à l'émission, il n'en parlerait pas aux producteurs. Et je ne l'évoquerai pas non plus.

– Ce n'est pas ton genre de mentir, Annabeth.

– Je sais, mais ce n'est pas vraiment un mensonge. Il s'agit juste de… laver son linge sale en famille.

– Et tu ne veux pas que ton vieux père fiche le bazar parce qu'il ne sait pas tenir sa langue. Ne t'inquiète pas. Accepter de l'argent de sa fille et de son gendre, ce n'est pas le genre de chose dont on se vante.

– Je t'en prie, papa, ne dis pas ça. »

Son père avait sa fierté. Elle se rappelait la douleur dans ses yeux quand il avait demandé à la voir en tête à tête, lui faisant promettre de ne pas souffler mot de cette conversation à sa mère. Annabeth avait mentionné peu de temps auparavant que la succession des parents d'Ethan serait bientôt réglée, et son père voulait savoir si son gendre accepterait de l'aider financièrement pour maintenir la quincaillerie à flot. Elle avait eu peur d'en parler à Ethan, mais le désespoir dans la voix de son père lui avait brisé le cœur.

Son mari n'avait pas hésité un instant. À ce moment-là, il soupçonnait Simon et voyait cet héritage comme le prix du sang. S'il pouvait l'utiliser pour aider la famille d'Annabeth, il le ferait.

Elle s'était inquiétée de ce que, le temps passant, il finisse par regretter sa décision et qu'il lui en veuille. « Tu es sûr ? » avait-elle insisté. « Cet argent, il est pour ton frère, ta sœur et toi – pour ta sécurité, ton avenir.

– C'est toi, ma sécurité », avait répondu Ethan. « Tu es mon avenir. »

Elle avait su à cet instant qu'elle passerait le reste de sa vie avec lui.

« Écoute, Annabeth. Il y a quelque chose que tu dois savoir si Ethan fait cette émission. » Le ton de son père était devenu sombre. « Quelque chose que je pensais loin derrière moi. Tu le sais, mon père était lié à des types pas nets. Il considérait ça comme l'entreprise familiale et partait du principe que je reprendrais le flambeau. Quand j'ai commencé à fréquenter ta mère, il n'a pas apprécié. Il pensait qu'elle n'était pas la bonne personne pour moi.

– Oui, je sais, tu me l'as dit. C'est même pour ça que tu étais si fâché que les Harrington essaient de nous séparer, Ethan et moi. » Ce que son père appelait des « types pas nets » n'était autre que la mafia de Boston, et si sa mère n'était pas la « bonne personne », c'était parce qu'elle venait du Mexique. Elle et ses parents avaient immigré aux États-Unis quand elle n'était encore qu'une enfant.

« Écoute-moi bien. Je n'ai jamais renoncé à elle. J'ai ouvert la quincaillerie et j'ai fait le serment de rester dans les clous, de la gérer honnêtement. Ça n'a pas toujours été facile, mais ça fonctionnait. Et puis le magasin franchisé a ouvert près de la nationale et on a failli couler. »

Annabeth savait tout cela. C'était la raison pour laquelle il avait tant d'emprunts sur le dos et se trouvait au bord de la faillite quand il avait demandé de l'aide à Ethan. Elle avait craint que celui-ci ne doive sans cesse injecter de l'argent, mais son père avait des idées pour faire tourner le commerce. Aujourd'hui, Jimmy's tenait plus de la boutique de décoration que de la quincaillerie. Les touristes lui permettaient de boucler les fins de mois grâce aux bougies hors de prix et aux plateaux de service chiquissimes qu'ils y trouvaient, tandis que les habitants du coin venaient se fournir en piles et en rallonges électriques. Ses parents étaient loin de rouler sur l'or, mais les mauvais jours étaient derrière eux.

« Les prêts, Annabeth. Je ne me suis pas uniquement adressé aux banques. »

Elle s'assit sur le lit, laissant les mots faire leur chemin. « Oh.

– Oui, “oh”. J'étais désespéré. Alors je suis allé voir les vieux copains de mon père. J'aurais dû savoir que mon lien avec lui ne m'attirerait que des ennuis. J'aurais préféré fermer le magasin plutôt que de me tourner vers Ethan et toi. Mais ils me menaçaient, ainsi que toi et ta mère. »

Annabeth sentit un frisson courir le long de sa colonne vertébrale. « Mais ces types pas nets, c'est de l'histoire ancienne, n'est-ce pas ? demanda-t-elle.

– Tout à fait, répondit-il, au grand soulagement d'Annabeth. Toutefois, ça ne serait pas judicieux que ces gens de la télé se mettent à poser des questions au sujet de mes anciens problèmes financiers.

– Je comprends. »

En raccrochant, Annabeth se promit une fois de plus de protéger sa famille – Ethan, ses parents, son bébé. Elle se surprit à prier pour que Laurie Moran réussisse à prouver une bonne fois pour toutes que Simon était un meurtrier.

Après la conversation qu'il avait eue avec sa fille, Jimmy Connolly essaya de se concentrer sur le roman policier de Robert B. Parker qu'il était en train de lire, mais ses pensées ne cessaient de dériver vers le passé. Sa femme, Maria, sortit de la salle de bains dans un peignoir duveteux, les cheveux enveloppés dans une serviette. « Tu étais au téléphone ? J'ai cru entendre ta voix. »

Il eut un instant d'hésitation avant de répondre : « C'était Annabeth. Elle prenait de nos nouvelles.

– Zut. J'aurais bien aimé lui parler.

– Tu te souviens de ce qui est arrivé la dernière fois que je te l'ai passée pendant que tu prenais ton bain ? On a dû acheter un nouvel appareil », dit-il.

Elle sourit à ce souvenir, les yeux pétillants. « Ça n'a eu lieu qu'une fois et je n'ai plus jamais utilisé cette huile de bain. Je l'appellerai demain pour savoir ce que j'ai manqué. »

Ils n'avaient que dix-sept ans quand ils s'étaient rencontrés. Cela faisait près d'un demi-siècle qu'ils étaient ensemble et trente-cinq ans qu'ils étaient mariés. Il l'aimait chaque jour un peu plus, si c'était possible. Tout ce qu'il avait fait – même ses pires erreurs –, il l'avait fait pour leur offrir une vie décente, à elle et à Annabeth.

Quand Maria se glissa à ses côtés dans le lit et éteignit sa lampe de chevet, il tenta de se persuader que les dangers qu'il avait redoutés durant toutes ces années resteraient derrière lui, là où était leur place. Que les gens de l'émission ne découvriraient pas les menaces qu'ils avaient subies de la part de ses soi-disant « créanciers ».

Mais surtout, surtout, il ne fallait pas qu'ils trouvent la vidéo. Ce secret que son ami, le chef Bruce Collins, avait emporté dans sa tombe.

18

Le lendemain matin, Grace et Jerry rejoignirent Laurie dans son bureau pour entendre le récit de son voyage à Boston.

Grace avait photocopié et classé les accords que Laurie avait réussi à faire signer à Simon, Michelle et Frankie. Laurie avait également envoyé des exemplaires à Betsy et Walter Ward. D'après Frankie, ils passeraient volontiers devant la caméra si c'était important pour elle et Michelle.

« Et si Ethan refuse ? » demanda Jerry.

Grace lui décocha un regard de côté, de ses yeux lourdement maquillés. « Pas la peine de jouer les rabat-joie. Laurie gère.

– Jerry n'a pas tort, concéda Laurie. Bien sûr, je veux avoir les deux frères. C'est la seule façon de s'assurer que l'émission ne tourne pas au démolissage en règle de celui qui ne sera pas là. » Mais au fond, elle savait que Brett ne la laisserait jamais lâcher l'affaire maintenant que deux des trois enfants Harrington avaient accepté de participer, sans compter la meilleure amie de Sarah et l'associé de Richard. Elle eut l'estomac noué à la pensée qu'elle pourrait être forcée de faire l'émission sans Ethan ni Annabeth.

« Pour l'instant, dit gaiement Jerry, faisons comme si on avait réussi à les convaincre. On a besoin de qui d'autre ?

– Les flics, bondit Grace.

– Tu dis ça à chaque fois, rétorqua Jerry. Mais ils n'acceptent jamais de passer dans l'émission.

– Il s'agit d'un tout petit service, souligna Laurie. C'est le chef de la police lui-même qui dirigeait l'enquête, mais il est mort. Il travaillait sur l'affaire avec son adjointe, Roberta Hanson. Elle a quitté le département quelques années après le meurtre des Harrington. Ça pourrait jouer en notre faveur. Peut-être acceptera-t-elle de nous parler, au moins en off, puisqu'elle n'est plus flic.

– Et puis c'est une femme, ajouta Grace. Les femmes sont plus enclines à faire ce qui est juste.

– Sexiste, marmonna Jerry. Ai-je besoin de te rappeler le nombre de meurtrières sur lesquelles nous avons enquêté ?

– Vous êtes déchaînés aujourd'hui, constata Laurie.

– Tu sais bien qu'on se chamaille tout le temps », la rassura Grace.

Oh que oui, elle le savait. « Mon père va faire jouer ses relations pour essayer de localiser l'adjointe Hanson pour nous. Croisons les doigts. Les Harrington avaient aussi un gardien du nom de Peter Bennett. Il est un élément clef, c'est lui qui savait que la caméra du portail fonctionnait encore. J'ai aussi l'impression qu'il passait pas mal de temps dans cette maison, alors il a pu saisir la dynamique de la famille. Pareil pour la dog-sitteuse qui a trouvé les corps. »

Laurie savait par expérience à quel point la plupart des gens ignoraient que leur femme de ménage, leur homme à tout faire, leur nounou ou tout autre employé de maison savaient tout de leur vie privée jusque dans les moindres détails. Ramon travaillait pour Alex depuis plus de dix ans et il le connaissait sans doute mieux que Laurie elle-même.

« Elle s'appelle… » Grace tenait scrupuleusement sa liste à jour.

« Jenna Merrick, répondit Jerry. Je l'ai déjà googlisée. Elle vit toujours à Harbor Bay. Elle a un site Internet et propose toutes sortes de services en rapport avec les chiens.

– Et le gardien ? s'enquit Laurie.

– Pas de site, dit Jerry. Mais j'ai trouvé l'adresse et le numéro de téléphone d'un certain Peter Bennett à Harbor Bay. J'imagine que c'est lui. »

Laurie commençait à voir se profiler un planning de production. « Celui à qui je veux vraiment parler, c'est Howard Carver.

– L'autre associé ? demanda Jerry.

– Oui, celui qui a déclaré à la police avoir vu un des jumeaux près de la Range Rover sur le parking secondaire du yacht-club. Depuis toutes ces années, Ethan et Simon sont chacun convaincus que l'autre est le meurtrier, et c'est principalement à cause du témoignage de Howard. »

Jerry leva une main timide. « Si je peux me permettre une petite rectification : ils affirment en être convaincus. Selon la police, ça faisait partie de leur plan. S'ils ont organisé les meurtres ensemble, s'accuser mutuellement pourrait n'être qu'un moyen d'empêcher le procureur d'avoir des preuves hors de tout doute raisonnable contre l'un ou l'autre.

– C'est vrai, dit Laurie. Mon argument, c'est qu'il y a un peu trop de preuves suggérant qu'au moins un des jumeaux est coupable et que c'est ce qui a fichu le bazar entre eux. Publiquement, en tout cas. »

Tous les trois avaient déjà établi une liste des indices compromettant les jumeaux. Le tueur conduisait leur Range Rover, connaissait le code du portail et le chien de la famille, et avait accès à l'arme qui était enfermée dans le coffre-fort. Ils avaient, par ailleurs, tous les deux un mobile : la rancœur envers un père autoritaire conjuguée à la perspective d'un gros héritage.

« Mais si l'on omet le témoignage de Howard, souligna Laurie, il pourrait très bien s'agir d'un autre proche de la famille, quelqu'un qui aurait pris la voiture des jumeaux plutôt que la sienne pour éviter d'être reconnu devant le portail.

– OK, je vois, dit Jerry. Donc, Howard Carver est suspect.

– Et plutôt deux fois qu'une », renchérit Grace, marquant son nom d'un astérisque sur sa liste.

Laurie se rendit compte qu'elle ne leur avait toujours pas parlé de l'extrême froideur qu'elle avait décelée dans la voix de Michelle au moment où elle avait évoqué Howard, lors de leur rencontre.

« Quand j'étais à Boston, la femme de Simon a mentionné son nom lorsqu'elle m'a fait faire le tour des bureaux. Elle n'avait pas l'air de l'apprécier beaucoup. Il est à la retraite depuis longtemps, mais j'ai le sentiment qu'il y a anguille sous roche.

– Ce type a livré son mari et son beau-frère en pâture aux flics, rappela Grace. Bien sûr qu'elle lui en veut.

– Dans ce cas, elle aurait tout simplement pu le dire. Au lieu de quoi, elle a essayé de donner le change. Je veux être sûre qu'on ne loupe rien. S'il y a la moindre raison de douter de sa version des faits, ça change tout. »

Une fois de plus, elle nourrissait l'espoir de pouvoir offrir à Frankie une autre explication concernant la mort de ses parents, une explication qui n'enverrait pas un de ses frères, voire les deux, en prison.

« Quelqu'un d'autre ? demanda Grace.

– Non, je ne vois pas. Pour le moment, du moins, répondit Laurie.

– On va s'amuser quand ces gens vont se mettre à sortir de leur chapeau des témoins dont on n'a jamais entendu parler, fit Jerry. Je suis impatient de commencer.

– Commencer quoi ? » demanda une voix masculine.

Laurie se retourna. Brett Young se tenait sur le seuil de son bureau, Ryan Nichols se profilant derrière lui. Ils ne s'étaient évidemment pas donné la peine de frapper avant d'ouvrir la porte.

19

FRANKIE descendit en sautillant l'escalier de la maison des Ward, à Beacon Hill. Elle aurait pu le faire les yeux fermés, cette maison étant devenue son foyer près de dix ans plus tôt. L'odeur du café fraîchement moulu flottait dans l'air.

Elle trouva Betsy et Walter dans la cuisine. Betsy était en tenue de sport, prête pour sa séance bihebdomadaire de Pilates. Elle buvait à petites gorgées dans un mug isotherme personnalisé à son nom, cadeau d'anniversaire de Frankie l'année précédente. Walter était assis à la table de la cuisine, un tas de papiers et un ordinateur portable devant lui.

« C'est moi la marmotte aujourd'hui, lança Frankie.

– Privilège de la vie étudiante, grommela Walter sans lever les yeux de son écran. Profites-en tant que tu le peux. »

Frankie lança un regard surpris à Betsy. Cela faisait des années qu'elle n'avait pas vu Walter plongé dans le travail si tôt le matin.

« Bernie Linton achète un nouvel immeuble », expliqua Betsy.

Frankie ne connaissait pas en détail les dossiers de Walter, mais elle avait entendu parler de Bernie. C'était l'un de ses premiers clients, et il refusait de laisser Dennis ou Simon travailler sur ses projets, clamant que quiconque était né après l'avènement du disco ne pouvait « comprendre comment tournait le monde ».

Frankie se servait un café quand elle sentit le regard de Betsy se poser sur elle. « Je te donne un bonbon si tu me dis à quoi tu penses », lança Frankie.

Elle s'était approprié cette expression qui avait jadis appartenu à sa mère et à Betsy.

Celle-ci fronçait les sourcils, inquiète. « Tu es vraiment sûre de vouloir aller au garde-meuble aujourd'hui ? »

Walter quitta des yeux son ordinateur pour la première fois depuis que Frankie était descendue.

« C'est justement pour ça que j'ai fait le chemin depuis New York.

– Et nous qui pensions te manquer, la taquina Walter en riant.

– Sérieusement, reprit Betsy. Nous avons confiance en ton jugement, mais ça fait beaucoup de choses à encaisser d'un coup. Entre ça et tes entretiens avec cette journaliste, je veux juste être certaine que tu ne charges pas trop la barque. »

Malgré le réconfort et le soutien qu'elle avait trouvés auprès des Ward, Frankie n'avait jamais appelé Betsy et Walter « maman » et « papa », et ils n'avaient jamais tenté de s'approprier ces rôles. Elle les voyait davantage comme des amis de la famille dont elle était très proche, liés à elle par l'amour qu'ils avaient partagé pour ses parents et ses frères. Elle ne manquait pas de reconnaissance à leur égard, loin de là, mais si elle les avait considérés comme des figures parentales, elle aurait eu le sentiment de trahir la mère et le père qu'elle avait perdus.

« Tu sais combien j'apprécie tout ce que vous avez fait pour moi, dit Frankie en étreignant Betsy. Mais je sens que c'est le bon moment. Je vais bientôt avoir vingt-deux ans. L'âge auquel mes parents pensaient que nous serions capables de prendre nos propres décisions. Et je suis prête à en apprendre plus sur ce qui s'est passé ce soir-là.

– Si j'enfile ma casquette d'avocat, intervint Walter, vingt-deux ans, c'est l'âge où tu deviens responsable de ta fiducie, mais ça ne veut pas dire que tu dois te précipiter sur tous les fronts en même temps. Il faut encore que tu finisses la fac, ce qui inclut ton stage. Sans parler de certaines grandes décisions qu'il te reste à prendre concernant la suite.

– J'ai le sentiment que vous essayez de me dissuader », dit-elle.

Ils nièrent toute intention d'influer sur sa décision.

« Parfait, parce que je vais au garde-meuble aujourd'hui. En fait, j'ai hâte d'y être. Même si je ne trouve rien d'intéressant pour l'enquête, j'aime l'idée de contempler les robes de ma mère et la collection de souvenirs de baseball de mon père. Oh ! Et les livres que maman me lisait quand j'étais petite. J'espère qu'ils y sont encore.

– Tout devrait y être, ma chérie. Un déménageur était venu chercher leurs affaires afin de les stocker pour toi plus tard. » La voix de Betsy s'était adoucie. Frankie espérait qu'elle comprenait combien c'était primordial pour elle. « Et si je t'accompagnais ? Je peux annuler mon cours de Pilates. Juste au cas où tu te sentirais submergée par les émotions.

– S'il te plaît. Je veux vraiment faire ça seule. C'est important pour moi. »

Betsy et Walter acquiescèrent d'un signe de tête.

« Préserve-toi, dit Walter. Et promets-moi de nous appeler si tu as besoin de quoi que ce soit. Betsy sera en train de se contorsionner sur les engins de torture du studio de Pilates, mais j'aurai peut-être besoin d'une excuse pour échapper à Bernie et à son torrent de mails.

– Je te le promets », répondit Frankie.

Betsy prenait ses clefs dans le vide-poche près du téléphone quand ils entendirent la porte d'entrée s'ouvrir. « Votre fils préféré est là ! »

Dennis les rejoignit dans la cuisine, un gobelet de café dans une main, un carton d'Union Square Donuts dans l'autre. « Salut tout le monde.

– Qu'est-ce qui nous vaut ce plaisir ? demanda Betsy, attirant son fils contre elle.

– Tout va bien au bureau ? s'enquit Walter.

– Michelle m'a prévenu que Frankie était là. Je me suis dit que j'allais passer dire bonjour. »

Frankie ne put cacher sa surprise. « Juste pour moi ?

– Je ne t'ai pas vue depuis Noël. Et j'imagine qu'une étudiante n'est jamais contre un ou deux donuts. »

À la vérité, Dennis ne s'était jamais beaucoup intéressé à Frankie. Cadet des deux enfants Ward, il avait été le bébé de la famille jusqu'à ce que celle-ci monopolise soudain l'attention de ses parents, juste au moment où il quittait le nid.

« Papa m'a appris que tu songeais à postuler en fac de droit, fit Dennis. Ça te dirait de venir avec moi au cabinet aujourd'hui ? »

Elle le remercia de sa proposition et expliqua qu'elle comptait passer la journée au garde-meuble.

Dennis leva un sourcil. « Au garde-meuble ? Quel garde-meuble ? Je ne savais pas qu'on en avait un. »

Frankie regarda Betsy et Walter, mais ils gardèrent le silence. « Pour les affaires de ma famille, dit-elle. D'avant. »

Il fallut un moment à Dennis pour raccrocher les wagons. « Je n'étais pas au courant. Oh... waouh. Tu fais ça maintenant ? Alors que tu es en train de terminer les cours ? Et de parler à cette productrice ? Ça ne doit pas être facile. »

Frankie ne put se résoudre à exposer une fois encore ses sentiments. « C'est ma décision, répondit-elle avec fermeté.

– Papa, tu as l'air bien occupé, remarqua Dennis, changeant brusquement de sujet. Que se passe-t-il ?

– Bernie. »

À l'évidence, ce nom expliquait à lui seul beaucoup de choses.

« Ça m'a fait très plaisir de te voir, dit Betsy, donnant à Dennis un baiser sur la joue. Je file au sport. Je me jetterai sur les donuts en rentrant, tout à l'heure. Je t'aime ! »

Quant à Walter, il s'était replongé dans les mails dont Bernie le bombardait.

Frankie et Dennis se retrouvèrent livrés à eux-mêmes.

« Tu veux que je te dépose ? proposa Dennis.

– Je comptais prendre un Uber. »

Après lui avoir demandé où se situait le garde-meuble, Dennis annonça à Frankie qu'il se trouvait plus ou moins sur sa route. Aussi attrapa-t-elle un donut saupoudré de vermicelles multicolores avant de le suivre jusqu'à l'Audi qu'il avait garée devant la maison.

L'adresse que Dennis avait rentrée dans son GPS était celle d'un complexe tentaculaire composé de box séparés ressemblant à des garages. Il avait l'air abandonné.

« Flippant, dit-il. Tu sais où chercher ? »

Elle tira le contrat de location de son sac et le déplia. « Là, répondit-elle en lisant le numéro du box qui lui avait été attribué. Je vais me débrouiller, ne t'inquiète pas. »

En descendant de voiture, Frankie eut le sentiment que Dennis voulait ajouter quelque chose.

« C'est sympa d'être passé me voir, dit-elle avant de refermer la portière.

– Pour être honnête, c'est aussi pour mes parents que je suis venu. Ils pensaient avoir fini d'élever leurs enfants, et puis tu as débarqué. C'est important pour eux que nous soyons proches, et je suis conscient d'avoir souvent été trop occupé pour prendre la peine de mieux te connaître. »

Elle se rendit compte que c'était sans doute la première fois qu'elle se retrouvait seule avec lui, à l'exception des rares occasions où Betsy et Walter lui avaient demandé de jouer les baby-sitters quand elle était enfant.

« Pas de problème, répondit-elle. Je leur dois tellement.

– Alors il faut que tu saches qu'ils sont contre cette émission », dit-il. Jamais il ne s'était montré aussi direct avec elle.

« Ils m'ont dit que c'était à moi de décider, répliqua Frankie.

– L'un n'empêche pas l'autre.

– Où veux-tu en venir ? »

Sans ajouter un mot, il se pencha, ferma la portière côté passager et démarra.

20

« DÉSOLÉ D'INTERROMPRE LA PETITE ÉQUIPE », déclara Brett. Son ton était poli, mais son impatience, évidente.

Tandis que quelques secondes plus tôt le bureau de Laurie était en pleine ébullition et que les idées fusaient, un silence gêné s'était installé avec l'apparition soudaine de Brett et de Ryan.

« Ce n'est pas grave », répondit Laurie. Elle parvint à faire bonne contenance, ramenant une mèche de son carré couleur de miel derrière l'oreille. « Nous avions prévu une réunion ?

– J'ignorais que je devais prendre rendez-vous pour être mis au courant du résultat de ta visite à Boston. Vu les circonstances, je m'attendais à ce que vous m'en informiez dès votre retour. Ryan est passé dans mon bureau, je lui ai demandé ce qu'il savait, mais lui aussi est dans le flou. Alors nous voilà. »

Par « circonstances », Brett entendait sans doute le fait que Ryan Nichols avait fini par le convaincre qu'il ne devait pas lâcher Laurie d'une semelle lors de la production du prochain épisode de *Suspicion.*

« Vous êtes très occupé, autant ne pas vous faire perdre un temps précieux, puisque je n'ai pas encore bouclé mon plan d'action, expliqua-t-elle, diplomate. Il nous reste à peaufiner les détails. Je discutais justement des prochaines étapes avec Jerry et Grace. »

Brett jeta un coup d'œil aux deux complices, comme s'il se rendait seulement compte de leur présence.

« Évidemment. C'est toujours un plaisir de croiser les deux employés les mieux habillés de Fisher Blake, dit Brett, se fendant de l'un de ses sourires déconcertants. Jerry, Grace, si vous pouviez nous laisser une minute.

– Bien sûr », répondit Jerry, la lueur narquoise dans ses yeux démentant son ton affable.

Le regard de conspirateurs que Jerry et Grace échangèrent en sortant de la pièce n'échappa pas à Laurie. À peu près une fois l'an, une photo trafiquée aux dépens de leur boss faisait mystérieusement son apparition sur les photocopieuses du bureau. Cela pouvait être le visage de Brett collé sur le corps d'un bébé emmailloté dans des langes et agrippant un hochet. Ou Brett tenant la main d'une version miniature de lui-même sur laquelle avait été collée la tête de Ryan, avec en légende : « Mon mini-moi et moi, on fait la paire. »

Cela faisait longtemps que Laurie soupçonnait Jerry, le doux, l'innocent, le toujours sérieux Jerry, d'être à l'origine de ces canulars, mais elle avait décidé de ne pas s'en mêler. L'œillade de complicité amusée qu'elle venait de déceler entre lui et Grace lui fit penser qu'il était bien le coupable. Si elle avait raison, il était fort probable que Brett soit très bientôt de nouveau sa cible.

« Alors, Laurie, où est-ce que ça coince ? demanda Brett sur un ton de frustration et d'impatience mêlées. Vous avez convaincu les jumeaux, oui ou non ? »

Laurie prit une profonde inspiration et choisit ses mots avec précaution. « Nous avançons, Brett, mais il y a un écueil. Ethan Harrington n'acceptera de participer que si nous trouvons un élément nouveau à mettre sur la table.

– L'élément nouveau, c'est nous », fit-il, se laissant tomber dans le fauteuil pivotant de Laurie. Ses doigts pianotaient sur le bureau tandis qu'il interrogeait Ryan du regard.

Ce dernier prit place sur l'un des sièges qui se trouvaient face à lui, et Laurie, reléguée sur le canapé, se sentit comme une pièce rapportée qui observait une réunion à laquelle elle n'était pas conviée alors qu'elle se tenait dans son propre bureau.

« Il suffit de lui rappeler que s'il ne s'exprime pas, il aura l'air encore plus coupable », déclara Ryan, lui tournant maintenant carrément le dos.

Elle quitta le canapé pour prendre place sur le fauteuil à côté de lui. « C'est ce que j'ai suggéré, mais il s'en moque. J'ai besoin d'une découverte capitale, ou Ethan ne bougera pas, fit valoir Laurie.

« *Nous* avons besoin d'une découverte capitale », la reprit Ryan.

À ce moment précis, le téléphone de Laurie vibra. Un texto. En regardant l'écran, elle ressentit une étincelle d'espoir. Il venait de son père. Un de ses amis, un flic de New York, connaissait un policier de Salem, dans le Massachusetts, qui lui-même connaissait un membre des services de police de Harbor Bay. Pour faire court : il avait les coordonnées de Roberta Hanson.

« Bonne nouvelle, annonça-t-elle. Je sais où se trouve l'adjointe du type qui a dirigé l'enquête sur le meurtre des Harrington. » Elle expliqua que le chef lui-même était mort et que son adjointe avait de son côté quitté la police. « Apparemment, elle a troqué une plage contre une autre. Elle a ouvert une librairie dans les Hamptons.

– Une flic devenue libraire ? lâcha Ryan d'un ton moqueur. Ça n'est clairement pas une femme qui s'intéresse à l'argent. »

Laurie se retint de lever les yeux au ciel. Était-ce pour cela que Ryan cherchait à lui voler son émission ? Pour l'argent ? Elle aurait voulu lui envoyer dans les dents qu'Alex gagnait bien mieux sa vie en travaillant dur comme avocat qu'elle ne l'avait jamais fait en tant que productrice. Mais elle préféra rester digne.

« Ce qui compte, c'est que je sache où la trouver maintenant. Si elle accepte de me parler, même si elle ne m'apprend pas grand-chose, ça devrait suffire à prouver à Ethan que je… – elle se reprit immédiatement – … que l'émission en vaut la peine.

– Eh bien, voilà ce que j'appelle un plan d'action, se réjouit Brett en levant un index enthousiaste. Allez sur place aussi vite que possible. » L'index s'agitait à présent de Laurie à Ryan.

« Je serais heureuse de m'occuper des recherches initiales, déclara-t-elle alors que Brett secouait déjà la tête. D'habitude, Ryan intervient plutôt quand nous sommes quasi prêts à tourner.

– Il s'agit bien d'une femme ? » la questionna Brett.

Laurie vit tout de suite où il voulait en venir. « Oui. Roberta Hanson.

– Alors emmenez Ryan. Les femmes ne lui résistent pas. »

Laurie était certaine d'en connaître au moins une qui ne partageait pas cet avis.

« Allez-y dès aujourd'hui, poursuivit Brett, comme s'il n'avait pas déjà suffisamment fait sentir son impatience. Prenez la voiture de service du studio et bouclez-moi ça tous les deux. Je veux que cette émission se fasse. Sinon, il faudra songer à procéder à quelques ajustements. »

21

La Lincoln Navigator noire du studio les attendait devant la sortie du 15 Rockefeller Center donnant sur la 50e Rue. Laurie reconnut le chauffeur qui tenait ouverte la portière.

« Contente de vous voir, Joey, dit-elle en s'installant sur la banquette arrière.

– C'est toujours un plaisir, madame Moran. »

Ryan monta à son tour, Joey referma et prit place derrière le volant. « Vous allez à Main Street, Southampton, c'est bien ça ? »

Laurie confirma.

« Quand j'ai vu M. Nichols avec vous, je me suis dit que vous vous rendiez peut-être aux Chelsea Piers pour travailler votre swing. » Ses yeux bleus étincelèrent lorsqu'il croisa le regard de Laurie dans le rétroviseur.

Ryan se servait donc de la voiture du studio pour aller au practice.

« Je n'y vais qu'avec le boss », précisa Ryan avec un rire forcé.

Entre les mails, les textos et les appels téléphoniques, elle et Ryan parvinrent à éviter de se parler jusqu'à ce qu'ils quittent la voie express de Long Island, au niveau de Manorville. Là, elle referma son ordinateur pour reposer ses yeux. Ryan fixait la vitre d'un air absent, indifférent aux centres commerciaux qui se succédaient au-dehors.

Il finit par rompre le silence embarrassant qui s'était installé au moment où le chauffeur s'engageait sur la nationale 27.

« Je veux aider, c'est tout. J'espère que vous le savez », dit-il.

Laurie lui lança un regard furtif, essayant de garder un air circonspect. « Je n'ai jamais suggéré le contraire. »

Il soupira. « Pas directement, mais vous m'en voulez de m'impliquer, je le sens bien. Moi qui pensais que nous formions enfin une équipe.

– Peut-être que si vous avez ce sentiment, c'est parce que vous vous en voulez de m'avoir dénigrée devant notre patron. Insinuer qu'une femme mariée ne peut pas assurer le job ? Dans quel siècle vivez-vous, Ryan ? Franchement, c'est pour vous que c'est le plus gênant.

– Hé, Joe, lança Ryan en se penchant. Ça vous embêterait de remonter la vitre ? »

La vitre de séparation s'éleva entre eux et le chauffeur.

« Je n'ai jamais voulu sous-entendre…

– Bien sûr que si, le coupa-t-elle. Sinon, comment Brett aurait-il pu être au courant pour la carte sur mon bureau ? C'est forcément vous qui le lui avez dit. Vous avez utilisé contre moi cette mignonne attention de mon fils. Vous êtes descendu bien bas. »

Il garda le silence, sidéré. Il y avait déjà eu des tensions entre eux quand il était devenu le présentateur de *Suspicion*, mais jamais elle ne l'avait attaqué aussi frontalement.

« Je ne vous blâmerais pas de vouloir passer plus de temps avec Alex et votre fils…

– Économisez votre salive. J'ai réussi à faire ce boulot tout en pleurant mon mari et en élevant un enfant terrifié. Je n'ai besoin ni de vos suppositions ni de votre pitié. En revanche, je dois pouvoir vous faire confiance et être certaine que vous ne cherchez pas à me piquer mon boulot. »

Un ange passa. Ryan la scrutait. « Vous pensez que j'en ai après votre place ? »

Elle n'y alla pas par quatre chemins. « Pourquoi, ce n'est pas le cas ? »

Ryan passa une main dans ses cheveux à la coupe impeccable. « Honnêtement ? Je ne sais plus ce que je veux. J'ai abandonné ma carrière d'avocat pour venir à Fisher Blake. À entendre Brett et mon oncle, en travaillant dans les médias je devais avoir plus d'influence qu'en plaidant. Mais ça ne s'est pas passé comme je le voulais. La plupart du temps, je me sens vide, un bon à rien en costume qui lit un prompteur. Et quand je suis censé jouer les conseils juridiques pour un de nos programmes, les scénaristes ne m'écoutent pas. Ils préfèrent être originaux que crédibles. Parfois, je me dis que j'ai commis une grosse erreur. »

Laurie fut prise au dépourvu par son apparente sincérité. « Mais pourquoi vous en prendre à moi ?

– Je ne me rendais pas compte de ce que je faisais. J'imagine que votre émission est la seule où j'ai le sentiment de pouvoir faire la différence. Admettez-le, je sais mener un contre-interrogatoire. Et toutes les fois où je vous ai encouragée à ne pas prendre de gants avec les témoins ? J'avais raison.

– Pas toujours mais… oui.

– Je sais que vous me voyez comme un enfant gâté, un pur produit du népotisme, mais je suis intelligent, Laurie. Et je suis un excellent avocat.

– Je n'en ai jamais douté, dit-elle.

– Seulement, vous ne m'aimez pas. Et vous n'avez pas confiance en moi. Vous voulez que je fasse profil bas tant que les caméras ne tournent pas, puis que je répète mot pour mot ce que vous me soufflez. »

À présent, c'était elle qui ne savait plus quoi dire. « Je suis la productrice, Ryan.

– Mais quand c'était Alex qui présentait l'émission, vous prépariez tout ensemble. Vous meniez l'enquête à deux.

– Alex est mon mari.

– Il ne l'était pas à l'époque. Et non, je ne suis pas en train d'insinuer quoi que ce soit, vous devriez vous estimer heureuse », ajouta-t-il avec un sourire en coin.

Elle ne put retenir un gloussement.

« Vous n'avez pas engagé Alex, un des meilleurs pénalistes du pays, juste parce qu'il est beau mec. Vous aviez besoin de sa perspicacité. Or, je vous le répète, moi aussi, je suis perspicace. Et j'aime travailler sur votre émission, que ce soit devant la caméra ou en coulisse. Laissez-moi vous aider. Laissez-moi servir à quelque chose. »

À mesure qu'il parlait, Laurie sentait la colère se dissiper. Elle n'appréciait pas la manière dont Ryan léchait les bottes de Brett à ses dépens, mais au moins, désormais, elle avait une idée des raisons qui le poussaient à le faire.

La voiture entra dans Southampton et Laurie toqua sur la vitre de séparation pour prévenir Joey qu'il pouvait la baisser.

« Timing parfait, madame Moran. Nous arrivons chez les grands de ce monde.

– Ryan va se sentir comme un poisson dans l'eau, dit-elle d'un ton espiègle, lançant un regard entendu à son collègue. Vous connaissez l'histoire du scorpion et de la grenouille ?

– Bien sûr. Ne sachant pas nager, le scorpion demande à la grenouille de lui faire traverser la rivière sur son dos. La grenouille a peur qu'il la pique, mais finit par accepter, car le scorpion lui rappelle que s'il faisait ça, ils se noieraient tous les deux. Et bien sûr, à mi-chemin, le scorpion pique la grenouille, les condamnant à une mort certaine.

– Ne comptez pas sur moi pour jouer le rôle de la grenouille, déclara Laurie.

– J'essaierai de ne pas être le scorpion, répondit Ryan.

– C'est peut-être tout simplement dans votre nature », conclut-elle avec un clin d'œil.

Elle espérait avoir fait passer le message. Peut-être entraient-ils dans l'une de leurs phases de coexistence pacifique. Ce qui ne l'empêcherait pas de garder l'œil ouvert.

22

UNE CHARMANTE ENSEIGNE en bois au-dessus de l'entrée annonçait The Book Nook, le coin des livres.

Laurie avait pris soin d'appeler pour connaître les horaires d'ouverture de la librairie. Par chance, la femme qui avait répondu au téléphone avait d'emblée donné son nom : « The Book Nook, Roberta à l'appareil. » Il ne restait plus qu'à espérer qu'elle n'avait pas posé le reste de sa journée, sinon les deux heures de trajet se révéleraient une perte de temps.

Une clochette suspendue à la porte annonça leur arrivée. À l'intérieur, Laurie aperçut quelques clients en train de flâner dans les rayons. Un peu à l'écart, une fillette était assise en tailleur sur un tapis aux couleurs flashy, un livre d'images ouvert devant elle, tandis qu'une femme – sa mère, présuma Laurie – s'attardait dans la section « voyages ».

Une jeune employée abondamment tatouée, un piercing dans le nez, arrangeait des livres sur la table des meilleures ventes, à l'avant de la boutique. Un jeune homme à la moustache en guidon réapprovisionnait un présentoir de chaussettes fantaisie. Il ne restait plus que la personne derrière la caisse. Elle semblait proche de la cinquantaine. Jean bleu, chemise en coton rose et longue natte poivre et sel qui lui arrivait au milieu du dos.

Laurie et Ryan échangèrent un regard. C'était forcément elle.

« Roberta Hanson ? » lança Laurie en s'approchant du comptoir.

La femme acquiesça d'un signe de tête. « C'est moi. Je peux vous aider ? »

Laurie se présenta, puis désigna Ryan d'un geste de la main. « Et voici Ryan Nichols, qui travaille aussi pour l'émission. Nous souhaiterions vous parler de Sarah et Richard Harrington. »

Roberta leur tourna le dos et se mit à organiser des piles de livres près du comptoir. « J'ai laissé cette partie de ma vie derrière moi. J'évite d'en parler.

– S'il vous plaît, madame, vous qui êtes de la police… »

La femme se retourna vivement. « Ne dites pas ça. C'est fini, je ne suis plus que Roberta, désormais.

– Roberta, dit Laurie, s'il vous plaît. Ça ne prendra que quelques minutes. Nous travaillons avec la famille pour essayer de raviver l'intérêt pour cette affaire.

– Vous voulez dire que vous prenez fait et cause pour Simon et Ethan ? » Le ton de sa voix était tranchant.

« Pas du tout », intervint Ryan, décochant son sourire le plus charmeur. Roberta ne le lui rendit pas. L'air plutôt agacé, elle revint à Laurie.

« C'est Frankie, en fait, qui m'a contactée, expliqua Laurie. Elle est prête à faire face à ce qui est réellement arrivé à ses parents. Elle veut connaître la vérité, même si ses frères doivent en subir les conséquences. »

L'expression glaciale de Roberta s'adoucit à la mention du rôle joué par Frankie dans cette nouvelle enquête. « Pauvre gamine. Quand j'ai enfin pu grappiller quelques heures de sommeil après avoir enquêté toute la nuit, je n'arrivais pas à me sortir de l'esprit cette enfant qui venait d'apprendre qu'elle ne reverrait jamais ses parents.

– Elle a besoin de votre aide, insista Laurie. Ça fait vingt ans que je suis journaliste. Ryan est avocat et ancien procureur. Nous savons garder nos sources confidentielles. On ne vous demande pas de passer à la télévision. Seulement de nous donner quelques informations, de nous brosser le tableau d'ensemble, pour que nous soyons sûrs de suivre la bonne piste. »

Le regard de Roberta se perdit dans le vide, fixé sur le sol de la librairie. « Bon, OK. Mais pas longtemps. »

Elle les mena à l'arrière de la boutique par un étroit couloir, jusque dans une réserve. C'était un endroit minuscule, plein de cartons et d'étagères. Sur un chariot, une pile de romans dédicacés par Harlan Coben attira l'attention de Laurie. L'auteur préféré de son père.

Ils s'installèrent dans la pièce exiguë et Roberta poussa un soupir. « Très franchement, j'aurais mieux fait de quitter la police de Harbor Bay à l'instant où j'y ai mis les pieds. »

23

Laurie s'éclaircit la voix, ne sachant comment réagir à la remarque de Roberta.

Ryan ouvrit la bouche pour parler, mais se ravisa et interrogea Laurie du regard.

« Ce passage au sein des forces de l'ordre ne vous a pas laissé un bon souvenir ? » la questionna Laurie.

Roberta s'agita sur son siège. « Harbor Bay est un endroit magnifique. On se croirait à la campagne, mais avec des plages et des falaises époustouflantes. Le genre de petite ville où tout le monde se connaît. Les habitants sont très soudés.

– Ça donne envie, dit Ryan.

– Mais toute médaille a son revers. Quand il arrive une chose aussi atroce qu'un double meurtre, il peut être difficile d'admettre que le coupable fasse partie du voisinage. Les gens serrent tout de suite les rangs. »

Le regard de Laurie resta fixé sur Roberta. « Et ils cherchent un coupable qui vient de l'extérieur ? »

Roberta acquiesça d'un signe de tête. « Dès le début, le chef Collins s'est montré catégorique. Il a d'abord cru que les meurtres étaient liés à des affaires louches à Boston. Mais après avoir vu la vidéo du portail, il a acquis la certitude qu'un des fils était coupable. Il faut regarder les choses en face, du point de vue des habitants de Harbor Bay, ils n'étaient que des pièces rapportées. Quand Simon et Ethan ont commencé à s'accuser mutuellement, Collins a pensé que ça faisait partie de leur plan. Qu'ils étaient tous les deux dans le coup.

– Pourtant, d'après ce que nous avons compris, avança Laurie, on n'a pas trouvé de sang sur les vêtements blancs des jumeaux.

– Évidemment, répliqua Roberta. S'il y en avait eu, au moins l'un des deux aurait été arrêté et mis en examen. Il n'y avait pas de sang non plus dans la Range Rover. Le chef était convaincu qu'ils avaient préparé une autre tenue pour se changer après les meurtres. Nous n'avons jamais retrouvé de vêtements tachés, mais ils peuvent s'en être débarrassés n'importe où avant de revenir à la fête.

– Vous dites que Collins en était persuadé. Pas vous ? »

Roberta considéra la question. « Est-ce que je pense qu'ils sont coupables ? Oui. Mais en suis-je convaincue hors de tout doute raisonnable ? Non. Ce n'est pas pour rien qu'ils n'ont jamais été déférés. Pour avoir un dossier béton, il faut une enquête béton. »

Laurie remarqua que Ryan avait sorti un bloc de son attaché-case et prenait des notes. Peut-être voulait-il réellement apporter sa contribution.

« Et elle ne l'était pas ? Béton, je veux dire ? demanda-t-il à Roberta.

– Pas de mon point de vue. D'un côté, le chef était certain que les jumeaux avaient commis les meurtres. De l'autre, tout ce qu'il voulait, c'était les éloigner de la ville et rassurer les gens du coin, plutôt que monter un dossier contre eux. »

Tout ce qu'elle disait concordait avec la description que Simon et Ethan avaient faite de l'enquête. « Le département a-t-il exploré d'autres pistes ? Une liste de suspects a-t-elle été établie ? »

Roberta fit non de la tête. « Personne n'a vu la Range Rover suivre les parents jusqu'à la maison. Mais voilà que l'associé du père a déclaré avoir aperçu l'un des garçons près de la voiture au yacht-club. Ça a été le coup de grâce. Ensuite, le bouche-à-oreille a fait le reste. Toute la ville était au courant des preuves à charge contre les jumeaux. Je peux vous confier une chose qui n'a pas été rendue publique, mais si vous essayez de prouver l'innocence de ces gosses, ça ne va pas vous plaire.

– Pourquoi cela ? l'interrogea Laurie.

– C'est une preuve de plus contre eux. La caméra du portail. Ce n'était pas la seule de la maison. Il y en avait une autre, dissimulée dans une pendule accrochée dans le couloir qui desservait le bureau. On l'a trouvée quand on a fouillé les lieux. Elle fonctionnait, mais quelqu'un avait retiré la carte mémoire.

– Vous pensez que c'était l'un des fils ?

– Forcément. Qui d'autre ? Même le gardien ignorait son existence, alors qu'il s'occupait de tout dans la maison. Quand le chef a demandé à Simon et à Ethan s'il y avait des caméras de surveillance dans la propriété, ils n'ont parlé que de celle du portail, en précisant qu'elle était cassée. Ce qui n'était pas le cas. Notre théorie, c'était qu'ils avaient planifié les meurtres pour cette nuit-là, croyant que la caméra du portail était hors service, et qu'ils ont tenté de faire passer ça pour un cambriolage qui aurait mal tourné. Avant de partir, celui des deux qui a tiré a pris la carte mémoire. Et ils ne nous ont signalé que la caméra extérieure, en croisant les doigts pour qu'on ne découvre pas l'autre. »

Ryan griffonnait furieusement sur son bloc-notes, laissant à Laurie le soin de poser les questions.

« Simon a mentionné un acte de vandalisme environ un mois avant les meurtres, poursuivit Laurie. On aurait tagué quelque chose du genre "Cette famille est un mensonge" devant la maison des Harrington. Vous avez enquêté là-dessus ?

– Il n'y avait pas beaucoup d'éléments, répondit Roberta. Pas de rapport de police, pas de photographies, rien pour corroborer les faits.

– Vous vous êtes dit qu'ils avaient tout inventé ?

– Ç'aurait été plausible. Les jumeaux auraient aussi pu taguer le trottoir eux-mêmes pour pouvoir prétendre que quelqu'un en voulait à la famille.

– À moins, ajouta Laurie, que quelqu'un leur en ait réellement voulu.

– Je vous l'ai dit, on n'a pas enquêté. Ce n'est pas un hasard si j'ai quitté la police. J'en étais arrivée au point où je n'étais pas fière du travail que je faisais. »

Laurie crut apercevoir une moue furtive sur le visage de Ryan.

« Et la résidence principale de la famille à Boston ? Les enfants Harrington semblent penser qu'elle n'a jamais été fouillée.

– C'est le cas, répondit Roberta. Parce que ça aurait obligé le chef à travailler avec la police de Boston. Or, lui, ce qu'il aimait, c'était être le big boss, ce qui n'était possible qu'au sein de son petit département. Pour lui, les réponses que nous cherchions se trouvaient à Harbor Bay, un point c'est tout.

– Quelles initiatives auriez-vous prises si Collins n'avait pas été aussi obnubilé par les jumeaux ? » demanda Ryan.

Laurie lui adressa un petit signe de tête. C'était une bonne question.

« Eh bien, vous venez de le dire : j'aurais fouillé la maison de Boston. Et j'aurais interrogé les voisins au sujet du tag. » Elle leva les yeux vers le plafond, cherchant d'autres éléments à ajouter. « Oh, je sais. J'avais suggéré de visionner les enregistrements de la caméra du portail. Histoire de voir si on pouvait identifier d'autres véhicules dans les allées et venues des jours ayant précédé les meurtres. Le chef m'a envoyée promener. Pour lui, c'était une perte de temps. On n'a même pas demandé aux voisins s'ils avaient des caméras qui auraient pu filmer quelque chose d'intéressant. Et on n'a pas non plus examiné en profondeur la vie professionnelle des victimes.

– Richard était avocat, rappela Laurie. Et Sarah était une artiste, mais elle ne travaillait pas à proprement parler.

– Je m'en souviens, répondit Roberta. Richard aurait pu avoir un client mécontent ou un conflit quelconque en rapport avec son cabinet, mais nous n'avons jamais posé les bonnes questions. »

Laurie repensa au second associé de Richard. « Quelle impression vous a faite Howard Carver ?

– Il y a si longtemps…

– L'associé qui a déclaré avoir vu un des jumeaux près de la Range Rover, précisa-t-elle.

– Ah, oui, c'est vrai. Son manque d'affect m'avait surprise. Il devait bien se rendre compte qu'il compromettait l'un des fils de son ami qui venait d'être tué, mais il semblait totalement détaché. Insensible. Quand je m'en suis ouverte au chef, il a répondu qu'il devait être en état de choc.

– Howard Carver a pris sa retraite il y a un certain temps. Vous en avez entendu parler ? »

Roberta secoua la tête. Encore une preuve que personne n'avait poussé cet homme dans ses retranchements. Laurie le sentait, c'était le point sur lequel son émission pourrait changer la donne.

« Il n'y avait aucun autre suspect ? insista Laurie.

– Honnêtement, non. Et aucun élément non plus indiquant que les parents étaient mêlés à quoi que ce soit de dangereux. Sur le papier, c'était la famille parfaite. Quelques personnes nous ont confié que Richard pouvait se montrer très dur avec les gosses…

– Violent ? coupa Laurie.

– Non, répondit Roberta. Là aussi, le chef était persuadé que Simon mentait sur l'incident en question. Pourtant, d'après la dog-sitteuse et le gardien, Richard pouvait être très exigeant avec ses enfants. Despotique. Mais encore une fois, ça donnerait plutôt un mobile aux jumeaux pour se débarrasser de leur père.

– Mais pourquoi tuer leur mère ? demanda Ryan.

– Pour l'héritage. Ou alors, s'ils sont coupables – ce que je crois –, ils ne s'attendaient pas à ce qu'elle se trouve à la maison. Sa mort est un accident, à moins que le tireur ait paniqué quand elle a débarqué au moment du meurtre du père. »

Exactement le scénario qu'Ethan avait évoqué quand il avait incriminé Simon.

« Dans notre émission, dit Laurie, nous élargissons au maximum le périmètre et nous cherchons un suspect potentiel que la police aurait pu négliger.

– Je vous l'ai dit, nous n'avions pas d'autres suspects.

– Avec le recul, Roberta, si vous deviez absolument citer une personne qui attise votre curiosité, de qui s'agirait-il ? »

Son visage ne laissait rien paraître, mais elle ferma les yeux, essayant de se souvenir.

« Quelqu'un qui aurait un mobile. Et qui ne serait ni Simon ni Ethan », souffla Laurie.

Roberta rouvrit les yeux, comme sous l'effet d'un éclair de lucidité. « Le père de la petite amie, répondit-elle.

– La petite amie de Simon, Michelle Ward ? Son père, Walter, était l'associé de Richard. Lui et Betsy ont élevé Frankie après les meurtres. Ils faisaient partie de la famille – à tel point qu'ils avaient les clefs de la maison. »

Roberta secoua la tête. « Non, l'autre petite amie. La fille du coin.

– Annabeth ? Son nom de jeune fille est Connolly.

– C'est ça, s'exclama Roberta en claquant des doigts. Son père tenait la quincaillerie. Jimmy's. D'après les rumeurs, son magasin était sur le point d'être saisi, coulé par un franchisé qui s'était installé au bout de la rue. Mais quelques années après les meurtres, il l'a complètement relooké et s'est mis à proposer des produits de luxe. Annabeth s'était installée à Boston avec Ethan. Ils s'étaient fiancés. Tout le monde a pensé qu'Ethan avait renfloué le père Connolly. Peut-être qu'il s'est dit que sa fille avait décroché le gros lot et qu'il ne voulait pas que Richard Harrington se mette en travers de son chemin.

– Avez-vous fait part de cette hypothèse à votre chef à l'époque ?

– Non. C'était trop tiré par les cheveux.

– Vous ne l'avez même pas évoquée en passant ? insista Laurie.

– Non, parce que le problème, voyez-vous, c'est que Jimmy Connolly était l'un des meilleurs amis du chef Collins. »

24

De retour à l'arrière de la voiture, Ryan fut le premier à prendre la parole. « Si vous vouliez déterrer quelque chose pour prouver vos talents à Ethan, je dirais que vous avez réussi.

– Sauf que ce que nous avons déterré met en cause son beau-père. Annabeth et lui risquent de sauter au plafond en apprenant ça.

– Alors ne leur dites rien. »

Un silence.

« Laurie, reprit-il. C'est vous qui me répétez que votre émission est spéciale. Vous cherchez la vérité, quoi qu'il en coûte. Votre job, ce n'est pas de faire plaisir à la famille. »

Elle acquiesça. Il avait raison, elle le savait. « Me permettez-vous de souligner combien il est agaçant que ce soit justement vous qui me le rappeliez ?

– Ça va peut-être vous étonner, répondit-il d'un ton pince-sans-rire, mais vous n'êtes pas la première personne que j'agace. Et vous ne serez sans doute pas la dernière. »

Elle partagea un petit rire avec lui. « Nous avons obtenu davantage que l'info sur le père d'Annabeth, reprit-elle.

– Nous ? releva-t-il avec un haussement de sourcils.

– Profitez-en, Nichols. Roberta a admis que l'effet tunnel avait joué. Que Collins avait précipité l'enquête pour calmer les habitants. Ils n'ont jamais creusé du côté du travail de Richard. Plus important, ils ont manifestement cru Howard Carver sur parole quand il a déclaré avoir vu un des jumeaux sur le parking. Mais on le sait, les témoins oculaires sont rarement fiables.

– Et l'autre caméra ? s'enquit Ryan.

– Trop tôt pour en parler à Ethan ou à Simon. Attendons de commencer pour voir leur réaction. » Jamais elle ne promettrait à un participant de lui dévoiler toutes les preuves en sa possession, car cela saperait la raison d'être de sa contre-enquête. « On a suffisamment d'éléments pour le convaincre, à votre avis ? interrogea Laurie.

– Il n'y a qu'un moyen de le savoir », dit Ryan en jetant un regard au téléphone qu'elle avait à la main.

Quand Joey s'engagea sur le pont reliant Great Peconic Bay à Shinnecock Bay, elle avait sa réponse : Ethan Harrington était d'accord.

25

FRANKIE s'aperçut que ses épaules touchaient presque ses oreilles tant elle s'était recroquevillée pour lutter contre le vent glacial qui menaçait de lui faire perdre l'équilibre. Elle s'obligea à les baisser pour « laisser le froid entrer », comme sa mère le lui conseillait quand, enfant, elle se plaignait des bourrasques hivernales. Frankie n'avait jamais compris pourquoi, mais cela fonctionnait. Elle sentait déjà qu'elle avait gagné quelques degrés.

Pour le déjeuner, elle avait marché jusqu'au restaurant le plus proche qu'elle avait déniché sur Internet, un snack à huit cents mètres du garde-meuble. Après avoir avalé un grilled cheese sandwich et une soupe à la tomate, elle fut prête à se remettre au travail.

En rouvrant la porte du box, elle fut de nouveau accablée à la vue de cet espace exigu plein comme un œuf – des monceaux de cartons ne portant aucune indication formaient un labyrinthe, laissant à peine la place de circuler. Elle en était à son deuxième jour, pourtant elle avait l'impression que rien n'avait bougé. Elle avait grandement sous-estimé l'ampleur de la tâche. Toutefois, quoique déterminée à trier les affaires de ses parents toute seule, un profond sentiment de solitude la gagnait maintenant qu'elle y était.

Ça ne devrait pas se passer comme ça, songea-t-elle. *Mes parents devraient être en vie. Mes frères devraient se parler. Je ne devrais pas me retrouver seule face à ça.*

La veille, au dîner, elle avait une fois de plus demandé à Betsy et Walter s'ils avaient des réserves concernant sa participation à *Suspicion*. Ce ne fut que lorsqu'elle leur avait révélé que Dennis lui en avait parlé que Betsy finit par reconnaître qu'ils préféreraient qu'elle « ne remue pas la vase ».

La voix de Betsy résonnait encore à ses oreilles. « Tu as déjà perdu tes parents. Tu veux perdre tes frères aussi ? » Pour résumer, même si toutes ces années, elle s'était dite convaincue de l'innocence des jumeaux, au fond, Betsy craignait qu'ils ne soient coupables.

Résolue à aller de l'avant, Frankie poursuivit méticuleusement ses recherches, carton après carton. Elle avait dégagé suffisamment d'espace pour former trois piles : à garder, à jeter, à donner. Pour l'instant, presque tout avait atterri dans la troisième pile, mais ce qu'elle avait décidé de conserver valait déjà la peine. Un carton rempli de photos, qui comprenait l'album de mariage de ses parents, avait absorbé toute son attention pendant près d'une heure, avant qu'elle ne se rende compte du temps qu'elle y avait passé et s'oblige à le mettre de côté pour se replonger dedans une fois à la maison. Il y avait également le très joli service à thé anglais de sa mère, à motifs de papillons, intact. Et la pipe de son grand-père, une antiquité que son père exposait fièrement sur son bureau, même s'il ne fumait pas.

Frankie prit une grande inspiration en découvrant dans le carton suivant une série de livres. Elle les reconnut immédiatement. Ils emplissaient le bas de l'immense bibliothèque qui occupait un mur entier de leur salle de séjour. Sa mère avait baptisé cette étagère la « section spéciale Frankie ».

Elle passa en revue les ouvrages, s'arrêtant sur le grand classique qu'elle espérait trouver : *Fugue au Metropolitan*, d'E. L. Konigsburg, qui relatait les aventures de Claudia et Jamie Kincaid au Metropolitan Museum of Art. Sa mère le lui avait offert quand elle avait huit ans, lorsqu'il était devenu évident que Frankie serait l'autre grande lectrice de la famille. Dès le titre, elle avait été captivée. Une fugue ? Dans un musée ? Cette histoire la fascinait, elle l'avait relue maintes et maintes fois, rêvant d'un monde où, comme Claudia Kincaid, elle pourrait vivre dans la clandestinité au musée et percer un mystère ancestral. Elle avait fini par passer à d'autres livres et d'autres auteurs, mais elle chérissait ce cadeau que lui avait fait sa mère et le souvenir de l'avoir lu avec elle.

Quelque chose s'échappa des pages qu'elle tournait et tomba sur ses genoux : un petit rectangle de plastique noir sur lequel était écrit *MicroSD*.

Elle attrapa son téléphone, qu'elle avait posé sur un carton à côté d'elle, mais se souvint qu'il n'y avait pas de réseau à l'intérieur du box. Elle enfila son manteau et sortit, le cerveau en ébullition, tandis qu'elle tapait *MicroSD* dans la barre de recherche Google.

Une carte mémoire.

Internet lui apprit qu'elles étaient utilisées pour stocker des informations dans les téléphones portables, les appareils photo, les consoles de jeux vidéo et autres engins du même genre. Mais comment une carte mémoire avait-elle pu se retrouver dans l'un de ses livres d'enfant ?

Et comment accéder à ce qui était stocké sur ce petit bout de plastique ? Son premier réflexe fut d'appeler à la maison, mais Walter et Betsy étaient complètement réfractaires à la technologie.

Ethan. Il saurait. Le numérique n'avait aucun secret pour lui.

À sa grande déception, elle atterrit sur le répondeur après la quatrième sonnerie. Elle était en train de laisser un message quand elle reçut un appel.

« Ethan... », fit-elle, ne lui laissant pas le temps de dire bonjour avant de lui expliquer où elle était et ce qu'elle avait trouvé. Il était en plein travail, mais lui proposa de le rejoindre chez lui sur-le-champ.

Tout en commandant un Uber, Frankie se demanda si elle avait fait une erreur en se tournant vers Ethan. Et si ce que contenait cette carte mémoire l'incriminait ? Elle chassa cette pensée. Elle n'avait pas hésité une seconde à l'appeler, c'était forcément un signe. Au fond de son cœur, elle ne pouvait se résoudre à croire qu'un de ses frères soit le meurtrier.

S'il Vous plaît, mon Dieu, faites qu'il s'agisse de la preuve dont nous avons besoin pour redevenir une famille.

26

Les éventuels regrets que Laurie aurait pu avoir de quitter le bureau pour un tête-à-tête impromptu avec Charlotte furent balayés sitôt qu'elle posa le pied à l'Oceana. D'une élégance délicate, la salle de restaurant bleu et blanc était décorée dans le style paquebot de luxe et s'enorgueillissait d'immenses baies vitrées et de lustres en laiton sur mesure, le tout rehaussé de boiseries en noyer. Elle avait tenté de protester qu'elle avait bien trop de pain sur la planche pour déjeuner, mais Charlotte l'avait piégée en lui donnant rendez-vous dans son établissement préféré et en lui promettant une bonne nouvelle.

L'hôtesse l'escorta jusqu'à une banquette, dans un coin, où Charlotte l'attendait, un martini à la main et un plateau de fruits de mer posé au centre de la table. « J'ai pris la liberté de nous commander une mise en bouche étant donné que tu es pressée, annonça Charlotte en se levant pour serrer Laurie dans ses bras.

– Je ne t'ai pas dit ? D'après mon médecin, je suis mortellement allergique à tout ce qui vient de la mer. »

Charlotte se décomposa en regardant l'étalage d'huîtres, de palourdes, de langoustines et même de homard placé devant elle.

« Mais non ! la rassura Laurie avec un petit coup de coude. Je plaisante ! »

Charlotte souleva une huître à deux doigts et la tendit à Laurie. « C'était cruel, Moran. »

Laurie but une gorgée du thé glacé qui l'attendait sur la table. « J'aurais préféré boire comme toi, protesta-t-elle en lorgnant le martini de Charlotte.

« N'oublie pas que tu es submergée de travail, la taquina son amie. Je devrais être complètement à plat après ce voyage, mais je suis surexcitée.

– Tu as une bonne nouvelle à m'annoncer, je crois. » Laurie lui demanda si cela signifiait que la rencontre avec la célèbre pop star s'était bien passée, prononçant son nom à voix basse au cas où leurs voisins de table se montreraient indiscrets.

« Le rendez-vous s'est transformé en deux jours entiers dans sa maison de South Beach. Elle dort jusqu'à deux heures de l'après-midi et ne se couche pas avant quatre heures du matin. J'ai passé le vol de retour dans les bras de Morphée. Mais je suis repartie avec sa signature au bas d'un accord d'homologation. Sa ligne de vêtements devrait sortir à temps pour le Black Friday de cette année. Ça va être énorme. »

Laurie leva son verre pour porter un toast. « À ma meilleure amie, la magnat des affaires. J'espère que tu ne vas pas me remplacer par des vedettes !

– Personne ne peut remplacer Laurie Moran.

– Pas encore, en tout cas. Pourtant, Ryan se donne du mal. » Elle mit Charlotte au courant des dernières manigances de son présentateur et lui raconta qu'il lui avait confié avoir l'impression de stagner à Fisher Blake.

Les yeux de Charlotte se rétrécirent. « À ta place, je me méfierais de cet individu, dit-elle. Il t'a déjà fait le coup. Si je me souviens bien, l'année dernière, il s'était montré doux comme un agneau avec toi après le savon que lui avait passé son ex. Elle l'avait traité de loser qui se croyait sorti de la cuisse de Jupiter, c'est bien ça ?

– J'avais presque oublié cette histoire. » Charlotte avait une mémoire d'éléphant.

« Chassez le naturel, il revient au galop. Tu lui es tombée dessus, alors il a revu sa copie. Mais ça ne durera pas. »

Laurie prit bonne note du conseil de son amie, mais préféra changer de sujet. Elle avait besoin de ses lumières. « C'était courant, il y a dix ans, d'avoir une caméra dissimulée chez soi ?

– Comme une nanny cam ? Je n'ai pas d'enfant, donc je n'ai aucune raison d'en avoir, mais ça rassure les parents, non ?

– Je n'en ai jamais eu. » Elle parla à Charlotte de la caméra que la police de Harbor Bay avait découverte dans une pendule chez les Harrington et de la carte mémoire manquante.

« On dirait que le jumeau qui a appuyé sur la gâchette a aussi fauché la carte, dit Charlotte.

– C'est l'hypothèse de la police. Mais il est possible que les Harrington l'aient achetée quand les enfants étaient petits et qu'ils ne l'aient plus utilisée après. J'aimerais demander à Frankie si elle se souvient de quoi que ce soit à ce sujet, mais je ne veux pas que Simon et Ethan sachent que je suis au courant.

– Tu penses qu'elle le leur dirait ? »

Laurie fit oui de la tête. « Elle les aime de tout son cœur et veut croire à leur innocence.

– J'ai le sentiment que toi aussi, tu veux y croire.

– Peut-être bien. » Laurie se demandait si son désir que tout se termine au mieux n'influait pas sur son jugement, et ce n'était pas la première fois.

Son instinct lui disait que cette caméra était plus qu'un détail oublié. C'était une pièce importante du puzzle. Il fallait juste qu'elle trouve sa place.

Le serveur apportait les entrées quand le portable de Laurie vibra sur la banquette. Reconnaissant l'indicatif de Boston, elle s'excusa auprès de Charlotte et trouva un endroit tranquille loin de la table pour répondre. « Laurie à l'appareil.

– Bonjour, Laurie, c'est Dennis Ward, le frère de Michelle. Nous nous sommes rencontrés à mon cabinet, à Boston, vous vous rappelez ? »

Bien sûr qu'elle s'en rappelait.

« Frankie a signé l'accord de production, poursuivit-il. Et ses frères aussi.

– Oui, elle m'a dit que vous l'aviez relu pour elle, je vous en remercie.

– Je ne veux pas me mêler de ce qui ne me regarde pas, déclara Dennis, mais mes parents ne rajeunissent pas, et j'ai peur que tout cela soit stressant pour eux. Frankie veut à tout prix avancer, mais c'est encore une enfant. Même si Ethan et Simon sont les principaux intéressés, toute cette histoire affecte ma famille. J'ai le sentiment d'être pris entre deux feux.

– En quoi serait-ce dur pour vos parents ?

– Sarah et ma mère étaient comme des sœurs. Maman a été anéantie après les meurtres. Et même si son vœu le plus cher est que le meurtrier soit puni, elle ne se résout pas à suspecter Ethan ni Simon. Elle a réussi à se convaincre de leur innocence.

– Mais s'ils sont coupables, j'imagine qu'elle voudrait connaître la vérité. »

Quelque chose clochait dans les arguments de Dennis. Elle se rappelait l'avoir entendu dire, quand elle était à Boston, qu'il ne voulait pas que son cabinet ait mauvaise presse. « Ce qui vous inquiète, c'est peut-être votre cabinet ?

– Bien sûr que non, dit-il d'un ton un peu trop virulent.

– Qu'est devenu Howard Carver, l'autre associé de votre père ? Quand Michelle a mentionné son nom, j'ai senti un malaise.

– Vous voyez ? C'est exactement ce qui m'inquiète. J'ai regardé quelques épisodes de votre émission. Vous brouillez les pistes, vous montrez du doigt tout le monde, n'importe qui. Mes parents n'ont pas besoin de ça.

– Et vous non plus.

– Je vous le répète, c'est pour eux que je me fais du souci. J'ai le sentiment d'être le seul à vouloir préserver leurs intérêts.

– Si je ne m'abuse, c'est bien votre sœur qui a suggéré à Frankie de me contacter. Michelle n'aurait pas à cœur de protéger vos parents ? Je ne vois pas en quoi tout cela devrait vous tracasser… À moins, bien sûr, que ça n'ait à voir avec le cabinet.

– C'est une obsession, ma parole ! Howard a pris sa retraite. Ce n'est pas compliqué. Peut-être que mon père et moi, on ne veut tout simplement pas que cette affaire fasse de nouveau les gros titres. Le nom des Harrington figure toujours au fronton de notre bureau. »

Parti de prétendues inquiétudes concernant sa mère, Dennis concédait à présent que sa véritable préoccupation n'était autre que sa réputation professionnelle.

« Je vous remercie de m'avoir appelée, Dennis, et je tiendrai compte de vos réticences, mais votre sœur, tout comme Frankie et ses frères, a pris sa décision. »

Un silence s'installa, Dennis comprenant que Laurie ne céderait pas.

« J'ai le sentiment qu'ouvrir cette porte sur le passé aura des conséquences dramatiques. J'espère que vous savez ce que vous faites. »

Aussitôt qu'elle eut raccroché, elle composa le numéro de Ryan. Il répondit presque immédiatement.

« Ça vous intéresse toujours de vous impliquer davantage en coulisse ?

– Oh que oui !

– Voyez ce que vous trouvez sur un avocat à la retraite du nom de Howard Carver. Il est de Boston. Ce qui m'intéresse, c'est ce qu'il faisait il y a dix ans. »

27

« VOUS TROUVEZ ÇA DINGUE que j'aie peur de regarder ce qu'il y a dessus ? » Frankie joignit les mains pour les empêcher de trembler.

Elle avait eu raison. Son frère avait tout de suite identifié ce que c'était et disposait de l'appareil nécessaire pour le lire. Frankie et Annabeth regardaient l'écran tandis qu'Ethan, assis entre elles à la table de la cuisine, insérait le petit rectangle noir dans un lecteur relié à son ordinateur portable.

« Ne sois pas pessimiste, dit Annabeth. Ce ne sont sans doute que de vieilles photos de vous bébés que ta mère voulait conserver. »

Le silence se fit tandis qu'Ethan cliquait sur l'écran pour lancer le visionnage. D'abord, un torse qui bloquait la vue. Puis, quelques secondes plus tard, le visage de sa mère. Elle s'était penchée pour regarder directement dans l'objectif. En arrière-plan, Frankie reconnut leur ancien salon à Boston. La caméra devait être posée sur la cheminée.

« Carte mémoire deux sur deux à Boston, dit Sarah. Je le répète, il s'agit d'une caméra à détecteur de mouvement cachée dans un cadre pour photos. »

Frankie se força à regarder Ethan, qui scrutait l'écran. Quand lui-même tourna la tête vers elle, il avait les yeux emplis de peur et de confusion.

De ce que Frankie se souvenait de son enfance, il était rare qu'ils passent du temps dans le salon. En général, ils rentraient par le garage, déposaient leurs affaires dans une petite pièce attenante et se retrouvaient dans la salle de séjour ou la cuisine. Pour elle, le salon était l'endroit où ses parents recevaient, où ils s'installaient pour lire au calme ou prendre l'apéritif tous les deux pendant que les enfants jouaient et chahutaient.

Ils se virent sur l'écran, des versions plus jeunes d'eux-mêmes et d'autres membres de leur famille traversant la pièce à différents moments. La date et l'heure de leurs allées et venues étaient dûment indiquées en bas de la vidéo, qui débutait au mois d'avril dix ans plus tôt, soit sept semaines environ avant les meurtres.

« Pourquoi maman nous aurait filmés ? » s'étonna Frankie.

Ethan secoua la tête en pressant une touche sur son clavier pour accélérer. Soudain, il fit une pause. Leur mère venait d'entrer, leur père sur ses talons. Cette fois, ils ne sortirent pas par la porte d'entrée ni ne montèrent l'escalier. Ils restèrent dans le salon.

On aurait dit que Sarah avait fait en sorte qu'ils se retrouvent devant la caméra.

Ethan monta le volume.

« Plus tu essaieras de les séparer, plus il s'entêtera. Continue comme ça, et il lui passera la bague au doigt avant même d'être diplômé. »

Tout se passa très vite. Frankie avait tourné la tête une seconde pour s'assurer qu'Ethan et Annabeth avaient compris que ses parents parlaient d'eux quand soudain, Annabeth avait retenu un hoquet de surprise, portant la main à sa bouche.

Lorsque Frankie avait de nouveau regardé l'écran, les mains de son père agrippaient fermement les bras de sa mère. Celle-ci laissa échapper un cri abasourdi, mais son mari se mit à lui hurler dessus. « Comment oses-tu me parler de cette manière ?! »

Frankie ferma les yeux, puis s'obligea à les rouvrir. À partir de là, la colère de Richard monta en flèche. Et sa violence physique aussi. Il avait le visage écarlate, déformé par la rage.

Les mots dont il accablait la mère de Frankie, sa femme, n'étaient que haine. Elle essayait de lever les mains pour se protéger, mais cela ne faisait qu'accroître sa fureur.

Il n'arrêta que lorsqu'elle se retrouva roulée en boule sur le sol. Il quitta alors la pièce, ignorant manifestement qu'une caméra avait enregistré chaque seconde de sa folie furieuse. Frankie sentit une douleur dans la poitrine en voyant sa mère pleurer, seule, son père s'éloignant, en rage, dans l'escalier.

Au bout d'une minute, l'écran devint noir. La caméra ne détectait plus de mouvement. Quand la vidéo reprit, elle avait fait un bond en avant de six minutes. Sa mère se releva, chancelante, et s'assit sur le canapé, les yeux sur l'objectif. Des pas se firent entendre.

Il était revenu. Sarah tressaillit lorsqu'il s'assit à côté d'elle, lui prenant doucement la main.

« Je suis désolé. » Elle lui laissa sa main, mais garda le silence, le regard baissé sur ses genoux. « Tu sais que j'ai beaucoup de pression au travail. Nous risquons de tout perdre. Je pourrais même être radié du barreau. J'ai juste besoin que toute la famille soit de mon côté pour une fois. Même Simon. Tricher pour ses examens ? Réclamer de l'argent pour se sortir d'affaire ? Ce n'est pas son genre. Et je jurerais que si Ethan voit cette fille, c'est uniquement pour nous prouver que c'est lui, le rebelle de la famille. Quoi, que dis-tu ? »

Frankie avait vu les lèvres de sa mère bouger, mais comme son père, elle n'avait pas réussi à distinguer ce qu'elle disait. Quand Sarah répéta, sa voix était faible, mais audible. « C'est ce que j'essayais de te faire comprendre. Le meilleur moyen de savoir ce qu'Ethan ressent réellement pour Annabeth, c'est d'arrêter de lui dicter ce qu'il doit faire.

– Mais c'est la manière dont tu l'as dit. Tu sais dans quel état ça me met quand tu sapes mon autorité devant les enfants. Je suis désolé, mais tu dois admettre que tu l'as cherché. »

Le cœur de Frankie battait à tout rompre dans sa poitrine. Elle n'avait jamais vu son père se comporter ainsi. Les larmes lui montèrent aux yeux en entendant sa mère murmurer des excuses. Elle remarqua les poings d'Ethan, tellement serrés de chaque côté de l'ordinateur que les jointures de ses doigts étaient blanches.

« Tu me pardonnes ? » demanda son père en passant le bras autour des épaules de sa mère.

Elle fit oui de la tête.

« Il faut juste que je surmonte cette crise au bureau et tout ira mieux. Tu comprends, n'est-ce pas ? Tu ne peux pas partir.

– Bien sûr, répondit Sarah. Jusqu'à ce que la mort nous sépare. »

Avant de sortir de la pièce à la suite de son mari, elle planta son regard droit dans la caméra.

28

UN MARQUEUR À LA MAIN, Laurie fit un pas en arrière, admirant son œuvre sur l'immense tableau blanc de son bureau. Elle avait toute l'attention de Jerry et de Grace, assis à la table de réunion.

Jerry lança les applaudissements, rapidement imité par Grace. « Super stratégie, coach. » Ils avaient baptisé ces séances autour du tableau blanc les « réunions stratégiques d'avant-match » et Laurie était la coach de leur petite équipe.

« Je n'ai pas souvenir que nous ayons déjà avancé aussi vite pour une émission, dit Laurie.

– J'hallucine ou on est déjà prêts à filmer ? » s'exclama Jerry.

Il avait raison. Enquêteur méticuleux, il avait localisé Jenna Merrick, la dog-sitteuse qui avait découvert la scène macabre, et Peter Bennett, le gardien. Ils appréciaient tous deux la famille Harrington et signeraient volontiers l'accord de production qu'il leur avait envoyé.

Mais Jerry n'était pas le seul à avoir fait preuve d'initiative. « J'ai pris la liberté de contacter le Harbor Yacht Club pour savoir si on aurait l'autorisation de filmer, annonça Grace. Ce ne sera pas gratuit, bien sûr, et il y aura de la paperasse à remplir, des exigences à respecter pour l'assurance. J'ai tout envoyé au service juridique, qui vérifie également notre proposition d'accord pour filmer la maison des Harrington. Les propriétaires actuels vivent à New York et ne l'utilisent que l'été, donc ils sont flexibles. »

Laurie ne put s'empêcher de s'émerveiller. Ces deux-là étaient devenus des piliers de *Suspicion*. Diplômé en communication et médias, Jerry avait débuté comme stagiaire chez Fisher Blake. À l'époque, il camouflait sa longue silhouette sous des cols roulés, des gilets amples et des pantalons larges. Il ne lui avait fallu que trois ans pour devenir assistant de production et il avait maintenant suffisamment confiance en lui pour afficher un style vestimentaire presque aussi flamboyant que celui de Grace.

Quant à Grace, justement, elle avait toujours fait preuve de ténacité et avait de l'instinct. Mais l'année précédente, elle avait clairement fait savoir qu'elle avait plus d'ambition que ne l'avait d'abord compris Laurie. Après la conversation qu'elles avaient eue, celle-ci lui avait octroyé une augmentation bien méritée et depuis lors, Grace se démenait pour l'épater.

Elle avait encore des choses à dire. « J'ai aussi déniché l'endroit parfait pour notre séjour à Cape Cod. » Elle fit glisser son téléphone sur la table jusqu'à Jerry. « Une grande maison les pieds dans l'eau. Comme on est hors saison, ça coûtera beaucoup moins cher que plusieurs chambres dans un hôtel. Ce sera comme une soirée pyjama géante. »

Jerry faisait défiler les photos de l'annonce. « Très sympa tout ça, mais je te rappelle que la dernière fois qu'on a loué une maison pour un tournage, j'ai fini dans le coma. » Après la violente agression de Jerry, Laurie s'était demandé si l'émission n'était pas maudite.

Grace leva une main devant sa bouche. « Oh là là ! Je ne voulais pas te traumatiser.

– Grace, je plaisante. Ce n'est pas la maison qui m'a fichu une raclée. Mais juste au cas où, je compte sur toi pour jouer les gardes du corps pendant cette super soirée pyjama. »

Ils furent interrompus par un petit coup frappé sur la porte ouverte. « Une soirée pyjama ? Je suis invité ? » s'enquit Ryan en s'approchant avec une moue qui se voulait charmeuse. Au moins, cette fois il avait toqué avant d'entrer.

Un grand sourire aux lèvres, Grace battit des cils. « Dans vos rêves, Nichols. »

Il laissa tomber un dossier sur la table de réunion et pressa ses paumes de mains sur son cœur. « Chaque jour qui passe vous me crucifiez un peu plus, Miss Garcia.

– Est-ce qu'il faut que je vous colle les RH aux fesses ? lâcha Laurie. Nous passons en revue la stratégie de production. Nous avons contacté toutes les parties prenantes à part Howard Carver. Vous avez trouvé quelque chose sur lui ?

– Je crois que oui. Je suis quasi certain que vous aviez raison, il y a un truc louche dans son départ du cabinet. Il n'est pas simplement à la retraite. Il n'est carrément plus inscrit au barreau.

– C'est inhabituel ? demanda Jerry.

– De mon point de vue, oui, répondit Ryan. Même si l'on n'exerce plus, avoir le titre d'avocat peut toujours se révéler utile. Il est beaucoup plus facile de continuer à payer sa cotisation que d'essayer de se réinscrire. À moins, bien sûr, que l'on n'ait pas le choix. »

Laurie saisit la balle au bond. « Il aurait été radié ?

– J'ai appelé l'ordre des avocats. J'ai fait mon numéro de charme à la secrétaire, du grand Ryan Nichols, dit-il en lançant un coup d'œil taquin à Grace.

– Et elle a demandé une ordonnance d'éloignement ?

– Non, répondit-il en riant. Cela étant, elle n'est pas non plus tombée dans mes filets. Elle est fan de l'émission, mais n'a pas pu m'apprendre grand-chose. Juste qu'il n'y avait aucune trace d'un avertissement ni d'un blâme officiels.

– Des plaintes ?

– Apparemment, elles sont gardées confidentielles, à moins qu'elles ne conduisent à une procédure. Mais il y a autre chose. J'ai examiné la liste de ses litiges. Il existe une base de données pour ça. La plupart des jugements sont confidentiels, mais pour certains types de procès, il est obligatoire de faire un compte rendu. C'est le cas pour les actions en justice contre des instances gouvernementales ou les recours collectifs. Sur une période de deux ans, il a déclaré un nombre phénoménal de litiges, qui se sont presque tous rapidement soldés par un accord. C'est un volume d'activité inhabituel pour un si petit cabinet, sans compter que les dossiers portaient uniquement sa signature, pas celles de ses associés. En revanche, Richard Harrington et Walter Ward sont à peine ressortis dans la base.

– J'ai l'impression qu'ils ne plaidaient pas beaucoup, dit Laurie. D'après Frankie, ils faisaient surtout des transactions juridiques.

– Eh bien, pas Howard. Il engageait des poursuites à droite et à gauche. Mais le truc, c'est que ça n'a duré que deux ans. » Il ouvrit son dossier à la page qui recensait la liste des décisions du tribunal. « Deux jugements en mars, et puis plus rien. Il a quitté le barreau le 20 juin.

– Trois mois seulement après le meurtre des Harrington, souligna Laurie.

– C'est ce que je me suis dit aussi, confia Ryan. Mais est-ce qu'il y a un lien ou c'est juste bizarre ?

– C'est amusant que vous disiez cela. » Elle pointa son marqueur vers le tableau blanc. Il y était écrit « Trucs bizarres ». Elle ajouta les mots « Départ à la retraite de Howard » sous « Nanny cam de Harbor Bay » et « Acte de vandalisme : *Cette famille est un mensonge* ».

« Autre chose ? demanda-t-elle.

– J'ai trouvé sa dernière adresse connue ainsi que son numéro de téléphone, annonça Ryan en tendant à Laurie une autre feuille. Bien évidemment, je ne l'ai pas appelé. Je ne veux empiéter sur les plates-bandes de personne. »

Était-il sincère ou cherchait-il à la provoquer ? Laurie n'aurait su le dire, et son téléphone vibra sur la table avant qu'elle n'ait eu le temps de réfléchir à la question. C'était Frankie.

Les mots de la jeune fille déferlèrent si vite que Laurie put à peine dire bonjour. Quelque chose à propos d'une caméra et d'une terrible dispute.

« Doucement, Frankie, que se passe-t-il ? Vous avez trouvé une vidéo ? » Roberta avait précisé que les services de police n'avaient jamais révélé l'existence d'une caméra dissimulée dans la maison du bord de mer.

« Oui. Une carte mémoire. Glissée dans un livre qui était au garde-meuble. Ma mère avait une espèce de nanny cam sur la cheminée de notre salon à Boston. C'est affreux, Laurie. On voit mon père l'insulter, la battre. Et ce n'était manifestement pas la première fois. Ethan vous envoie le fichier. Je mets le haut-parleur. Annabeth est avec nous. »

Tout en restant en ligne, Laurie ouvrit le message qui venait d'arriver sur son ordinateur et lança la vidéo.

29

LA VIDÉO TERMINÉE, un silence sidéré s'abattit dans le bureau de Laurie, la sombre réalité s'imposant à eux. Frankie avait raison. Ce n'était manifestement pas la première fois que Richard Harrington s'en prenait à sa femme. « Tu sais dans quel état ça me met. Tu dois admettre que tu l'as cherché. Tu ne peux pas partir. » C'était déjà arrivé et il trouvait encore le moyen de rejeter la faute sur Sarah et de se trouver des excuses.

« Je suis désolée, dit Laurie. C'est très dur à voir, même pour moi qui ne fais pas partie de la famille. Je n'imagine pas ce que vous devez ressentir, tous les deux.

– Je suis juste… complètement perdue, répondit Frankie. Je ne l'ai jamais vu comme ça. »

Laurie demanda si elle pouvait mettre le haut-parleur et présenta rapidement Jerry, Grace et Ryan.

« Votre mère savait manifestement qu'il y avait une caméra », souligna Laurie.

Ethan prit la parole. « Oui. Je ne vous ai envoyé que ce passage. Mais au début, elle explique qu'il s'agit d'une caméra qui est dissimulée et que c'est la seconde carte mémoire enregistrée à Boston. »

Laurie hocha la tête. Donc c'était sans doute Sarah, elle aussi, qui avait installé la caméra cachée dans la pendule à Harbor Bay. Elle faillit leur en parler, mais se ravisa. Ils n'étaient ni ses associés ni ses clients, mais des témoins dans le cadre de son enquête.

« À la fin de l'enregistrement, votre père lui dit qu'elle ne peut pas le quitter. Vos parents avaient-ils parlé de divorcer ?

– Jamais, répondit Ethan. Comprenez que rien ne comptait plus que les apparences pour eux, surtout pour mon père. Un divorcé ne peut pas se targuer d'être le pater familias de la famille parfaite. »

Il y avait de l'amertume dans sa voix.

« Ethan, vous ne croyiez pas Simon quand il disait que Richard l'avait frappé à cause de cette histoire de tricherie. Cette vidéo vous a-t-elle fait changer d'avis ?

– Peut-être. Ou peut-être que Simon était au courant que mon père battait ma mère et que c'est pour ça qu'il a disjoncté. J'ai toujours pensé qu'il ne s'attendait pas à trouver maman à la maison ce soir-là.

– Avez-vous montré cette vidéo à quelqu'un d'autre ? interrogea Laurie.

– On a commencé par la regarder, répondit Frankie. Puis je l'ai transférée à Simon et aux Ward, pour savoir s'ils étaient au courant de quoi que ce soit. Nous sommes tous sous le choc. Je vous l'ai envoyée parce qu'il me semble que c'est important, mais nous n'arrivons pas à comprendre s'il y a un lien avec les meurtres. Nous sommes sans doute trop impliqués. »

Laurie n'y voyait pas plus clair et personne autour de la table de réunion ne faisait de suggestion.

« C'est la seule carte mémoire que vous ayez trouvée ? questionna Laurie.

– Pour l'instant, oui, mais j'ai à peine entamé le tri au garde-meuble. Maman précise que c'est la seconde, c'est donc qu'il y en a au moins une autre.

– À votre connaissance, elle n'avait pas caché de caméra dans la maison de Cape Cod ? » insista Laurie, prenant soin de ne pas révéler ce qu'elle avait appris par l'ancienne adjointe.

Frankie et Ethan affirmèrent qu'ils n'avaient jamais eu connaissance de l'existence de caméras dissimulées où que ce soit jusqu'à ce jour.

« OK, continuez vos recherches, dit Laurie. Et merci de m'avoir mise au courant. Je sais que ça doit être difficile pour vous.

– Vraiment difficile, fit Frankie, sa voix se fêlant. Je me demande si les Ward n'ont pas raison : remuer le passé n'est peut-être pas une bonne idée. Ça fait beaucoup en très peu de temps. Je me sens un peu submergée. »

Une expression inquiète se dessina sur le visage de Ryan.

« Êtes-vous en train de changer d'avis ? demanda Laurie alors que Ryan secouait la tête avec frénésie.

– Non. En fait, la vidéo a même renforcé Ethan dans sa conviction que nous devions arrêter de faire l'autruche. Il faut que nous affrontions les secrets cachés derrière l'image de cette famille prétendument parfaite. Advienne que pourra, nous découvrirons peut-être enfin la vérité.

– Je ferai tout ce qui est en mon pouvoir pour vous aider dans cette quête. »

En mettant fin à l'appel, Laurie avisa Brett sur le seuil de son bureau. « Vous avez demandé à la fille si elle était *en train de changer d'avis* ? Qu'est-ce qui vous a pris ? »

C'était à se demander s'il n'avait pas mis les bureaux sur écoute pour pouvoir faire son entrée au pire moment.

« J'ai essayé de l'en empêcher », dit Ryan.

Grace et Jerry le foudroyèrent du regard. Bonjour l'esprit d'équipe.

« C'est une gamine, Brett. Et vulnérable avec ça.

– Désolé, dit-il d'un ton sarcastique. J'ai cru qu'on avait affaire à une gosse de vingt-deux ans sur le point de toucher un sacré pactole. C'est une adulte, de mon point de vue. Je passais juste voir si vous aviez une date de mise en prod. »

La question que Jerry avait lancée un peu plus tôt lui revint en mémoire : « J'hallucine ou on est déjà prêt à filmer ? »

Elle jeta un regard au tableau blanc. Il faudrait ajouter la violence de Richard Harrington à la liste des éléments qui pourraient ou non être liés aux meurtres. Si ça ne tenait qu'à elle, elle aurait passé des semaines entières à explorer en long, en large et en travers chaque détail inexpliqué avant de passer au tournage. Mais Brett s'était montré on ne peut plus clair. Elle n'avait plus la main sur grand-chose.

« On est prêts, annonça-t-elle. Il est temps de faire nos bagages. »

Brett signifia sa satisfaction d'un claquement de mains. « J'aime mieux ça. Commencez à tourner avant que la famille n'ait des regrets. Il nous faut du grand spectacle. »

30

TEL UN ACHETEUR sur le point de faire une offre à plusieurs millions de dollars, Jerry inspecta de fond en comble la location de Harbor Bay. « Je pourrais passer le reste de mes jours ici, s'exclama-t-il. Grace, honnêtement, je ne pensais pas que la maison serait à la hauteur des photos de l'annonce. En fait, elle est encore mieux ! »

Laurie laissa Grace et Jerry s'émerveiller quelques minutes de plus sur la propriété de luxe qu'ils avaient louée avant de les ramener à la dure réalité : ils étaient là pour travailler. Cela faisait trois jours qu'ils bûchaient ferme pour pouvoir commencer à filmer en un temps record. Mais, il fallait l'admettre, leur lieu de tournage était tout bonnement magnifique, une demeure perchée sur un promontoire, ceinturée d'une terrasse couverte et offrant une vue panoramique sur la baie.

Baignée par les rayons du soleil de fin de journée, Grace contemplait par la fenêtre l'escalier qui descendait vers la plage. « Si seulement on avait filmé cet épisode dans quatre mois ! On aurait phosphoré en bronzant sur le sable. »

Laurie se prit à essayer d'imaginer le genre de tenues de plage sophistiquées que Grace et Jerry auraient dénichées pour l'occasion. « Si on avait attendu quatre mois de plus, c'est une tout autre enquête que vous auriez menée : mon assassinat des mains de Brett Young. »

Tandis que Grace et Jerry admiraient la cuisine équipée pour les fins gastronomes, Laurie fut happée par un nouveau message sur le fil regroupant Tim, Leo et elle-même. Elle leur avait envoyé un texto dès qu'elle avait posé le pied à l'aéroport, pour s'assurer que le retour de l'école s'était bien passé.

Tout va bien, répondait son père. *Tim fait ses devoirs. On prévoit une soirée télé quand Alex sera rentré. Oui, oui, la série que tu n'aimes pas.*

Ils avaient pris l'habitude de regarder des séries en famille, se promettant mutuellement de ne pas visionner de nouveaux épisodes s'ils n'étaient pas tous réunis. *Harry Bosch* était depuis longtemps leur préférée. Tim partageait la fascination de son grand-père pour les tenants et les aboutissants des procédures policières. Parfois, Laurie se demandait s'il ne finirait pas par marcher sur les traces de Leo en entrant dans les forces de l'ordre. Sauf que, depuis peu, Tim se passionnait pour une saga dystopique angoissante que même Laurie trouvait trop sombre. Elle leur donna sa bénédiction pour enchaîner les épisodes en son absence.

Le message suivant était de Tim. *Envoie-nous des photos de ton nouveau palais au bord de la mer.*

Oh, si seulement il était là, à ses côtés, avec tante Grace et oncle Jerry ! Ramon avait proposé de faire le voyage jusqu'à Harbor Bay pour que Laurie puisse emmener Tim. La maison était suffisamment vaste pour accueillir tout le monde, et Ramon s'était même porté volontaire pour s'occuper des repas. La tentation avait été forte, mais Tim était trop grand pour manquer l'école plusieurs jours de suite, et maintenant qu'il y avait aussi Alex et Ramon dans sa vie, Laurie n'avait plus besoin d'autant s'appuyer sur son père quand elle partait en déplacement professionnel. Elle pouvait faire confiance aux trois hommes les plus formidables qu'elle ait jamais rencontrés pour garder la boutique en son absence.

Il restait que son fils lui manquait. Énormément. Elle était déterminée à finir ce tournage en temps et en heure. L'anniversaire de Tim tombait dans sept jours.

Un sourire s'attarda sur son visage tandis qu'elle tapait sa réponse. *Éteins ton téléphone à l'heure habituelle. Je t'enverrai des photos du palais quand tu auras fini tes devoirs.*

Jerry et Grace, encore sous le charme de la cuisine professionnelle, rêvaient à tous les repas que Ramon aurait pu leur concocter s'il s'était joint à eux.

« Je n'aurais jamais dû vous parler de sa proposition, déclara Laurie.

– Pas grave, on peut tout à fait préparer le dîner nous-mêmes, dit Grace en regardant Jerry pour confirmation.

– Nous ? répondit celui-ci, incrédule. Préparer le dîner ? Autant demander à Laurel et Hardy.

– Laurel et Hardy ? Tu n'as pas plus récent ? » railla Grace.

Jerry n'avait qu'un an de plus qu'elle, mais Grace aimait le taquiner au sujet de ses références culturelles plus que datées.

Sans crier gare, Ryan fit son apparition dans la cuisine. « Il se trouve que je cuisine comme un dieu, dit-il avec flegme.

– Vous êtes sérieux ? s'exclama Grace. Ou c'est encore Ryan Nichols le magnifique, le plus beau, le plus intelligent qui s'exprime ? »

Laurie admirait la façon dont Grace ne laissait jamais Ryan lui porter sur les nerfs. Tout comme Ryan, visiblement.

« Parole de scout, répondit-il en levant trois doigts. L'Italie du Nord, c'est ma spécialité. Je me débrouille aussi en cuisine française. J'ai testé presque toutes les recettes du livre de Julia Child. »

Grace lança un regard inquiet à Jerry. Combien de fois avait-elle répété qu'elle adorerait sortir avec un homme qui savait cuisiner ? Laurie jugea que le badinage avait assez duré.

« Désolée de casser l'ambiance, dit-elle, mais ce soir, ce sera plus pizzas à emporter que petit plat digne du *Guide Michelin*. On finit de s'installer et on se retrouve dans le salon dans vingt minutes ? »

Grace et Jerry gagnèrent leurs chambres, mais Ryan s'attarda auprès de Laurie.

« Mission déjà accomplie. Je défais toujours mes valises séance tenante quand je voyage, expliqua-t-il. »

Elle avait la même manie. « Super. Vous allez pouvoir m'aider avec ces tableaux. »

Elle avait demandé à Grace de faire livrer deux tableaux blancs à roulettes. Ils s'attaquèrent chacun à un carton. « Vous savez que vous pourriez préparer votre storyboard sur ordinateur ? dit Ryan. Et ensuite le projeter sur l'écran de votre choix afin de le partager avec d'autres personnes. »

Laurie aurait bientôt quarante ans, elle n'avait pas besoin qu'on lui rappelle qu'aux yeux de certains, elle avait déjà passé la « date de péremption ».

« Ce que l'on peut faire n'est pas forcément ce que l'on doit faire. Je lis des livres faits de papier et j'écris sur des tableaux blancs. Je suis de la vieille école, si vous voulez.

– Ce n'était pas une critique, répondit-il en faisant mine d'étudier la notice de montage pour éviter son regard. Juste une suggestion. »

Laurie mettait déjà en place les roulettes de son tableau. « Franchement, ce n'est pas toujours facile de faire la différence avec vous. »

Il hocha la tête sans piper mot.

Elle avait presque terminé le montage, mais avait encore une chose à dire tant qu'elle était seule avec Ryan. « Grace est une dure à cuire, mais c'est aussi une grande romantique. Ne l'entraînez pas dans vos petits jeux, quels qu'ils soient. »

La clef hexagonale qu'il tenait à la main cessa soudain de tourner. « Je ne joue à aucun jeu. Je l'aime bien. Mais elle me voit comme un pauvre type, parce que… Mais après tout, peut-être que j'en suis un. Peut-être que j'ai été élevé pour devenir un scorpion. »

Pour la seconde fois cette semaine-là, Ryan reconnaissait ses défauts. Elle cherchait encore quoi répondre quand il releva son tableau.

« Ha ha ! J'ai gagné ! déclara-t-il. Je vous ai eue par surprise. »

À son expression, elle comprit qu'il cherchait à faire diversion. « Effectivement, vous m'avez eue, admit-elle en lui tendant un marqueur. Maintenant, voyons à quelle vitesse nous pouvons transposer nos notes. Façon vieille école. »

31

QUAND JERRY ET GRACE les rejoignirent en bas, Laurie et Ryan avaient transformé les tableaux tout neufs en répliques exactes des plans sur lesquels ils avaient travaillé à New York.

« Nous avons les coordonnées locales de tout le monde, n'est-ce pas ? » s'enquit Laurie.

Jerry et Grace acquiescèrent d'un signe de tête. Après les meurtres, Betsy et Walter Ward avaient passé de moins en moins de temps à Cape Cod, et un agent immobilier des environs les avait finalement convaincus de proposer leur propriété à la location. Elle était disponible pendant la basse saison, ils y logeraient donc avec Simon, Michelle et Frankie pendant le tournage. Quant à Ethan et Annabeth, ils s'installeraient chez les parents de celle-ci.

« Le changement de garde-meuble s'est bien passé ? » demanda Jerry.

Vu l'importance de la carte mémoire que Frankie avait découverte dans les effets personnels de sa famille, Laurie n'avait pas voulu la freiner dans ses recherches. Frankie avait accepté sa proposition : transférer le contenu du box dans un garde-meuble proche de la Route 6 aux frais de la production. La jeune femme pourrait ainsi continuer son tri durant l'enregistrement. Elle avait semblé particulièrement soulagée quand Laurie lui avait suggéré qu'elle et son équipe lui donnent un coup de main si ça ne lui semblait pas trop intrusif.

« Parfaitement bien. Les déménageurs ont retrouvé Frankie ici ce matin même. Elle s'est déjà remise au boulot. Elle nous appellera si elle trouve quelque chose. »

Cela ne prit pas beaucoup de temps à l'équipe de Laurie de passer en revue l'enchaînement des scènes qu'ils avaient prévu. En général, quand ils en étaient à l'étape du tournage, elle savait par intuition dans quelle direction les mèneraient les preuves. Mais cette fois, Brett les avait bousculés, et Laurie avait maintenant davantage de questions sans réponse que lorsque Frankie l'avait appelée il y avait de cela une semaine seulement.

Impossible de savoir quelles informations ils pourraient glaner au gré des interviews, ni même s'ils glaneraient quoi que ce soit, mais au moins, ils étaient sur place et les accords de production étaient signés.

« Je veux être sûre que nous disposons d'une liste claire de suspects, dit Laurie. En premier, bien sûr, l'hypothèse principale : les jumeaux ont planifié les meurtres ensemble. L'un des deux a tiré pendant que l'autre était à la fête. »

Jerry prit la parole. « Ou les jumeaux ont raison : l'un des deux a agi seul, mais on ignore lequel. »

En s'intéressant à cette affaire, Laurie était partie du principe que ce seraient là les deux seules pistes qui valaient la peine d'être explorées, mais il n'était désormais plus question de se limiter à Simon et Ethan. Deux noms s'ajoutaient à la liste : l'autre associé, Howard Carver, et le père d'Annabeth, Jimmy Connolly.

« Tu as réessayé de joindre Howard ? demanda Jerry.

– Un nombre incalculable de fois, répondit Laurie. Je tombe directement sur le répondeur. Je suis sûre qu'il m'a bloquée. »

De toutes les personnes qu'elle avait contactées pour cette affaire, Howard Carver était la seule qui avait refusé de lui parler. Sans même citer le cabinet, Laurie lui avait dit que *Suspicion* rouvrait l'enquête sur le meurtre des Harrington et qu'elle voulait lui poser des questions sur ce qu'il avait vu au yacht-club ce soir-là. Il avait déclaré qu'il n'était pas intéressé et lui avait raccroché au nez. Depuis, plus de nouvelles.

La violence qu'avait déchaînée Richard Harrington contre Sarah dans la vidéo avait fait l'effet d'une bombe et ils ne percevaient toujours pas l'éventuel lien avec les meurtres. Mais la vidéo apportait aussi la preuve concrète que quelque chose au cabinet perturbait profondément Richard.

Laurie dressa la liste des indices, suggérant que le quelque chose en question avait à voir avec Howard Carver. « Dans la vidéo, quand Richard est furieux contre Sarah, il dit qu'ils pourraient tout perdre. Il dit : "Nous pourrions même être radiés du barreau." Au pluriel. Le problème concernait donc au moins un autre avocat. Michelle et Dennis n'étaient pas très à l'aise quand j'ai posé des questions au sujet de Howard. Et c'était avant que Ryan ne découvre la flopée d'accords que Howard avait conclus avant le meurtre des Harrington, avant qu'il ne quitte le barreau du jour au lendemain. Il faut absolument qu'on trouve le fin mot de l'histoire, surtout que c'est Howard qui est censé avoir vu un des jumeaux près de la Range Rover. »

Si l'intuition de Laurie était juste, Michelle et Dennis connaissaient tous les deux les raisons du départ à la retraite de Howard. Par conséquent, Simon et Walter étaient sans doute eux aussi au courant.

C'était Ryan qui avait persuadé Laurie d'attendre que la caméra tourne pour les cuisiner sur le sujet. Si Richard s'inquiétait réellement d'être radié, cela devait être grave. Elle ne voulait pas risquer de perdre leur participation s'ils se rendaient compte que les questions prenaient cette direction.

Grace tapotait sur son bloc avec son stylo. « Et ce gamin qui a fait chanter Simon parce qu'il lui avait demandé de rédiger un devoir à sa place ? Est-ce qu'on devrait l'ajouter à notre liste ?

– Tom Keenan », dit Laurie, se rendant compte qu'elle avait oublié de les prévenir qu'elle l'avait rayé de la liste des suspects après son entretien avec Simon. Keenan avait été facile à localiser. Il était aujourd'hui professeur d'histoire dans une pension privée du New Hampshire et au moment des meurtres, il se trouvait bien à Nashville. « Il avait encore les justificatifs de son voyage. »

Jerry plissa les yeux, sceptique. « Au bout de dix ans ? Je deviens peut-être cynique, mais je trouve ça presque louche.

– Il a eu tellement la frousse quand la police l'a interrogé, expliqua Laurie, qu'il s'est promis de garder les preuves ad vitam æternam au cas où l'affaire serait rouverte. Il a aussi juré ses grands dieux qu'il n'avait jamais fait chanter Simon, ce qu'on ne peut ni confirmer ni infirmer sans remonter à la source de mails vieux d'une décennie. Quoi qu'il en soit, ce n'est pas notre tireur. »

Laurie était sur le point de passer au père d'Annabeth, mais quelque chose concernant Tom Keenan la chiffonnait.

« Je connais ce regard, dit Grace. Tes petites cellules grises s'activent. »

Laurie leva un index, se ménageant un peu de temps pour mettre ses pensées en ordre. « Quand j'ai parlé à Tom, je lui ai promis de garder le secret s'il avouait avoir envoyé les mails, mais il n'en démordait pas, ce n'était pas lui. Sur le moment, je me suis dit qu'un prof réputé dans une école d'élite ne voulait pas assumer d'avoir eu ce comportement quand il était étudiant.

– Et maintenant ? demanda Jerry.

– Nous en savons bien plus sur les Harrington. De l'avis de tous, c'était la famille parfaite. Les deux frères n'ont cessé de nous le répéter : Richard et Sarah étaient très attachés aux apparences. Mais aucune famille n'est parfaite. Simon était tellement sous pression qu'il a triché à la fac et son père l'a roué de coups en le découvrant. Richard battait également sa femme, à tel point que Sarah avait caché des caméras dans les deux maisons, sans doute pour prouver que le bon père de famille était en fait un tyran qui l'empêchait de mettre fin à ce mariage.

– Mais quel est le rapport avec Tom Keenan et le chantage ? » interrogea Grace.

Laurie considéra à nouveau les tableaux blancs. Dans la liste de sujets qu'ils avaient baptisée « Trucs bizarres », elle entoura cinq mots en les lisant à voix haute : « *Cette famille est un mensonge*. Après les meurtres, Simon a informé la police de l'acte de vandalisme. L'ancienne adjointe a admis devant Ryan et moi que la police n'avait pas pris la peine de vérifier s'il y avait un lien. »

Elle cocha les autres éléments sur le tableau : le départ à la retraite de Howard Carver, les nanny cams, la violence de Richard.

« Des secrets, dit-elle. La famille parfaite cachait en réalité une montagne de secrets. »

Ryan la fixait du regard, le visage dénué d'expression, silencieux.

« Vous comprenez ? » demanda-t-elle.

Il hocha la tête. « Cette famille était réellement un mensonge. Et la personne qui a laissé ce tag le savait parfaitement.

– Exactement. Pendant tout ce temps, nous avons eu cette liste de détails inexpliqués sous les yeux sans savoir lequel pourrait nous conduire à une découverte capitale. Et si tout convergeait vers la même chose ? Si une personne connaissait tous les secrets, tous les mensonges ? Une colère qui a commencé avec les mails de chantage et un tag insultant pourrait très bien avoir dégénéré et donné lieu au double homicide dont les principaux suspects seraient les gentils jumeaux. »

Jerry et Grace griffonnaient avec frénésie sur leur bloc-notes. « Nos suspects restent les mêmes, je ne me trompe pas ? » interrogea Jerry.

Laurie parcourut rapidement la liste. « Il me semble. Simon ne se serait pas fait chanter lui-même, mais il a très bien pu monter ça de toutes pièces pour essayer de soutirer de l'argent à son père. Si le tueur est l'auteur du tag et des mails, ça donne de l'épaisseur au mobile : un ressentiment accumulé de longue date. Et personnel, aussi. »

Ryan avait l'air déterminé. « Je vais relire mes notes pour préparer l'interview de Simon et d'Ethan. J'ai déjà la structure, mais il faut insister sur les vieilles rancœurs. Et quand on aura réussi à faire parler quelqu'un sur ce qu'il s'est passé avec Howard Carver, il pourrait changer d'avis et vouloir donner sa version de l'histoire. »

Laurie fit un signe de tête. « Il nous reste le père d'Annabeth. Si Jimmy Connolly n'avait pas été aussi proche du chef Collins, j'aurais sans doute laissé tomber. Je cherche encore quelqu'un au département de police ou au bureau du procureur qui accepterait de nous donner accès aux preuves. Ça nous permettrait peut-être de le retirer de notre liste. Il est trop tôt pour l'approcher directement, on risquerait de faire fuir Ethan et Annabeth.

– Une fois qu'on aura tiré d'eux tout ce dont on a besoin, dit Ryan, je pourrai au moins leur demander si Jimmy savait que Richard faisait pression sur Ethan pour qu'il mette fin à sa relation avec Annabeth.

– Et leur parler de l'argent, ajouta Jerry. Si Ethan a effectivement renfloué son magasin.

– C'est évident », répondit Ryan en se tapotant la tempe avec l'index. Il leva un regard plein d'espoir vers Laurie. « Qu'en pense la vieille école ? On est bons ? »

D'un air satisfait, elle remit le bouchon sur son marqueur avec un petit clic. « Alors ? Qui commande les pizzas ? »

32

Dans le séjour de Jenna Merrick, au milieu du chahut d'un labrador noir et d'un beagle, Laurie entendait à peine la voix de son interlocuteur.

Elle avait appelé le portable d'Alex en FaceTime, mais c'était Tim qui avait répondu. « Salut, maman ! » Il avait les joues incroyablement roses, et ses yeux marron émergeaient d'un bonnet en laine des New York Giants.

« Comment vont mes deux loustics préférés ? demanda-t-elle. J'attends un de nos témoins qui est au maquillage, alors je me suis dit que j'allais vous faire un petit coucou. » Elle crut reconnaître le Rockefeller Center en arrière-plan. « Vous êtes à mon bureau ?

– Drôle d'idée ! » s'exclama Tim. Il brandit le téléphone afin qu'elle puisse mieux voir. « On va faire du patin à glace. Je suis avec Alex. »

Alex apparut à côté de lui, tout sourire, emmitouflé dans la doudoune Marmot qu'elle lui avait offerte à Noël.

« Je me suis dit que ce serait bien que Tim s'exerce un peu dans un environnement plus courtois que le club de hockey.

– J'aimerais tellement être avec vous. » Il était de notoriété publique que Laurie ne tenait pas debout sur des patins, mais l'hiver était sa saison favorite et la patinoire du Rockefeller Center représentait la quintessence même de l'hiver new-yorkais.

« J'ai demandé à grand-père de venir, dit Tim, une lueur malicieuse dans le regard.

– Et j'ai commis l'erreur d'ajouter que la juge Russell serait peut-être heureuse de se joindre à nous, expliqua Alex.

– Comment a-t-il pris la chose ? » interrogea Laurie.

Tim gloussait à la pensée de la pique que son grand-père n'avait pas manqué de lancer.

« Il m'a dit de bien m'amuser, et il a dit à Alex de ne surtout pas l'appeler quand il se serait cassé la hanche.

– Qu'est-ce que j'entends derrière ? Des chiens ? » s'enquit Alex.

Elle inclina l'écran afin qu'ils aient un aperçu de la pagaille qui régnait autour d'elle. « Le témoin que nous interviewons aujourd'hui tient une pension canine. Je suis cernée par les toutous. »

Les yeux de Tim pétillaient. « Ils sont trop mignons ! On peut les adopter ? Tu nous en ramènes un à la maison ?

– Désolée, mon grand, ces bébés ont tous des parents. Mais tu as envie de saluer mon nouveau copain ? » Laurie se pencha et un chiot bouledogue français noir et blanc se précipita immédiatement vers elle. « Il s'appelle Double, et je crois qu'il m'aime bien. Apparemment, son papa humain est golfeur et il l'a baptisé Double Bogey en référence à ses piètres performances sur le green. Mais la dog-sitteuse le surnomme Double Trouble. Qu'en penses-tu ?

– J'en pense que tu devrais le mettre dans ton sac et le ramener à la maison », répondit Tim.

Laurie échangea un regard avec Alex par écrans interposés. Prendre un chien ne serait pas une mauvaise idée. Laurie n'en avait pas encore parlé à Tim ni à son grand-père, parce qu'elle ne voulait pas leur donner de faux espoirs, mais Alex et elle essayaient d'agrandir la famille. Avoir un chien pourrait être un bon moyen d'habituer Tim à l'idée de devenir grand frère.

Grace surgit soudain dans le salon et annonça que Jenna était coiffée et maquillée, et qu'ils étaient prêts à tourner. Laurie enjoignit à Tim et Alex de se montrer prudents sur la glace et raccrocha après leur avoir envoyé un baiser.

Jenna Merrick jetait un dernier coup d'œil à sa mise dans le miroir de l'armoire qui se trouvait dans sa chambre. Âgée d'environ quarante-cinq ans, soit environ cinq de plus que Laurie, elle avait des cheveux blonds coupés très court et les yeux noisette. « Waouh ! Je ne savais pas que je pouvais ressembler à ça ! Il n'aura fallu qu'une heure et une tonne de maquillage. Quand je pense qu'il y a des gens qui font ça tous les jours.

– C'est l'une des raisons pour lesquelles je reste derrière la caméra, plaisanta Laurie. Vous vous sentez prête ?
– Un peu nerveuse de revivre cette soirée, mais oui, je veux vous aider. »

Bien que Laurie ait vu des photos de la résidence secondaire des Harrington, elle ne s'attendait pas à une telle demeure. Jerry arrêta le SUV à l'endroit où le GPS le lui indiqua. Le break de Jenna suivait, juste derrière.

« Eh bien ! s'exclama Grace depuis la banquette arrière où, une fois encore, Ryan avait choisi de prendre place à côté d'elle. Notre Airbnb a l'air d'une cabane en comparaison. »

S'efforçant de faire oublier la tragique histoire du lieu, les nouveaux propriétaires avaient fait retirer le portail de sécurité. À sa grande satisfaction, Laurie vit un jeune homme trapu descendre de la grosse camionnette blanche déjà garée devant la maison, une couverture acoustique sous le bras. Le prestataire qu'elle avait engagé avait suivi ses instructions à la lettre. L'éclairage et les caméras étaient déjà installés.

Malgré la nervosité dont elle leur avait fait part, Jenna se révéla très naturelle à l'écran, menant Ryan de l'endroit où elle s'était garée dans l'allée le soir de la fête jusqu'au porche des Harrington.

« Quelque chose vous a semblé inhabituel quand vous êtes arrivée ? interrogea-t-il.

– Eh bien, la caméra de vidéosurveillance penchait. Elle était juste à côté du pavé numérique, au niveau de la vitre, côté chauffeur. Mais c'était déjà le cas deux jours plus tôt, quand je suis passée pour emmener Bacon faire une promenade. Ce qui m'a surtout semblé bizarre, c'est de ne pas l'entendre lorsque je me suis approchée de la porte. »

Elle expliqua que Bacon aboyait quand il décelait la présence d'un inconnu et poussait des jappements de joie s'il identifiait un ami.

« Et vous, vous faisiez partie de la catégorie "amis" ? » demanda-t-il.

Elle sourit à l'évocation de ce souvenir. « J'adorais ce chien et, oui, ça avait l'air réciproque. En ne l'entendant pas derrière la porte, je me suis inquiétée. Il pouvait être malade, voire pire. Bacon n'était plus tout jeune. Mais je n'aurais jamais pu imaginer ce que j'allais trouver. »

Laurie essayait encore d'obtenir l'accord du département de police de Harbor Bay et du bureau de la procureure de Cape Cod pour consulter les éléments du dossier, notamment les photographies de la scène de crime. S'ils ne pouvaient accéder à ces pièces, ils devraient se contenter des descriptions données par les témoins. Ryan faisait du bon boulot en amenant Jenna à décrire ce qu'elle avait vu sans entrer dans des détails sordides. Les corps. Le sang. Une arme sur le tapis.

« Des signes de lutte ? la questionna Ryan.

– Il y avait des livres éparpillés sur le sol. Des tiroirs et des placards ouverts. C'est pour ça qu'au début, j'ai cru à un cambriolage. Comme si on avait fouillé la maison. Mais une petite table était renversée, des photos par terre, les cadres brisés… Le genre de choses qui font penser à une bagarre. »

Ryan croisa les bras. « Quelle a été votre première réaction quand vous avez compris que vous vous trouviez sur une scène de crime ?

– Honnêtement ? » Elle secoua légèrement la tête comme si elle revivait ce moment. « Je me suis figée. Et puis j'ai couru en direction des aboiements de Bacon, à l'arrière de la maison. Mais il ne fallait pas qu'il voie les Harrington comme ça. Alors je me suis mise à ramasser les perles. Comme si ça avait une quelconque importance.

– Les perles ?

– Oui, Sarah devait porter un bracelet de perles qui s'était cassé. Encore un signe de lutte, non ? Je me suis retrouvée à quatre pattes, désespérée, à tenter de ramasser ces petites billes. Je pense que j'étais en état de choc. Puis je me suis rendu compte que je ne devais toucher à rien. Et que le tueur pouvait être encore dans les parages. J'ai couru jusqu'à ma voiture et j'ai appelé la police. »

Ryan interrogea Laurie du regard et elle lança : « Coupez ! » Ils avaient suffisamment d'images dans la boîte.

Laurie s'avança. « C'était parfait, Jenna. Tout le monde n'y parvient pas dès la première prise, même les pros.

– J'ai raté ma vocation, répondit Jenna. Vous seriez intéressée par une téléréalité sur une dog-sitteuse d'une quarantaine d'années qui officie à Cape Cod ? Je peux me montrer tout à fait charmante.

– Qui sait ? Je me demandais si vous pourriez nous en apprendre un peu plus sur la famille Harrington en général, si vous les connaissiez bien, leur dynamique de groupe, ce genre de choses. »

Elle haussa les épaules. « Ils étaient gentils. Les gens de la ville ne font pas l'effort de dire s'il vous plaît ou merci aux gens du coin, et encore moins d'apprendre à nous connaître. Mais nous discutions souvent, au snack où je travaillais. En général, il n'y avait que Sarah et les enfants. J'ai l'impression que Richard travaillait beaucoup et que le reste de la famille venait sans lui, pour le déjeuner notamment, comme ça il avait la paix. Par la suite, je les ai croisés plusieurs fois sur la plage et nos chiens se sont mis à jouer ensemble. Sarah m'a demandé si je connaissais un dog-sitteur, alors je me suis proposée. Elle a insisté pour me payer et en un claquement de doigts, je me suis retrouvée à m'occuper de tous les chiens de la ville.

– Diriez-vous qu'ils étaient globalement appréciés ? » l'interrogea Laurie.

Jenna leva les yeux, comme pour chercher les mots exacts. « Les gens qui ne viennent pas de Harbor Bay ne sont ni appréciés ni détestés. Ils sont juste… des gens de la grande ville, du continent, des gens de l'extérieur.

– Donc vous ne connaissez personne qui ne les aimait pas ? » insista Ryan.

Elle secoua la tête.

Laurie demanda à Jenna si elle se rappelait avoir vu un tag sur le trottoir devant la maison.

Jenna fronça les sourcils, fouillant dans ses souvenirs. « Je ne l'ai pas vu de mes propres yeux. Mais un jour, je suis venue chercher Bacon pour le promener sur la plage et leur homme à tout faire passait le trottoir au karcher.

– L'homme à tout faire ? releva Laurie. Vous parlez de Peter Bennett, le gardien ?

– C'est ça. Il avait déjà enlevé le plus gros à mon arrivée, mais il m'a expliqué que le trottoir avait été tagué. Il avait l'air vraiment contrarié, alors j'ai dit quelque chose du genre : "Comme si vous n'aviez pas assez de travail comme ça !" Mais il a précisé que ce n'était pas de devoir nettoyer qui le mettait en colère. Il a dit que la personne qui avait fait ça méritait d'être punie. »

Laurie et Ryan lui posèrent encore quelques questions, mais Jenna n'en savait pas plus.

« Avez-vous senti des tensions dans cette famille ? demanda Ryan. Entre les enfants et les parents, ou entre Sarah et Richard ? »

Elle secoua la tête. « Mais je ne les voyais pas beaucoup, en réalité. Si j'étais chez eux, c'est que le chien était seul à la maison. Quoique… une fois… je suis entrée en pensant qu'il n'y avait personne. Richard criait dans la cuisine.

Il était hors de lui, et j'ai cru entendre Sarah pleurer. J'ai lancé un "bonjour", et ils se sont tout de suite tus. Richard est arrivé dans le salon comme si de rien n'était et m'a aidée à mettre sa laisse à Bacon.

– Vous avez vu Sarah ? l'interrogea Laurie.

– Pas ce jour-là. Quand je suis revenue avec le chien, la maison était silencieuse, alors je suis repartie. Et ni l'un ni l'autre n'ont jamais évoqué le sujet. J'imagine que c'était juste une dispute.

– Peter Bennett en savait-il davantage sur la famille ? » s'enquit Laurie.

Jenna eut un petit rire qui irradia jusque dans ses épaules. « À mon avis, il aurait aimé en savoir beaucoup plus sur eux. »

Laurie et Ryan échangèrent un regard perplexe, attendant l'explication.

« Pete est un gentil gars. Un peu simple, pas très à l'aise en société, mais il a le cœur sur la main. Toute la ville savait qu'il lui fallait deux semaines pour venir réparer un tuyau qui fuyait mais qu'il lâchait tout si les Harrington avaient besoin de lui. C'était devenu une blague entre les gens du coin.

– Ils étaient ses chouchous, en quelque sorte ? demanda Ryan.

– Disons plutôt qu'il en pinçait pour Sarah. Si elle était au snack avec les enfants, il passait deux heures avec une tasse de café à la table d'à côté en faisant mine de lire le journal. »

Voilà qui n'était pas revenu aux oreilles de Laurie. « Lui et Sarah auraient-ils pu… »

Jenna rit à s'en faire mal aux côtes. « Non. Vous comprendrez quand vous le rencontrerez. Disons qu'il n'avait aucune chance. Pourquoi toutes ces questions sur le mariage des Harrington ? Si vous pensez à un meurtre suivi d'un suicide, le bureau du procureur a écarté cette hypothèse. Quelqu'un a quitté la maison avec la Range Rover. »

La certitude dans la voix de Jenna surprit Laurie. « Comment le savez-vous ?

– Oh, dans les semaines qui ont suivi, les commérages allaient bon train en ville, mais mon beau-frère est le premier assistant de la procureure. Il m'a rappelé les principaux faits hier.

– Vous lui avez parlé de l'interview d'aujourd'hui ? » demanda Laurie.

Jenna acquiesça d'un signe de tête. « Il est complètement fan de votre émission. Pour lui, le bureau de la procureure devrait vous donner accès aux preuves, tout au moins à certaines d'entre elles. Sa boss fait de la résistance. »

Ryan adressa un sourire à Laurie. « Et vous pensez que votre beau-frère accepterait de nous rencontrer en off ?

– Il n'y a qu'une façon de le savoir », répondit Jenna en sortant son téléphone de la poche de son manteau.

33

Le Green Apple, dans la grand-rue de Harbor Bay, exhalait un charme suranné. Son enseigne patinée par les éléments grinçait doucement dans la brise venant de la baie quand Ryan et Laurie pénétrèrent à l'intérieur. L'heure du déjeuner était passée depuis longtemps. Il n'y avait que quelques personnes du coin, seules, éparpillées sur des tabourets tout droit sortis des années cinquante, face à la serveuse qui se tenait de l'autre côté du comptoir.

Un ange passa lorsqu'ils entrèrent. Après un rapide coup d'œil aux nouveaux venus, les clients retournèrent à leur déjeuner. La serveuse avait des lunettes rétros, des cheveux roux ramenés en un chignon sur le sommet de son crâne, un stylo derrière l'oreille. Elle adressa un signe à un homme assis seul à une table dans le fond. Comme Ryan et Laurie, il détonnait, avec son costume-cravate. « Quelque chose me dit que vous avez rendez-vous avec ce monsieur. Deux cafés pour commencer ? »

Ryan demanda un pot de lait écrémé en plus et Laurie préféra un thé noir.

« Ça vient », lança la serveuse en souriant, mais Laurie remarqua des échanges de regards amusés entre les autres clients.

Ils gagnèrent la table où l'homme les attendait, debout, rajustant sa veste de costume. « Randy Macintosh, assistant de la procureure, annonça-t-il en tendant la main. Madame Moran, c'est un plaisir. J'ai essayé de convaincre le bureau de coopérer avec vous. Et Ryan Nichols ! Votre réputation vous précède. Vous avez le job dont rêvent tous les pénalistes. »

Le gémissement à peine audible que lâcha Ryan aurait presque pu lui attirer la pitié de Laurie. Randy Macintosh était manifestement l'un de ses plus grands fans.

« M. Nichols mourait d'envie de vous cuisiner », annonça Laurie avec un large sourire.

Après un regard en biais vers celle-ci, Ryan énonça tous les avantages que présentait *Suspicion* par rapport aux forces de l'ordre, dans le cas d'affaires criminelles non résolues. Ils n'avaient pas à se plier aux règles imposées à la police. Les témoins baissaient la garde quand ils se savaient sous le feu des projecteurs. Puis Ryan sortit son atout majeur, la carte maîtresse qu'il destinait tout particulièrement à Randy Macintosh : « Et c'est diffusé sur une chaîne nationale. Célébrité assurée ! Qui pourrait résister ? »

Au lieu d'enchaîner avec des informations sur les meurtres des Harrington, Macintosh demanda à Ryan comment il était passé de procureur fédéral à présentateur-vedette. « J'ai tout à fait le profil pour commenter des procès sur une chaîne d'info du câble, avança-t-il. Comment se fait-on connaître ?

– Je serais heureux de vous mettre le pied à l'étrier », dit Ryan. Il fallait lui reconnaître au moins ça : il savait cerner ses interlocuteurs. « Je suis ravi que vous appréciiez la valeur de notre travail. Idéalement, nous aimerions assurer à nos téléspectateurs que votre bureau n'a pas oublié les victimes dans cette affaire. Mais si nous passons à l'antenne maintenant, je crains que ça ne coince auprès des autorités locales. D'après nos informations, le chef Collins n'a pas fait beaucoup d'efforts.

– Dans ce cas, répondit Macintosh, nous ne serons pas à même de beaucoup vous aider. »

La serveuse revint avec leurs boissons et une cafetière pour resservir Macintosh.

« Vous pourriez nous donner accès à l'enregistrement de la caméra du portail. »

Macintosh secouait frénétiquement la tête avant même que Ryan n'ait fini sa phrase. « Déjà demandé à la patronne. C'est non.

– Et la caméra dissimulée dans le couloir ? » poursuivit Ryan.

Macintosh fit la moue. « Si vous êtes au courant de ça, vous devez savoir pourquoi je ne peux pas non plus vous aider à ce sujet. »

Ryan versa un nuage de lait dans son mug de café. « Parce que la carte mémoire avait disparu.

– Sérieusement, comment vous savez ça ? »

Laurie était surprise que Ryan révèle aussi vite leur seule information sensible, mais à l'évidence, il avait piqué la curiosité de Macintosh.

« Nous vous l'avons garanti quand votre belle-sœur vous a contacté : nous ne révélons jamais nos sources.

– Le dispositif avait l'air neuf. Je parie que le tireur savait qu'il y avait une caméra et que c'est lui qui a pris la carte mémoire. De mon point de vue, ça accuse encore un peu plus le Duo de la mort.

– Et la caméra du portail ? insista Ryan. D'après ce que nous avons compris, la police n'a jamais consulté les enregistrements antérieurs pour vérifier si les Harrington étaient victimes de harcèlement. Quelqu'un a pourtant laissé un message menaçant sur le trottoir devant chez eux : *Cette famille est un mensonge.* »

Macintosh écarquilla les yeux. « Mazette, vous connaissez votre dossier, vous ! »

Laurie était sur le point d'intervenir, mais Ryan n'était pas disposé à la laisser changer de sujet. « Alors ? La police a visionné tous les enregistrements ou non ? »

Macintosh jetait des regards furtifs à droite et à gauche. « Écoutez, je ne peux pas me mettre la police à dos. Mais quand j'ai su pour votre émission, j'ai consulté les preuves, en espérant découvrir un élément nouveau. Le seul enregistrement que nous ayons débute avec l'arrivée des parents, ce soir-là. Je pense que le département a conservé cet extrait et s'est débarrassé du reste du fichier. »

L'amitié entre le chef Collins et le père d'Annabeth fut la première chose qui vint à l'esprit de Laurie. « Cela signifie qu'a priori, les policiers n'ont jamais tenté de retrouver l'auteur du tag ni un éventuel harceleur.

– Il semblerait, répondit-il.

– Et Jimmy Connolly ? Ils ont enquêté sur lui ? » Ryan rappela le lien de parenté avec la future femme d'Ethan, ainsi que la pression que Richard Harrington avait mise à son fils au sujet de cette relation. « Nous avons entendu dire qu'il était un ami proche du chef Collins. »

Macintosh secoua la tête. « Jamais entendu parler de ce type.

– Je pensais que tout le monde se connaissait à Harbor Bay, souligna Laurie.

– Peut-être, mais c'est ma femme qui est du coin. Moi, j'ai grandi un peu plus loin, à Provincetown, et maintenant, je travaille à Barnstable. À Cape Cod, chaque village a sa petite vie propre.

– Et Howard Carver ? demanda Ryan.

– Le témoin qui a aperçu l'un des jumeaux près de la Range Rover ? »

Ryan hocha la tête. « Il avait vraisemblablement des problèmes de travail avec Richard Harrington.

– C'est la première fois que j'entends ça. Je pensais que vous alliez me parler de la conduite en état d'ivresse. Apparemment, vous savez déjà tout ce qu'il y a à savoir. »

D'un regard, Laurie encouragea Ryan à poursuivre.

« Howard Carver ? Ivre au volant ?

– Un policier l'a intercepté aux abords de la ville pour un feu arrière défectueux quelques mois avant les meurtres. Il avait les yeux injectés de sang, alors l'agent lui a demandé s'il avait bu. Carver a prétendu n'avoir pris qu'un verre de vin, mais il n'était pas en état de conduire, d'après le policier. Celui-ci avait presque fini son service, alors il a été plutôt cool. Il lui a dit que s'il trouvait quelqu'un pour le ramener chez lui, il n'écoperait que d'un avertissement. Carver a appelé un ami, et ça s'est arrêté là.

– Qui était cet ami ? questionna Laurie.

– Le rapport ne le précise pas. »

Nouveau regard en coin vers Ryan. La police n'avait interrogé Howard Carver que le lendemain des meurtres, dans l'après-midi.

Ryan était prêt à décocher la question suivante. « La police a-t-elle vérifié si Carver était en état d'ébriété quand il a soi-disant vu Ethan ou Simon sur le parking ? »

Une lueur complice dans les yeux, Macintosh pointa un doigt vers son nouveau meilleur ami. « Je savais que vous étiez bon, Ryan. Ça suffirait à me faire passer dans l'émission ? »

34

Laurie regrettait d'avoir laissé Grace conduire pour leur rendez-vous avec Peter Bennett. Elle jonglait entre le volant et un Coca light, tout en jouant les DJ avec son portable, ralentissant à peine dans les virages.

« Aurait-on braqué une banque à mon insu ?

– Quoi ? cria Grace pour se faire entendre par-dessus Beyoncé qui hurlait dans les haut-parleurs.

– Tu roules comme si on avait la police aux trousses. On n'est pas en cavale ! »

Grace leva très légèrement le pied et baissa le volume. « Ne t'inquiète pas. Ma grand-mère m'a appris à manier le volant quand j'avais douze ans. C'est comme ça que les femmes conduisent dans la famille Garcia. » Elle fit une embardée pour éviter un nid-de-poule. « Tu vois ? Mieux qu'un taxi new-yorkais.

– Loin de moi l'idée de remettre en question tes talents de conductrice, mais j'ai un enfant qui m'attend à la maison. »

Laurie avait tenté de mener un entretien préliminaire avec Bennett depuis New York, mais l'ancien gardien des Harrington était trop réservé pour lui donner par téléphone le genre d'informations qu'elle attendait. Il avait eu beau répéter qu'il voulait l'aider, elle avait eu du mal à obtenir des réponses de plus d'un ou deux mots.

Elle espérait qu'en le rencontrant en personne, chez lui, il serait plus détendu. Ce n'était pas pour rien qu'elle avait emmené Grace. Celle-ci avait le don de mettre les gens à l'aise, comme si être bien dans ses baskets était contagieux.

Son assistante ralentit enfin pour négocier le dernier tournant indiqué par le GPS : un étroit chemin de terre à l'extrémité d'un lotissement neuf de demeures cossues qui faisaient manifestement partie d'un même programme immobilier.

Au bout du chemin, elles distinguèrent une petite maison au charme pittoresque nichée à l'écart, au milieu des arbres. L'allée de gravier était bordée d'une luxuriance de graminées ornementales. Au fond d'un jardin digne d'un hôtel cinq étoiles, une rampe en acajou sculpté menait au porche.

La porte s'ouvrit avant qu'elles n'aient le temps de frapper. L'homme qui s'avança devait avoir dans les soixante ans. Frêle, des cheveux blonds clairsemés, le visage buriné. Il n'était pas tellement plus grand que Laurie et son mètre soixante-dix, ce qui signifiait que Grace les dépassait tous les deux avec ses boots à hauts talons.

« M. Bennett ?

– Appelez-moi Peter, dit-il avec un timide signe de tête.

– Laurie, dit-elle en lui serrant la main.

– Salut, lança Grace. Je suis Grace Garcia. Son assistante, en quelque sorte. Ce jardin est magnifique. On est en plein hiver, il fait gris, et pourtant, j'ai l'impression d'être à Hawaï. »

Le visage de Peter s'éclaira. « Je suis content que ça vous plaise. »

Grace fit courir ses doigts le long de la rampe sculptée. « Et ça… C'est une véritable œuvre d'art. Vous l'avez sculptée vous-même ? »

Il hochait toujours la tête, mais à présent, il rayonnait littéralement de fierté. « Je travaille un peu le bois. Venez à l'intérieur. Asseyez-vous dans le rocking-chair. C'est ma dernière bricole. »

Grace soupira d'aise en s'installant dans le fauteuil. « Une bricole ? Un chef-d'œuvre plutôt ! Je suis à peine capable de monter un meuble Ikea, alors vous comprendrez que je sois béate d'admiration. Bref, je pourrais vous tenir la jambe pendant des heures sur cet endroit merveilleux, mais Laurie meurt d'envie de vous parler des Harrington. »

Une lueur de tristesse traversa les yeux de Peter. « Je suis tellement content qu'on ne les ait pas complètement oubliés. J'ai essayé de répondre à vos questions, mais le téléphone, c'est pas mon truc. En personne, c'est mieux. »

La magie de Grace avait opéré. Peter faisait déjà des phrases plus longues que celles que Laurie avait réussi à obtenir lors de leur entretien téléphonique.

« Si j'ai bien compris, vous travailliez pour eux, commença-t-elle.

– Sarah me taquinait, elle disait que je faisais partie des meubles. » Il sourit à ce souvenir. « Je l'ai vu construire, cette bâtisse. Un chantier admirable. Alors, dès que les Harrington ont emménagé, je suis passé proposer mes services. Je gagne ma vie en veillant sur les maisons des autres comme si c'étaient les miennes… Enfin, si j'avais un manoir, conclut-il en riant.

– Comment décririez-vous la famille qu'ils formaient ? l'interrogea Laurie.

– Sarah Harrington n'était rien de moins qu'un ange. La gentillesse incarnée. Fière de ses enfants. Jamais un mot désagréable. Elle demandait toujours des nouvelles de mes proches.

– Vous avez de la famille dans le coin ? s'enquit Laurie, se remémorant ce que Jenna avait dit concernant le béguin de Peter pour Sarah.

– Ma femme est morte il y a longtemps. Mais mon fils et sa femme ont leur propre restaurant à Provincetown. Mon petit-fils, Petey, va avoir dix ans en mai. Quoi qu'il en soit, Sarah prenait toujours des nouvelles de mon fils. Il n'est pas tellement plus vieux que les jumeaux. Ces gosses, ils étaient gentils. Je ne peux pas croire qu'ils aient fait ça. C'est impossible. »

Il était le premier après Betsy Ward à affirmer avec autant de certitude que les frères étaient innocents. « D'autres suspects vous viennent à l'esprit ? »

Il secoua la tête avec tristesse. « J'aimerais pouvoir vous en apprendre plus. J'ai toujours pensé que ça avait quelque chose à voir avec lui.

– Richard, vous voulez dire ?

– Exactement, souffla-t-il avec une moue désapprobatrice. Il jouait les gentils, mais quand on travaille assez longtemps pour quelqu'un, le masque tombe. Il n'appréciait pas Sarah à sa juste valeur. Ils les traitaient, elle et les enfants, comme des trophées.

– L'avez-vous vu se montrer violent avec sa femme ? »

Il regarda Laurie avec incrédulité, la douleur se lisait dans ses yeux. « Pourquoi cette question ? Est-ce qu'il… Vous en êtes certaine ? »

Le visage de Laurie dut laisser filtrer quelque chose, parce que Peter se décomposa. « Je n'ai jamais rien vu ni suspecté. » Sa voix tremblait d'émotion. « Oh, Seigneur. Ça me brise le cœur. Pauvre Sarah.

– Savez-vous s'il y avait des caméras à l'intérieur de la maison des Harrington ?

– Non, juste celle du portail.

– Une femme qui subit ce genre de maltraitances en porte souvent les signes, poursuivit Laurie. Des blessures inexpliquées, un œil au beurre noir prétendument dus à sa maladresse. »

Le regard de Peter se perdait au loin. S'il avait entendu la question de Laurie, il ne semblait pas l'avoir saisie. « Ses manches longues, finit-il par dire en effleurant distraitement ses avant-bras. Même dehors, dans son propre jardin, quand il faisait très chaud, elle portait toujours des manches longues. Je lui disais : "Sarah, vous ne cuisez pas ?" Elle répondait qu'elle était frileuse, mais en plein été... c'est impossible. »

Laurie vérifierait cette information auprès de Frankie. Mais en y repensant, sur les photographies qu'elle avait vues, Sarah avait toujours les bras couverts. « Les personnes maltraitées apprennent à cacher les marques de coups. »

Il secoua la tête, consterné. « Vous parliez de caméras ? Ils avaient un dispositif très simple. La caméra du portail pour voir qui entrait et sortait, c'est tout. Aujourd'hui, les gens ont des sonnettes avec vidéo intégrée.

– Donc, s'il y avait une nanny cam dans la maison, vous n'en saviez rien ?

– Absolument rien. »

Laurie enchaîna avec le tag. « D'après leur ancienne dog-sitteuse, c'est vous qui l'avez nettoyé. Et vous sembliez assez fâché contre la personne qui avait fait ça.

– Pour sûr que j'étais fâché. Je n'ai rien contre les farces, mais je me souviens encore des mots exacts : *Cette famille est un mensonge*. Qui aurait voulu faire une chose pareille ?

Quand je suis arrivé, elle était bouleversée, elle pleurait, elle tremblait. Je lui ai promis que ça allait partir, mais il était clair que les mots ne s'effaceraient pas de sa mémoire. J'ai visionné la vidéo du portail : on apercevait juste un pied et une main du coupable au moment où il commençait à taguer. Je l'ai montrée à Sarah. Je voulais la transmettre à la police, mais elle a refusé. Elle s'est montrée catégorique. Elle pensait que ça pouvait être un gamin du coin qui en voulait aux riches citadins et elle ne voulait pas attirer d'ennuis à qui que ce soit. Je vous l'ai dit : la gentillesse incarnée. »

La force de l'admiration qu'avait Peter pour Sarah et son antipathie pour Richard devenaient évidentes. « Vous l'aimiez beaucoup », souligna Laurie.

Son expression changea soudain, ses yeux s'étrécirent, soupçonneux. « La façon dont vous le dites… ça a quelque chose d'indécent. C'était juste une femme gentille. Une cliente.

– Certaines personnes en ville semblent penser que vous auriez pu éprouver d'autres sentiments pour elle, insista Laurie. Vous la faisiez passer avant vos autres clients, vous trouviez des raisons de vous asseoir non loin d'elle au snack.

– Il n'y a pas de mal à apprécier quelqu'un », intervint Grace, tentant de calmer l'inquiétude manifeste de Peter.

Peter était le gardien. Il devait avoir su avant tout le monde que la caméra était de travers. Et il l'avait laissée comme ça pendant plusieurs jours, alors qu'il accourait dès que Sarah avait besoin de lui. Même s'il prétendait le contraire, il pouvait très bien être au courant de l'existence d'une caméra à l'intérieur de la maison. Richard aurait pu être sa cible, et Sarah se serait simplement trouvée au mauvais endroit au mauvais moment.

« Vous arrive-t-il d'aller à Boston ? le questionna Laurie.

– Parfois, marmonna-t-il en scrutant le sol.

– Quelqu'un a fleuri la tombe de Sarah deux ou trois fois. Pas celle de Richard. C'est vous, je me trompe ? »

Il pressa les mains contre son visage, se frotta les yeux. « Vous transformez tout. Je ne suis pas un pauvre type qui harcèle les femmes. Elle était gentille. Rien de plus. Je ne lui aurais jamais fait de mal.

– Il est possible que quelqu'un ait voulu affronter Richard, et seulement Richard. Ethan l'a vu quitter la fête brusquement, seul. Peut-être qu'une personne très attachée à Sarah s'est rendue chez eux pour la protéger… pour convaincre Richard d'arrêter de lui faire du mal. Si Sarah est arrivée en pleine bagarre…

– Si j'avais su qu'il la frappait, oui, peut-être que j'aurais essayé de lui venir en aide. Mais je l'ignorais. Après les meurtres, j'ai passé des journées entières à regarder la vidéo, à chercher le moindre signe d'un problème quelconque, en plus du tag. Rien. Je ne savais pas qu'elle était en danger.

– Comment ça, vous avez regardé la vidéo pendant des jours ? » rebondit Laurie.

Il secoua la tête. « Je me repassais le film dans ma tête.

– Ce n'est pas ce que vous avez dit, Peter. Vous avez utilisé le terme *regarder*. Vous aviez des enregistrements de la famille Harrington ?

– Vous transformez tout, encore une fois.

– Alors expliquez-nous, persista Laurie. C'est important.

– J'ai fait une copie de la vidéo du portail quand la police m'a demandé de la lui donner. Vous trouvez ça bizarre, non ? » Il jeta un coup d'œil nerveux à Grace. « Je vous promets que si je l'ai fait, c'est parce que je pensais que ça pourrait servir un jour.

– Peter, interrogea Laurie d'un ton grave. Où étiez-vous quand vous avez appris les meurtres ?

– À l'hôpital de Cape Cod. Mon petit-fils, Petey, est né ce soir-là, à vingt heures trente-deux. Ensuite, j'ai reçu un appel de la police qui voulait savoir depuis combien de temps la caméra du portail était cassée. Si vous saviez comme je m'en suis voulu de ne pas l'avoir réparée avant de partir pour la maternité. »

Il n'y avait pas de meilleur alibi. Elle vérifierait ses dires, bien sûr, mais elle le croyait. Sa réaction peinée quand elle lui avait parlé de la maltraitance ne laissait pas de place au doute. Il ignorait que Richard faisait du mal à Sarah.

« Non, ce n'est pas bizarre d'avoir fait une copie de la vidéo », dit Laurie avec douceur. Elle comprenait. C'était un moyen de se rappeler Sarah. « Et vous aviez raison : ça va nous être utile.

– Vous l'avez encore ? » demanda Grace avec un claquement de mains enthousiaste.

Il hocha la tête avec énergie. « Je vous en donne une copie si ça peut aider à trouver le meurtrier. J'ai aussi gardé la vidéo du tag.

– Peter, dit Grace. Je pense que Sarah vous serait très reconnaissante d'avoir fait ça pour elle. »

Il détourna les yeux, ravalant ses larmes. « Je reviens tout de suite. »

À son retour, il avait une tablette numérique dans les mains. « Je n'aurais jamais cru devenir un pro de l'informatique, mais mon fils m'a appris tous les trucs et astuces quand les gens ont commencé à installer eux-mêmes leurs systèmes de surveillance. » Il tendit la tablette à Laurie. « Appuyez juste là. »

Grace quitta le rocking-chair pour regarder par-dessus l'épaule de Laurie.

La vidéo montrait une vue oblique du jardin où ils avaient filmé Jenna un peu plus tôt dans la journée. « Dans quelques secondes, dit Peter. C'est très rapide. Vous avez vu ? » Il appuya sur pause. « En bas de l'écran, c'est le pied gauche et le bras droit de ce minable quand il s'est mis à l'ouvrage. À trente centimètres près, on voyait son visage. »

Une basket gris clair, dont on ne distinguait pas la marque. Une manche longue, avec des bandes blanches et rouges au niveau du coude. Un détail de plus à chercher dans les photos de famille des Harrington. Si les jumeaux étaient vraiment remontés contre leurs parents, ils avaient très bien pu commettre cette dégradation.

« Auriez-vous par hasard remarqué quoi que ce soit d'autre sur cette vidéo ? Apparemment, la police n'a conservé que le passage où les parents rentraient de la fête et ce qui suivait. »

Peter soupira. « Aucun signe avant-coureur hormis le tag. La caméra était déclenchée par le mouvement, donc on ne voit que les membres de la famille aller et venir. Parfois, moi ou la dog-sitteuse. Une camionnette a fait demi-tour dans l'allée la veille des meurtres, mais c'était celle d'un commerce du coin. Je suis même allé jusqu'à interroger le propriétaire, juste au cas où. Il avait dépassé l'adresse de sa livraison et avait dû revenir en arrière. Je n'en ai pas cru mes oreilles quand il m'a appris que les flics ne l'avaient même pas contacté. C'est là que j'ai compris qu'ils mettraient tout sur le dos des gosses, preuves ou pas. Je vous ai copié la vidéo là-dessus, dit-il en tendant à Laurie une clef USB. Avec un peu de chance, vous en tirerez quelque chose. »

Laurie le remercia une nouvelle fois et lui demanda s'il avait entendu Richard évoquer des problèmes au bureau.

Il secoua la tête. « Non, il ne me parlait que des travaux à effectuer sur la propriété. Ce n'était pas le genre de type à faire ami-ami avec l'homme à tout faire. Pourquoi vous ne demandez pas à Walter ou à Howard ? »

Laurie ne s'attendait pas à ce qu'il mentionne les associés de Richard. « Vous les connaissiez ? l'interrogea-t-elle.

– Bien sûr. À un moment, je cherchais un peu de travail en plus, et Sarah m'avait recommandé auprès d'eux. Walter et Betsy avaient fait construire une maison à peu près en même temps que les Harrington. Loin d'être aussi imposante, mais elle était agréable. Et puis Howard est arrivé quelques années plus tard. Il était encore marié à l'époque. Ça fait longtemps que les Ward louent leur maison à des vacanciers, mais ils m'ont demandé de la préparer pour eux pour ce week-end. Howard, par contre, il n'habite pas très loin. Ça fait des années qu'il a troqué la vie citadine contre Cape Cod. Si Richard avait des problèmes de travail, ils pourront vous le dire, eux. »

Laurie lança un regard entendu à Grace. Quand Ryan avait cherché les coordonnées de Howard, il ne s'était intéressé qu'à Boston.

« C'est une bonne idée, Peter. Nous ferons peut-être un saut, histoire de voir ce dont il se souvient. Vous avez son adresse ? »

Laurie était tellement contente qu'elle ne fit aucune remarque sur le fait que Grace roule à tombeau ouvert vers leur destination suivante.

35

FRANKIE AVAIT FAIT LE CALCUL : cela faisait près de six ans qu'elle n'avait pas séjourné dans la résidence secondaire des Ward. Au cours des années qui avaient suivi les meurtres, cette maison avait été un moyen de prolonger le souvenir des longs étés à Cape Cod. Sa famille était brisée, mais Simon, du fait de sa relation avec Michelle, était souvent invité. Et quand Ethan et Annabeth rendaient visite aux Connolly, ils n'étaient qu'à un jet de pierre. Parfois, Frankie parcourait à pied le trajet de dix minutes qui la séparait de leur ancienne demeure juste pour la revoir. Le soir, elle fermait les yeux, Bacon roulé en boule à côté d'elle sur le lit, et faisait comme si elle s'endormait sous le même toit que ses parents, comme avant.

Mais au fil du temps, les séjours à Cape Cod étaient devenus plus courts et moins fréquents. Trop de souvenirs tristes pour Simon. Trop de longues soirées de travail à Boston pour Ethan. Frankie présumait que s'ils évitaient de venir, c'était aussi pour ne pas se croiser. Ensuite, après la naissance de Daniel, Michelle et Simon avaient déclaré que faire le voyage avec un bébé était trop compliqué.

Frankie avait beaucoup pleuré quand les Ward lui avaient annoncé qu'à la fin de l'été, ils confieraient la maison à un agent immobilier pour qu'il la loue durant les vacances. Elle avait seize ans, et un nouveau chapitre de sa vie d'avant prenait fin. Bien entendu, elle ne pouvait pas se plaindre, pas après tout ce que les Ward avaient fait pour elle. Elle n'était pas un membre de leur famille, après tout. Ils ne lui devaient rien.

Frankie était impatiente de revenir à Harbor Bay au bout de toutes ces années, espérant ressentir une douce nostalgie. Mais sa déception avait été immédiate. L'agent immobilier avait dépouillé les lieux de toutes les touches personnelles ou originales qui auraient pu lui rappeler les soirées passées à jouer à cache-cache avec ses aînés pendant que les adultes bavardaient sur la terrasse.

Heureusement, maintenant que chacun avait pris ses marques, la maison retrouvait un peu de sa personnalité, malgré la décoration aseptisée. Michelle et Simon étaient dans la cuisine. Ils avaient pris en main l'organisation des menus et préparaient des crudités achetées au fermier du coin, ainsi qu'un assortiment de fruits de mer à faire griller. Betsy et Walter étaient dans le bureau, où ils examinaient le contenu du carton que Frankie avait rapporté du garde-meuble, commentant chaque cliché et se remémorant les moments partagés avec les Harrington.

Frankie avait déjà montré à Daniel et à Sophie ses cachettes préférées. Elle avait aussi créé une playlist « Barbecue d'été » qui, ô miracle, plaisait à tout le monde. Même Dennis s'était décidé à les rejoindre. Il était en route depuis Boston, après avoir conclu une vente immobilière l'après-midi même.

« Je te donne un bonbon si tu me dis à quoi tu penses. » Depuis le canapé, de l'autre côté de la table basse, Betsy l'observait, un vieil album photo posé sur les genoux.

Elle venait de raconter à Frankie le premier vernissage de Sarah à New York. Tentant d'impressionner tout le monde, Betsy avait doctement expliqué que les cercles d'une des peintures abstraites de Sarah représentaient la féminité étouffée par les formes plus anguleuses. « Et ta mère, avec le plus grand sérieux, s'est exclamée : "Bravo ! Moi, je les trouvais juste jolis." Frankie, tout va bien ?

– Désolée, je rêvassais. Très drôle, cette anecdote.

– Tu pensais à autre chose », fit remarquer Betsy. D'un regard appuyé, elle suggéra à Walter d'aller se resservir du thé glacé.

Il comprit l'allusion. Elles avaient besoin de parler entre filles.

« Tout va bien ? répéta Betsy une fois qu'elles furent seules.

– Ce serait vraiment sympa si Ethan et Annabeth étaient là. »

Betsy jeta un coup d'œil vers la cuisine pour s'assurer que personne n'écoutait. « Tu sais, j'ai fait ce que j'ai pu avec Simon et Michelle. Je pensais que la vidéo que tu as trouvée leur permettrait de renouer le contact.

– Pareil avec Ethan et Annabeth, dit Frankie. Mais ça n'a pas changé leurs sentiments. Je n'arrive toujours pas à croire que ma pauvre mère ait vécu cet enfer dans son propre foyer. Elle ne t'en a jamais parlé ? »

Les larmes montèrent aux yeux de Betsy, comme chaque fois que Frankie évoquait les violences que son père faisait subir à sa mère. Elle détourna le regard et secoua la tête. « Je suis profondément désolée, Frankie.

– Elle a dû se sentir extrêmement seule. Toute cette souffrance endurée sans pouvoir en parler à personne », souffla Frankie.

Betsy posa l'album sur la table basse et plaça doucement sa main sur le genou de Frankie. « Il y a quelque chose que j'aimerais te donner. »

Elle monta à l'étage et revint avec une petite boîte en velours. « J'attendais le bon moment. J'avais peur que tu sois bouleversée si tu n'étais pas prête. Je le gardais pour ton anniversaire, mais il me semble nécessaire que tu l'aies dès maintenant. »

Frankie planta son regard dans celui de Betsy à la recherche d'un indice, mais celle-ci dit simplement : « Ouvre-la. »

La jeune femme souleva le couvercle de la boîte : un bracelet. Un rang délicat de fines perles. Un subtil chatoiement rosé. D'instinct, elle passa le doigt sur l'étonnant fermoir en argent, composé de deux maillons imbriqués. « Je m'en souviens. Je jouais avec ces maillons quand j'étais sur les genoux de ma mère.

– Ta mère et moi, nous sommes tombées amoureuses de ce bracelet au cours d'un séjour à New York, quand nous étions au lycée. Nous nous promenions chez Tiffany, en rêvant à la montagne de bijoux que nous posséderions un jour, quand ce bracelet est devenu une obsession pour ta mère. Les perles sont classiques et discrètes, or nous avions été élevées pour être classiques et discrètes. Mais ce gros fermoir en argent, c'était une marque de rébellion, une touche rock'n'roll. Un petit secret subversif juste à l'endroit où le pouls bat le plus fort. »

Frankie sentit sa gorge se nouer. « Elle n'était donc pas aussi hermétique au symbolisme de l'art qu'elle le prétendait, dit-elle en continuant de caresser le métal froid.

– Bien sûr que non. Vas-y, mets-le. »

Le fermoir coulissa facilement. Elle plaça le métal au creux de son poignet. Le bracelet lui allait parfaitement bien. « Pourquoi craignais-tu que je sois bouleversée ?

– Je vais te raconter la fin de l'histoire. Ce jour-là, on s'est fait la promesse d'économiser notre argent de poche pour acheter des bracelets assortis. Les autres filles commençaient à fréquenter des garçons qui les couvraient de babioles sans valeur, mais nous, on avait décidé d'acheter nous-mêmes nos premiers vrais bijoux. Ou plus exactement, de se les offrir l'une à l'autre. Ta mère m'a fait cadeau de ce bracelet au lycée, pour notre diplôme de fin d'études. Et en retour, je lui ai offert le même.

– C'est le tien ? Betsy, je ne peux pas accepter. »

Frankie essaya de retirer le bracelet, mais le fermoir lui résistait. Betsy l'arrêta.

« Je ne le porterai plus, dit-elle. Lors de la fête de fin d'études de tes frères, ta mère portait le sien et moi le mien. Nous avions aussi choisi le même tailleur-pantalon – un pur hasard. Le bracelet de ta mère s'est cassé pendant le… ce soir-là. La police a retrouvé les perles éparpillées dans le salon. J'ai tenté de les récupérer pour le faire réparer et te le donner, mais la police n'a pas voulu me les confier. Peut-être qu'ils les ont perdues. Qui sait. Mais je n'ai jamais pu remettre le mien. Il te revient. Un petit morceau d'elle. C'est ce que Sarah aurait voulu. »

Frankie passa les bras autour de Betsy et l'étreignit un long moment. « Tu es comme Sarah, tu sais, dit Betsy quand la jeune femme desserra son étreinte.

– Tout le monde me dit que je lui ressemble énormément.

– C'est vrai, mais ce n'est pas à ça que je pensais. Discrète et bien élevée à l'extérieur, mais capable de faire preuve d'un courage à toute épreuve quand c'est nécessaire. »

Frankie retint ses larmes. « Merci. »

Betsy jeta un coup d'œil vers la fenêtre. Frankie l'imita. Des phares dans l'allée.

« Walter, je crois que c'est Dennis », lança Betsy en direction de la cuisine.

Frankie la soupçonna de l'avertir également qu'il pouvait revenir au salon. « Eh bien, il a fait vite, nota Walter. Il va peut-être falloir que je rappelle à mon fiston que les limitations de vitesse ne sont pas faites pour les chiens. »

Tandis qu'il se dirigeait vers la porte d'entrée, un verre rempli de thé glacé à la main, la petite Sophie, quatre ans, sortit d'un placard. « Bouh ! » cria-t-elle avant de rire aux éclats. « Oncle Dennis est là ? Est-ce qu'il faut que je lui fasse peur aussi ? »

Betsy se remit à feuilleter l'album photo, mais Frankie la vit froncer les sourcils en entendant les voix dans l'entrée. Des voix de femmes. Pas celle de Dennis.

Sophie trottina jusqu'au salon, traînant par une oreille un Coco Lapin en peluche fatigué. « Il y a deux dames. Elles sont très belles ! »

Quand Walter réapparut, Laurie Moran était à ses côtés, suivie de son assistante, Grace Garcia.

36

Laurie avait espéré trouver Frankie derrière la porte, ou au moins Michelle ou Simon, qu'elle avait déjà rencontrés à Boston. Même Betsy Ward n'était pas tout à fait une inconnue, puisqu'elles s'étaient parlé au téléphone plusieurs fois.

Au lieu de quoi, elle et Grace furent accueillies par un homme qui approchait les soixante-dix ans. Cheveux gris sombre, sourcils en bataille, il n'atteignait pas tout à fait le mètre quatre-vingts, même si Laurie le soupçonnait d'avoir été plus grand avant de commencer à se voûter. En voyant les deux inconnues, la petite fille qui était près de lui avait d'instinct attrapé sa main. Laurie reconnut en elle un des deux enfants dont les photos ornaient le bureau de Simon.

« Puis-je vous aider ? » demanda l'homme. Une voix douce, un sourire, il semblait vouloir sincèrement leur apporter son concours. Son regard se porta sur le SUV garé dans l'allée, comme s'il pensait qu'elles avaient un problème de voiture.

« Seriez-vous M. Ward, par hasard ? Je suis Laurie Moran, de l'émission *Suspicion*. Nous ne nous sommes encore jamais rencontrés, mais j'ai été en contact avec le reste de votre famille. Voici mon assistante, Grace Garcia.

– J'ai beaucoup entendu parler de vous. » Il s'effaça pour les laisser entrer.

« Et toi, tu dois être…, commença Laurie en fouillant dans ses souvenirs. Sophia. »

La petite fille rentra le menton et secoua la tête en gloussant. « Sophie !

– Oh, j'y étais presque ! Je suis une amie de ta tante Frankie. »

Ses yeux s'illuminèrent. « Sauf qu'elle est tata Frankie. Tata Taratata ! » s'exclama-t-elle en riant. Une plaisanterie que la petite et sa tante devaient avoir l'habitude de partager, songea Laurie.

« Frankie vous attend peut-être ? demanda Walter en les menant à l'intérieur.

– Non, en fait, c'est à vous que nous espérions parler. »

Déjà dans l'autre pièce, Sophie lançait : « Il y a deux dames. Elles sont très belles ! »

Elles trouvèrent Frankie dans le salon, assise en face d'une femme, Betsy Ward sans doute.

« Laurie ! Grace ! » Frankie quitta son fauteuil d'un bond et les accueillit chaleureusement. « Nous regardions les vieilles photos que j'ai trouvées au garde-meuble. Je me suis dit que vous aimeriez en sélectionner quelques-unes pour l'émission.

– Absolument, répondit Laurie.

– Pardon. » L'autre femme posa l'album qu'elle tenait. « Je suis Betsy. Enchantée de vous rencontrer, toutes les deux. »

Sophie, qui ne lâchait pas son grand-père d'une semelle, montra du doigt le bracelet de perles au poignet de Frankie. « Il est nouveau, tata ?

– Tout à fait. Rien ne t'échappe, à toi ! » La petite fille rayonna de fierté.

Frankie voulut savoir comment se passait le début de leur séjour à Cape Cod.

« C'est fantastique, répondit Laurie. Nous avons tourné dans votre ancienne maison ce matin, avec Jenna. Figurez-vous que son beau-frère est l'assistant de la procureure. Il essaie de la convaincre de collaborer avec nous, alors croisons les doigts. »

Betsy s'extirpa du canapé. « Frankie ne m'avait pas prévenue de votre visite. Resterez-vous dîner ?

– Je disais justement à votre mari que j'espérais pouvoir lui poser tout un tas de questions sur un élément qui est apparu au cours de nos recherches. »

Laurie était sur le point de demander à Walter s'ils pouvaient discuter de Howard Carver quand trois nouveaux visages apparurent : Simon, Michelle et un petit garçon, le frère de Sophie, à l'évidence, poussant Laurie à expliquer une fois encore la raison de leur présence. « Nous nous posons des questions sur la situation au cabinet au moment des... » Elle se retint de prononcer le mot « meurtres » lorsque son regard tomba sur les petits. « À l'époque.

– Venez, vous deux, dit Betsy en emmenant les enfants hors de la pièce. On va vous trouver une super cachette pour l'arrivée d'oncle Dennis. »

Une fois qu'ils furent sortis, Simon déclara qu'il ne comprenait pas en quoi les problèmes de travail de son père avaient de l'importance. « Ethan n'a pas tué nos parents à cause de ce qui se passait au cabinet. Tout ça, c'était la faute d'Annabeth.

– Et s'il existait un autre suspect que vous ou Ethan ? avança Laurie. C'est Howard Carver qui a déclaré avoir vu l'un de vous deux près de la Range Rover ce soir-là. Si, pour une raison ou une autre, il a menti, le meurtrier pourrait être n'importe qui, y compris Howard lui-même. Dans la vidéo, votre père dit...

– Cette vidéo *abjecte*, la coupa Simon sur un ton de dégoût. C'est exactement ce qu'il m'a fait quand je lui ai parlé de Tom et du devoir. Mais je n'avais aucune idée de ce qu'il faisait subir à ma mère.

– Oui, cette vidéo abjecte, reprit Laurie. Rien ne peut excuser la violence de votre père, mais il fait explicitement référence à un problème de travail. Quelque chose qui aurait pu lui faire tout perdre, voire le faire rayer du barreau. Nous pensons qu'il y a un lien avec Howard Carver. Michelle, quand je vous ai interrogée sur lui à Boston, j'ai eu l'impression de vous prendre au dépourvu. Savez-vous ce qui se passait entre lui et Richard ? C'est important.

– Vous plaisantez ? Si j'étais au courant de quoi que ce soit pouvant prouver l'innocence de Simon, évidemment que je vous le dirais. La seule chose que je sache, c'est qu'ils étaient brouillés. Papa, si tu as des informations, il faut que tu nous aides.

– Minute papillon, vous allez vite en besogne ! dit Walter en levant les mains. Madame Moran, quels que soient les problèmes que nous avions au bureau, ils dataient d'avant l'entrée de Simon et Dennis en fac de droit. Ils ne sont au courant de rien, alors laissez-les en dehors de cette histoire. »

Laurie voyait à leur expression perplexe que Michelle et Simon ignoraient réellement de quoi il retournait.

« Mais tu vas le dire à Laurie, pas vrai, papa ? Si ça peut aider Simon, il faut absolument que tu le fasses.

– Bien sûr que je vais vous aider, mais ne vous faites pas trop d'illusions. Je vous garantis que Howard est loin d'être un meurtrier. Vous deux, ne gâchez pas votre soirée pour ça. Je voudrais parler à Mme Moran en tête à tête si elle est d'accord.

– Grace peut-elle rester ? Elle a une meilleure mémoire que moi. »

Walter hocha la tête et leur indiqua le canapé. « Bien essayé, mais je ne suis pas un perdreau de l'année, fit-il en se tapotant la tempe. Vous voulez avoir un témoin. Vous pouvez me faire confiance, je vais tout vous raconter. Mais ça n'a rien à voir avec les meurtres de Richard et Sarah. Alors ? Que voulez-vous savoir ? »

37

Une fois que Grace et elle furent seules avec Walter, Laurie exposa le rythme effréné des règlements amiables obtenus par Howard Carver au cours de ses deux dernières années au cabinet. Elle avait appelé Ryan depuis la voiture pour lui demander de lui en envoyer la liste par mail. Il avait semblé agacé qu'elle interroge encore un témoin sans lui, mais elle était d'avis que les Ward se confieraient plus facilement si Grace et elle les voyaient seules.

Laurie n'en était qu'à la moitié de son topo quand Walter déclara qu'elle pouvait s'arrêter là.

« Je sais tout ça, dit-il. Voyons si ma mémoire est bonne. Les derniers règlements ont eu lieu… en mars de cette année-là, c'est ça ? Et en juin, Howard a quitté le barreau… Le 20, je dirais.

– Exactement, confirma-t-elle, se tapotant à son tour la tempe. Dans la vidéo, Richard évoque un problème de travail. C'était son excuse pour battre Sarah. Y avait-il un lien avec Howard ? »

Walter hocha la tête. « Je suis sûr qu'il parlait de ça, mais, mon Dieu, je n'avais aucune idée de ce qu'il faisait subir à Sarah. Si seulement… Ça me rend malade rien que d'y penser. Howard avait monté une escroquerie. Mais si j'avais su ce qu'il se passait avec Sarah, ce n'est pas pour sa carrière que Richard aurait eu à s'inquiéter.

– Une escroquerie ? répéta Laurie.

– Il était en cheville avec des chiropracteurs véreux. Ils lui adressaient des patients dont les blessures pouvaient être imputées à des tiers. Il montait un dossier, sur la base d'honoraires de résultat, puis faisait pression sur les compagnies d'assurances pour obtenir un règlement à l'amiable.

– Ce n'est peut-être pas des plus honorables, dit Laurie, mais ça n'est pas contraire à l'éthique, si ? » Dans le cadre d'honoraires de résultat, l'avocat avançait les frais de la procédure, mais gardait un pourcentage conséquent des dommages et intérêts perçus par son client.

Walter leva un index. « Oh, mais Howard ne se contentait pas de ça. Il promettait, par exemple, à un type qui s'était cassé la jambe qu'il pourrait obtenir quelques milliers de dollars, demandait cent fois ce montant, acceptait l'accord obtenu sans trop se fouler et annonçait au client un montant nettement moins élevé. Le client récupérait des cacahuètes, et Howard empochait la différence. »

Grace fronça les sourcils, consternée.

« Effectivement, concéda Laurie. Richard était impliqué, lui aussi ?

– Oh que non ! C'est même lui qui a découvert le pot aux roses. Nous étions furieux. Howard n'avait pas ménagé sa peine pour nous cacher ce qu'il faisait. Il avait ouvert des comptes séparés sur lesquels l'argent était versé. Si nous nous sommes aperçus de l'arnaque, c'est seulement parce qu'il a commis une erreur. Il a fait un chèque sans provision à un client, qui est venu au cabinet un jour où Howard était absent. C'est Richard qui l'a reçu. Il lui a suffi d'un coup d'œil au chèque pour comprendre que quelque chose clochait.

– Alors pourquoi Richard a-t-il dit à Sarah qu'il risquait de tout perdre et d'être rayé du barreau ? demanda Laurie.

– Parce que c'était vrai. Un bon avocat aurait pu réunir les clients lésés, les défendeurs et les compagnies d'assurances. Il aurait ainsi eu un bon petit dossier contre le cabinet, pour extorsion, et aurait même pu obtenir des dommages et intérêts punitifs. Nous étions ses associés, nous aurions plongé avec lui. »

Laurie n'arrivait pas à croire que Walter n'en ait jamais parlé à la police. « Vous ne voyez pas combien c'est énorme ? Richard a pris Howard la main dans le sac, il aurait pu l'envoyer en prison pour plusieurs années. Voilà un mobile. »

Walter secoua la tête. « Sauf que moi aussi je savais ce qu'il trafiquait et je suis toujours en vie. Et plus important encore, c'est moi qui voulais prévenir le bureau du procureur, quelles qu'en soient les conséquences. Je pensais que Howard méritait de finir sous les verrous et je le lui ai dit en face. Richard m'a convaincu de me taire : nous devions penser à nos familles et nous pouvions dédommager les victimes bien plus vite qu'un tribunal ne l'aurait pu. Le procureur aurait juste cherché à nous faire écoper de la peine la plus longue possible et les avocats auraient entraîné leurs clients dans des procédures interminables.

– Alors qu'avez-vous fait ? s'enquit Laurie.

– Nous avons recouru à un conseiller extérieur pour examiner les dossiers, et nous nous sommes assurés que chaque victime reçoive un dédommagement en échange d'un accord de non-divulgation. Howard a quitté le cabinet sans indemnités, a renoncé au barreau et a juré de ne plus jamais pratiquer le droit.

– Vous avez encore des regrets, je me trompe ?

– Ce n'est pas la décision la plus courageuse que j'aie prise, concéda-t-il. Faites-moi confiance, si Howard avait dû tuer l'un de ses associés, ç'aurait été moi. Richard voulait avoir la paix, c'est tout. Comment vous convaincre que Carver n'a rien à voir là-dedans ? »

Laurie sentit le regard de Grace sur elle. C'était comme si elle parvenait à lire dans ses pensées, surtout quand elle se sentait vulnérable. Laurie s'était attachée à cette famille et voulait l'aider, mais certainement pas aux dépens de la vérité. « Pourquoi devrions-nous garder le silence ? Il y a prescription, non ?

– Ça ne vous est jamais arrivé de vous brouiller avec un vieil ami ? Ça a vraiment été dur de couper les ponts, mais c'était ce qu'il fallait faire. Et j'ai fini par monter un nouveau cabinet avec Dennis et Simon.

– Donc, légalement, ils ne craignent rien si la vérité éclate », souligna Laurie.

Walter jouait avec son verre de thé glacé.

« C'est exact. Je les ai protégés de toute action légale. Ward & Harrington LLC est une entité séparée de notre ancien cabinet. Mais s'ils avaient vent de cette affaire, ils pourraient se sentir obligés, d'un point de vue éthique, de dénoncer Howard au barreau, et moi par la même occasion.

– Je pensais que Dennis était déjà au courant, dit-elle. Il m'a appelée la semaine dernière pour me dire que votre femme et vous préfériez que Frankie ne remue pas le passé. J'ai eu le sentiment que c'était en lien avec le cabinet. »

Walter hocha la tête. « Dennis est très protecteur. Il nous a toujours défendus, depuis qu'il est tout petit. C'est lui le cadet, et pourtant c'était lui qui s'inquiétait pour Michelle – les garçons qu'elle fréquentait, ce genre de choses.

– Mais la relation de sa sœur avec Simon ne le préoccupait pas, j'imagine, dit Laurie en souriant. Il a été très clair dès le début : pour lui, Simon est innocent. »

Walter laissa échapper un petit rire. « Je parle de quand ils étaient plus jeunes. Mais même maintenant, à mon avis, s'il a essayé de vous convaincre de renoncer, c'est parce que si la réputation de Simon en ressortait ternie, cela rejaillirait sur notre famille. Sans parler de Frankie, naturellement.

– Curieux. Frankie ne m'a pas donné l'impression d'être proche de Dennis. En raison de l'écart d'âge et du fait qu'il était déjà à l'université quand elle vivait chez vous.

– Ils ne se considèrent pas comme frère et sœur, c'est sûr, mais il sait combien sa mère et moi sommes attachés à cette enfant. Je ne suis pas sûr qu'elle soit aussi forte qu'elle le croit. Et si Dennis nous pense inquiets pour Frankie, il se sent forcément concerné. Bref, je m'égare. Ce que je veux dire, c'est qu'il n'y a aucune raison que vous perdiez votre temps avec Howard. »

Laurie vit Grace se redresser en apercevant des phares par la fenêtre.

« Quand on parle du loup, lança Walter. C'est Dennis. »

Laurie et Grace le suivirent dans l'entrée, où le reste de la famille était déjà rassemblé. Sophie et Daniel tapèrent dans la main de leur oncle.

« On a fait peur à oncle Dennis ! s'écria Sophie d'une voix perçante. J'étais cachée dans le placard.

– Et moi, derrière le rideau ! » ajouta Daniel.

Dennis ébouriffa les cheveux soyeux de son neveu. « Vous ne vous en tirerez pas comme ça, les fripouilles.

– Tu connais Laurie et Grace ? » s'enquit Sophie.

Prenant conscience de la présence des nouvelles venues, il afficha un sourire gêné et leur donna une brève poignée de main. « Salut. Laurie, désolé pour mon coup de téléphone. J'étais simplement inquiet…

– Je vous en prie. Votre père m'expliquait justement que vous aviez à cœur de veiller sur votre famille. Je comprends. »

Il attrapa Daniel et le hissa sur ses épaules, avant de prendre la main de Sophie. « Je n'arrive pas à croire que c'est la première fois que vous venez ici, les fripouilles. J'ai plein de choses à vous faire découvrir. »

Sophie sautillait sur la pointe des pieds. « Tata Frankie nous a montré toutes ses cachettes de quand elle était petite. C'est tellement super ici ! Tu as vu le nouveau bracelet de tata ? »

Les yeux de Dennis se posèrent sur le poignet droit de Frankie. « Très joli », dit-il.

Frankie passa l'index le long du fin rang de perles. « Je crois que je ne le retirerai jamais. Betsy et maman avaient le même. Celui de maman a été perdu, alors Betsy m'a donné le sien. »

Pendant que Frankie affichait avec fierté son nouveau bijou, Laurie nota le regard que Dennis lança à sa mère. Betsy détourna les yeux.

« Je sais, dit-elle avec un geste de la main. J'avais prévu d'attendre son anniversaire et j'ai gâché la surprise. J'imagine que cette demoiselle aura un autre cadeau en mai. »

Se pouvait-il que Dennis soit jaloux ? Avec l'arrivée inattendue d'un troisième enfant, nettement plus jeune, alors que lui-même était déjà parti à l'université, il n'était plus le petit dernier.

Michelle posa doucement une main sur l'épaule de Laurie. « Mon père a-t-il pu vous renseigner sur Howard Carver ? lui chuchota-t-elle à l'oreille. De quoi aider Simon ? » Dans ses yeux flottait une lueur implorante.

« Je l'ignore encore », répondit Laurie.

Frankie la prit par la main et la ramena au salon. « Vous vouliez des photos. J'en ai trouvé plein. Mais ne les perdez pas, d'accord ?

– Bien sûr, assura Laurie. Elles sont précieuses. » Avec Grace, elle aida Frankie à mettre plusieurs albums dans un carton.

Quand elles partirent, Walter leur proposa de les raccompagner jusqu'à leur voiture. Dans l'allée, il demanda de nouveau à Laurie de laisser Howard Carver tranquille. « Lorsqu'il a quitté le cabinet, j'ai été soulagé. Je ne veux plus avoir affaire à lui. Pouvez-vous me promettre de le laisser en dehors de tout ça ?

– La seule promesse que j'aie jamais faite, c'est d'essayer de découvrir la vérité. »

Une fois dans la voiture, Laurie entra l'adresse de Howard Carver dans le GPS.

38

Quand Grace gara le SUV devant chez Howard Carver, Laurie aperçut Ryan Nichols de l'autre côté de la rue. Il consultait son portable, appuyé contre un arbre.

« Vous êtes là, lança-t-elle, ne sachant trop quoi dire d'autre.

– Évidemment que je suis là. Vous m'avez abandonné toute la journée. J'ai juste eu le droit de vous envoyer la liste des accords passés par Howard. Vous me traitez comme un stagiaire, alors que c'est moi qui ai mis le doigt sur l'escroquerie. J'ai bien mérité d'assister à cet entretien.

– Ryan, il n'y a rien de personnel…

– Vous allez lui poser des questions sur sa pratique d'avocat. Ce que je suis, contrairement à vous. Si ç'avait été Alex, vous lui auriez demandé de vous accompagner.

– Comment avez-vous su où nous trouver ? » l'interrogea Laurie.

Il posa ses poings sur ses hanches, visiblement agacé. « Vous avez annoncé que vous alliez chez les Ward puis chez Carver. Je suis encore capable de trouver une adresse.

– Sauf la dernière fois.

– Sympa », répondit-il.

Grace toussota. « Les amis, on n'a pas le temps pour ça. Et puis n'oublions pas que c'est effectivement Ryan qui a découvert les escroqueries de Carver. »

C'était bien la première fois que Grace prenait le parti de Ryan contre Laurie. « Tu as raison, finit par admettre Laurie. Allons-y ensemble. »

Après un dernier coup d'œil à ses collègues pour se donner du courage, elle sonna. La maison de Carver était bien plus modeste que celle des Ward. Sans parler de celle des Harrington, la plus somptueuse des trois. Associés, oui ; égaux, non.

La lumière du porche s'alluma, la porte s'ouvrit sur un homme massif au front dégarni. Il portait un pull à torsades et un pantalon en velours côtelé. Son regard passa de l'un à l'autre.

« Howard Carver ? Je suis Laurie Moran, de l'émission *Suspicion*. Nous nous sommes parlé la semaine dernière.

– Je sais qui vous êtes. Lui, je l'ai vu à la télévision, répliqua-t-il en désignant Ryan. Je vous ai déjà dit que je n'étais pas intéressé.

– Que vous le vouliez ou non, l'émission sera diffusée, et vous serez évoqué. Tout comme les accords que vous avez passés pour vous remplir les poches aux dépens de vos clients.

– C'est de la diffamation ! protesta Howard.

– Ryan Nichols, comme vous le savez, coupa Ryan en tendant une main que Howard serra avec réticence. Puisque vous connaissez déjà notre émission, monsieur Carver, vous n'ignorez pas que nous sommes extrêmement prudents. Nous disposons des preuves nécessaires pour étayer chaque mot que nous prononçons. Vous n'auriez aucune chance de l'emporter devant un juge. Deux années d'accords juteux. Nous avons les moyens de retrouver vos clients et de leur prouver qu'ils n'ont pas obtenu ce qui leur revenait. Notez bien que pour l'instant, nous nous contentons de poser des questions. Si vous n'y répondez pas et que nous exposons les preuves à l'antenne, vous ne pourrez vous en prendre qu'à vous-même.

– De toute façon, il y a prescription à présent, ajouta Laurie. Et nous n'aurions aucun intérêt à dévoiler vos fautes passées. Nous voulons simplement savoir ce qui est arrivé le soir des meurtres de Richard et Sarah Harrington. Vous avez déclaré avoir aperçu un des jumeaux près de la Range Rover sur le parking secondaire.

– J'ai vu ce que j'ai vu, rétorqua Howard. Quel est le rapport avec mes accords ?

– Vos petits arrangements ont créé des tensions avec Richard Harrington, répondit Laurie. Il a été tué après avoir découvert que vous trompiez vos clients.

– Ce que vous dites est offensant, s'indigna Howard. J'ai été ami avec Richard pendant un quart de siècle. Que sous-entendez-vous exactement ? »

Laurie lui décocha son plus beau sourire. « Eh bien, peut-être que quand votre associé vous a pris la main dans le sac, vous avez trouvé un moyen de le faire taire.

– Vous êtes tellement loin du compte, dit-il en secouant la tête. Très bien, entrez, mais rien de ce que je vais vous dire ne pourra être utilisé devant la caméra. »

Grace dévisagea Laurie et Ryan, s'attendant à une autre escarmouche, mais ils échangèrent un regard et hochèrent la tête.

Howard les précéda dans un salon de taille modeste. Un canapé et une bergère étaient placés devant une cheminée. D'un signe de tête, il désigna à Ryan le tabouret devant le piano droit dans un coin de la pièce.

« Vous êtes folle si vous pensez que j'ai tué Richard et Sarah.

– C'est lui qui a découvert l'escroquerie que vous aviez montée, souligna Laurie.

– C'est aussi lui qui se donnait du mal pour que je n'atterrisse pas en prison. Walter voulait me dénoncer et tourner la page. Richard était furieux, mais il a fait remarquer à Walter qu'en jouant les pères la morale, il se tirait une balle dans le pied. S'ils s'épanchaient auprès des autorités, ils coulaient la boîte. C'est Richard qui a trouvé le moyen de rassembler suffisamment d'argent pour dédommager les clients et mettre la poussière sous le tapis.

– Comment vous êtes-vous débrouillé ?

– Pour commencer, j'ai réduit mon train de vie. Vendu mes biens immobiliers. Ciao Boston. Ciao la vue sur mer. Bonjour le pavillon de plain-pied. C'était Richard qui avait toujours eu les plus gros clients, et donc les plus gros revenus. Il a puisé dans ses fonds propres pour sauver le cabinet – sans moi, bien sûr. Quand il est mort, j'étais terrifié que Walter fasse machine arrière et me livre à la police. Vous faites fausse route.

– Vous avez été arrêté pour conduite en état d'ivresse à peu près à la même époque, poursuivit Laurie. Selon le policier, vous n'étiez pas dans votre assiette. Et d'après l'enquêteur qui vous a interrogé le lendemain des meurtres, vous aviez l'air K-O.

– J'étais sous le choc. Mon ami et sa femme venaient d'être tués chez eux.

– Ou bien vous étiez ivre », intervint Ryan en faisant craquer les jointures de ses doigts.

Grace ouvrit des yeux ronds comme des billes.

« Vous voliez beaucoup d'argent à ces clients, reprit Laurie. Et pourtant, quand vous vous êtes fait prendre, vous ne pouviez pas couvrir les pertes. L'argent est bien allé quelque part. Vous aviez des problèmes d'alcool… Des dettes de jeu peut-être aussi ? Ou bien vous avez dit la vérité à la police ce soir-là, vous n'aviez bu qu'un verre de vin, mais vous étiez accro à autre chose ? De la drogue ? »

Howard se leva pour les faire sortir, mais ils restèrent calés sur leurs sièges. Il céda. « Qu'attendez-vous de moi exactement ?

– Que vous nous parliez de ce soir-là. De la fête pour les diplômes des jumeaux, répondit Laurie. Les preuves indiquent que le meurtrier était proche de la famille Harrington, mais vous êtes le seul témoin oculaire à avoir confirmé la présence d'un des jumeaux près de la Range Rover après les meurtres. Or, Ethan et Simon jurent tous les deux qu'ils n'ont pas quitté la fête un seul instant.

– La police m'a contacté le lendemain soir. Ils interrogeaient sans doute toutes les personnes présentes à la fête. Ils soupçonnaient déjà les jumeaux, c'était évident. J'étais arrivé en retard au yacht-club, alors j'étais coincé sur le parking secondaire. Compte tenu de ma cote de popularité auprès de Richard et de Walter à cette période, je voulais juste faire une apparition, me montrer suffisamment cordial pour qu'ils ne changent pas d'avis et me sortent du pétrin dans lequel je m'étais fourré. Quand je suis reparti, je n'ai pas fait très attention, mais je me souviens d'avoir vu la Range Rover des Harrington sur le parking d'appoint, ce qui était bizarre puisqu'ils devaient être arrivés dans les premiers.

– Vous ne vous êtes pas contenté de dire que vous aviez vu leur véhicule, rappela Laurie. Vous avez déclaré avoir aperçu l'un des jumeaux.

– Certains réussissaient à les différencier, pas moi.

– Vous êtes absolument certain que c'était l'un d'eux ?

– Si c'est ce que j'ai dit à la police il y a dix ans, c'est que j'en étais sûr.

– Sans vouloir vous vexer, fit Ryan, à cette époque, vous empochiez la majorité des dommages et intérêts dus à vos clients. Difficile de vous croire sur parole.

– Je sais que c'est délicat, reprit Laurie. Vous avez été arrêté pour conduite en état d'ivresse. Mais c'était peut-être autre chose que l'alcool ? Aviez-vous un problème de drogue ? »

Howard serra les lèvres et ferma les yeux. « C'est embarrassant. Je pensais que tout cela appartenait au passé.

– Il n'y a pas de caméra ici, l'encouragea Laurie. Ethan et Simon ne se parlent plus depuis des années à cause de votre témoignage. Ils sont chacun convaincus que c'est l'autre que vous avez vu dans ce champ. Ça pourrait changer leur vie. Si vous n'étiez pas dans votre état normal ce soir-là… »

Il secoua la tête, essuya une larme. « Des pilules. Beaucoup de pilules. C'est un miracle que je ne sois pas mort. Ça a commencé avec des douleurs chroniques à la suite d'un accident de voiture. Des doses de plus en plus fortes, jusqu'à ce que plus aucun médecin intègre ne veuille me faire d'ordonnance. Et puis un jour, un des charlatans qui m'aidaient à m'approvisionner m'a entraîné dans cette histoire de dommages et intérêts. Quand Richard a découvert ce que je fabriquais, j'ai vraiment essayé de me sevrer. Mais aller à cette fête me stressait, devoir sauver la face… C'était tellement important pour Richard. Je voulais rester dans ses bonnes grâces. Alors j'ai pris un ou deux cachets pour tenir le coup toute la soirée.

– Vous avez vu un des jumeaux, oui ou non ? » le pressa Laurie.

Carver ferma les yeux comme pour tenter de se repasser le film. Lorsqu'il les rouvrit, il avait le regard dans le vague. « C'est difficile à expliquer. Quand j'ai dit à la police que j'avais aperçu la voiture, j'ai immédiatement précisé qu'un des jumeaux se tenait à côté. Ils m'ont demandé si j'en étais sûr, et c'est là que je me suis mis à douter. À l'époque, il n'était pas rare que je perde connaissance, et je n'avais pas de réel souvenir de les avoir vus. Même maintenant, c'est assez flou.

– Alors comment savez-vous que c'était l'un d'eux ?

– Il portait une chemise blanche, un pantalon blanc, une veste blanche, comme eux. Et je me rappelle distinctement avoir vu la Range Rover et avoir fait demi-tour, parce que je ne voulais pas que le fils de mon associé me voie dans cet état et dise à son père que je me droguais. Finalement, je me souviens davantage de la honte et de la peur de me faire prendre que de la personne que j'ai aperçue. Ça vous paraît sensé ? »

Oui, tout à fait sensé. Cela signifiait également que la perception de Howard avait pu être altérée. Laurie se pencha vers lui pour capter son attention. « Howard, y a-t-il la moindre possibilité que vous ayez vu la Range Rover et que, sachant qu'elle appartenait aux Harrington, vous soyez parti du principe que la personne qui se tenait à côté de la voiture était l'un des jumeaux à cause de ses vêtements ? »

Avec force hochements de tête, Ryan approuva la théorie de Laurie. « Surtout si vous planiez et que vous aviez peur qu'on vous voie dans cet état. »

Laurie avait lu un nombre incalculable d'articles sur le manque de fiabilité des témoins oculaires. « Votre cerveau peut avoir rempli les trous. Vous voyez la Range Rover. Un jeune homme qui est à la soirée. Vous ne voulez pas que Richard apprenne que vous êtes retombé dans la drogue. Donc vous partez du principe qu'il s'agit forcément d'un des frères. »

Howard se creusait la tête, en butte aux fragments d'un souvenir lointain. « J'imagine que c'est possible. Je me rappelle surtout la honte, la menace d'être pris sur le fait par le fils de mon associé. Mais était-ce réellement l'un d'eux ? Vous avez peut-être raison, j'ai pu tirer des conclusions hâtives. »

Voilà l'ouverture dont Laurie avait rêvé. L'infime possibilité que les jumeaux – le Duo de la mort – soient innocents.

39

Grace et Jerry étaient juchés chacun sur un canapé, l'un en face de l'autre. « On est beaux, non ? demanda Grace, en lançant une œillade à la caméra.

– Les plus beaux ! répondit Laurie en vérifiant le rendu sur l'écran qui se trouvait à côté du directeur de la photographie qu'elle avait engagé pour le tournage. Il nous faut un autre réflecteur sur la droite, et ce sera bon. »

La sonnette retentit. Un des jumeaux, a priori. Elle prit une profonde inspiration. Pourvu que sa décision de chambouler leur programme de travail à la dernière minute se révèle payante.

Au début, elle avait prévu des interviews individuelles des deux frères, menées par Ryan. Mais le pas de géant qu'ils avaient fait la veille au soir avait changé la donne. Après avoir quitté Howard, Laurie avait appelé Randy Macintosh au bureau de la procureure. Moins de deux heures plus tard, celle-ci en personne promettait à Laurie de dépêcher une équipe d'enquêteurs du Massachusetts afin de réexaminer les preuves.

Pour la première fois depuis des années, depuis que le malheur avait déchiré leur famille, Ethan et Simon étaient sur le point de se retrouver face à face, et cela se passerait devant une caméra. Laurie voulait saisir leur expression sur le vif au moment exact où Ryan leur annoncerait la bonne nouvelle. Après s'être mutuellement rejeté la faute pendant près de dix ans, peut-être finiraient-ils par se réconcilier.

Les convaincre n'avait pas été chose facile, mais Laurie leur avait garanti qu'elle disposait de nouveaux éléments importants pour l'un comme pour l'autre. Elle espérait que cela suffirait.

Elle ouvrit la porte et Frankie entra, un de ses frères sur les talons. Elle observa la scène avec de grands yeux. « Waouh, c'est tellement bizarre de se retrouver ici. » Elle étreignit brièvement Laurie et fit un petit signe à Grace et à Jerry.

« Simon, c'est ça ? dit Laurie en lui tendant la main.

– Bien joué », répondit-il. À dire vrai, elle n'était pas certaine d'être capable de distinguer les frères. Mais il lui avait semblé logique que Simon arrive avec Frankie, puisqu'ils séjournaient tous deux chez les Ward. « C'est fou comme cet endroit est à la fois différent et familier. Mon frère est là ?

– Pas encore.

– Toujours en retard, marmonna Simon dans sa barbe. Il n'a pas changé.

– Merci encore de me laisser assister au tournage », dit Frankie. Laurie avait accepté qu'elle soit là à condition qu'elle n'intervienne pas. Ryan l'interrogerait seule plus tard dans l'après-midi.

– Je vous en prie, répondit Laurie. Merci à vous, Simon, d'avoir accepté d'apparaître à l'écran au côté de votre frère. »

Dans l'ancienne salle à manger des Harrington, Ryan relisait ses fiches bristol. « Vous êtes au courant que vous pouvez taper vos notes sur ordinateur ? lâcha Laurie en levant un sourcil malicieux.

– Vous marquez un point, répondit-il avec un clin d'œil. J'imagine que vous n'êtes pas la seule à être de la vieille école. Quand j'étais procureur, je travaillais aussi avec des fiches.

– Je vous dois des excuses pour hier soir. J'avais mes raisons, mais je n'aurais pas dû y aller sans vous. C'est vous qui avez découvert que Howard trempait dans des histoires louches à l'époque. Et je n'aurais pas dû vous lancer cette pique au sujet de l'adresse de Carver.

– Il faut dire que sur ce coup-là, je n'ai pas assuré. J'aurais dû vérifier s'il avait une maison à Cape Cod.

– Personne n'y a pensé, dit-elle. En tout cas, je suis désolée. Vous êtes prêt à passer à l'action ? Simon est là et Ethan devrait bientôt arriver.

– Dans les starting-blocks ! Mais il faut que je vous confie quelque chose, Laurie. Vous vous souvenez de notre conversation dans la voiture quand nous étions en chemin pour Southampton ? Quand je vous ai dit que je me sentais vide ? »

Était-il sur le point de recommencer ses récriminations alors qu'elle venait de lui présenter ses excuses ? Ils n'avaient pas le temps pour ça, ils devaient se concentrer sur les jumeaux. « Bien sûr que je m'en souviens. J'essaie d'ailleurs de vous impliquer davantage, de vous intégrer au maximum à l'équipe. Hier soir, j'ai commis une erreur.

– Ce n'est pas tout, dit-il en détournant le regard. Ces mots – "bon à rien en costume" – sortent tout droit de la bouche de mon père.

– Oh, Ryan, je suis désolée. »

Il secoua la tête. « Vous n'y êtes pour rien. Lui et mon oncle sont toujours sur mon dos. Selon eux, je gâche mes diplômes. Ils me mettent la pression pour que je m'engage dans une carrière plus "impactante", comme ils disent. Ils me croient futile, un beau gosse qui passe à la télévision et dans les rubriques people new-yorkaises. En relisant mes notes et en comprenant la pression que Richard Harrington mettait à ces gamins pour qu'ils soient parfaits à tout point de vue, eh bien je me suis senti touché personnellement. Peut-être qu'il est impossible d'être une bonne personne si l'on a été élevé de cette manière. Peut-être qu'on ne peut pas s'empêcher d'être mauvais, comme le scorpion. »

Laurie posa une main compatissante sur son épaule. « Vous êtes une bonne personne, Ryan, quand vous vous autorisez à l'être. »

Il la remercia d'un signe de tête.

Une toux discrète. Laurie se retourna : Grace et Jerry. « Ethan est là, annonça Grace. Flippante, la ressemblance. Ils sont au maquillage. Dans des pièces séparées, bien sûr.

– Ces deux-là se détestent peut-être, dit Jerry, mais une chose les unit : ils veulent savoir pourquoi tu les as fait venir en même temps et ils n'ont pas l'air ravis. »

Une séquence distincte avait déjà été tournée, dans laquelle Ryan exposait les éléments à charge contre les jumeaux. La Range Rover. Le code d'entrée. Celui du coffre contenant l'arme. La carte mémoire disparue. Le mobile. Et surtout, l'insistance de Howard Carver au sujet du jumeau qu'il disait avoir vu près de la Range Rover.

Une fois les caméras en route, Ryan commença par quelques questions générales pour brosser le tableau du point de vue des deux frères. La fête pour l'obtention de leurs diplômes. L'arrivée de la police. La mort tragique de leurs parents. Les soupçons. Chacun sur un canapé, Simon et Ethan se fusillaient du regard par-dessus la table basse.

« Vous le savez sans doute, les médias vous ont surnommés le Duo de la mort. Qu'est-ce que cela vous a fait, Simon ?

– Ça m'a mis en colère. Évidemment. Non seulement j'ai perdu mes parents, mais aussi ma réputation.

– C'est-ce qui nous est arrivé à tous les deux, intervint Ethan. Tu n'étais pas le seul à t'inquiéter pour ton avenir.

– Est-il juste de dire que vous vous soupçonnez mutuellement d'être responsables de la mort de vos parents ? » demanda Ryan.

Ils acquiescèrent d'un signe de tête.

Laurie prévoyait d'insérer dans la séquence un entretien avec un spécialiste des témoignages oculaires afin d'exposer les raisons pour lesquelles le souvenir de Howard pouvait se révéler erroné.

Elle leva une main et fit un signe de tête à Ryan. C'était le moment pour lui de lâcher sa bombe.

« Nous avons de bonnes nouvelles, annonça celui-ci, d'une voix teintée d'optimisme. Le témoin qui a affirmé avoir aperçu l'un de vous deux près de la Range Rover s'est plus ou moins rétracté. Nous en avons déjà informé le bureau du procureur, qui s'est mis en relation avec la police d'État du Massachusetts afin d'examiner les preuves d'un œil neuf et de déterminer si la première enquête a été bâclée par la police de Harbor Bay.

– Ça ne nous dit pas qui a tué mes parents, lâcha Ethan.

– *Nos* parents », le reprit Simon.

Ryan ne laissa rien paraître, mais on était loin de l'explosion de joie à laquelle il s'attendait. « Cela signifie que ce n'est pas nécessairement l'un de vous deux. Ce doit quand même être un soulagement, non ? »

Frankie gesticulait, comme si elle voulait rejoindre ses frères devant la caméra, tandis que Laurie secouait la tête avec véhémence.

« Ça fait dix ans que je sais que ce n'est pas moi, rétorqua Simon. Et si ce n'est pas Ethan, c'est nécessairement sa petite amie ou la famille de cette fille. Ils voulaient l'argent de mes parents.

– C'est de ma femme enceinte que tu parles, dit Ethan en se levant du canapé. Laisse-les, elle et sa famille, en dehors de ça.

– Toi et l'argent de nos parents, vous n'étiez qu'un moyen de rembourser leurs dettes, tu le sais aussi bien que moi. » Avec une précision toute juridique, Simon exposa par le menu la pression croissante exercée sur Ethan pour qu'il mette fin à sa relation avec Annabeth. « Après les meurtres, tu n'attendais qu'une chose : récupérer ta part d'héritage. Alors que moi, je voulais geler les avoirs pour que tu ne touches pas un centime.

– Ce n'est pas vrai, Simon. Je n'ai rien fait pour accélérer les choses. En revanche, toi, tu as bloqué la succession pour me faire accuser et éloigner les soupçons. »

Déterminé à les orienter vers d'autres suspects possibles, Ryan tenta une approche différente. « Simon, un de vos camarades d'université vous faisait chanter avant les meurtres, n'est-ce pas ? Nous lui avons parlé et il n'en démord pas : ce n'était pas lui. Nous disposons aussi d'une vidéo où l'on voit quelqu'un taguer un message désobligeant devant la maison où nous nous trouvons actuellement. Est-il envisageable que la personne qui a voulu vous faire chanter ait également vandalisé le trottoir devant chez vous ? Qui aurait pu en vouloir à votre famille ? »

Il n'en fallut pas plus pour que les jumeaux se mettent à s'invectiver, s'accusant l'un l'autre de tout et n'importe quoi. Selon Ethan, Simon avait monté de toutes pièces l'histoire du chantage pour extorquer de l'argent à leur père. Et d'après Simon, Ethan pouvait être à l'origine des mails anonymes, dans une tentative infructueuse pour lui soutirer de l'argent.

Le directeur de la photographie jeta un regard inquiet à Laurie. « On aurait peut-être dû engager des agents de sécurité, chuchota-t-il.

– Stop ! » Le silence s'abattit d'un coup sur le salon. « Arrêtez ça ! hurla Frankie. Ce n'était pas censé se passer comme ça. » Le sang lui était monté aux joues, ses lèvres tremblaient. « Peut-être que la police avait raison. Peut-être que vous avez monté le coup tous les deux, et personne ne pourra le prouver tant que le Duo de la mort s'accusera mutuellement. »

Puis elle se rua vers la porte d'entrée, en sanglots.

« Regarde ce que tu as fait ! dit Ethan en bousculant Simon.

– Je ne voulais même pas participer à ce cirque », rétorqua Simon. Puis, se tournant vers Laurie : « C'est aussi votre faute. J'espère que vous serez contente de vos rushes. »

40

L'AIR FROID ET HUMIDE glaçait Frankie jusqu'aux os. Elle relâcha les épaules. *Laisse le froid entrer.* Peut-être qu'en restant sur la plage suffisamment longtemps, elle finirait par engourdir ses émotions. Ce serait merveilleux de ne plus rien ressentir à cet instant.

Pour rentrer chez les Ward, elle avait pris soin de ne pas suivre le chemin habituel, celui qu'ils prenaient souvent à l'époque où ils étaient heureux, quand les deux familles passaient d'une maison à l'autre comme si elles ne faisaient qu'une. Mais Simon avait quand même réussi à la retrouver.

Il avait essayé de la convaincre de monter dans sa voiture, mais elle avait refusé. Elle avait besoin de passer un moment seule pour réfléchir. Elle fut soulagée de trouver la maison des Ward vide. Betsy avait laissé un message sur le comptoir de la cuisine. *On emmène les enfants passer la journée à Provincetown. Appelle-nous en cas de besoin.*

À l'évidence, Betsy et Michelle avaient éloigné les petits pour qu'ils ne risquent pas d'entendre Simon et Frankie parler de la mort de leurs parents, compte tenu du tournage prévu ce jour-là.

Soulagée de se retrouver seule, Frankie était allée chercher son vieil exemplaire de *Fugue au Metropolitan* dans sa chambre et l'avait emporté au pied du promontoire situé à l'arrière de la maison, l'endroit qu'elle préférait entre tous à Harbor Bay : un immense rocher qui avait toujours été là. Lorsqu'elle s'était installée chez les Ward, ils passaient encore fréquemment le week-end à Cape Cod. Elle s'asseyait contre ce rocher et là, à l'écart du monde, avec un livre pour alibi, elle fixait l'océan pendant des heures, tentant de raviver les souvenirs de ses parents, déterminée à ne jamais les oublier.

Son téléphone vibra. Ethan, encore. Elle laissa le répondeur faire son office, puis tapa un court texto en réponse. *Il me faut encore un peu de temps. Besoin de réfléchir.*

En appuyant sur « Envoyer », elle se remémora les mots qu'elle avait hurlés avant de claquer la porte. « Peut-être que la police avait raison. Peut-être que vous avez monté le coup tous les deux, et personne ne pourra le prouver tant que le Duo de la mort s'accusera mutuellement. »

Pensait-elle vraiment ce qu'elle avait dit ? Après tout, c'était l'explication la plus simple. Celle que la police avait retenue dès le début.

Quand elle avait rencontré Laurie chez Katz's, celle-ci lui avait demandé si elle comprenait vraiment où cette nouvelle enquête risquait de les mener. « Il est possible que je découvre qu'au moins l'un de mes frères a tué nos parents. » Était-ce ainsi que l'histoire devait se terminer ?

Parvenue au chapitre où Claudia Kincaid et son frère quittaient Manhattan pour aller chez Mme Frankweiler, dans le Connecticut, elle posa son livre et regarda l'heure sur son portable. Cela faisait déjà près de trois heures qu'elle était là. Elle allait être en retard pour son interview avec Ryan Nichols.

Qu'allait-elle bien pouvoir dire ? Tout avait changé depuis qu'elle avait demandé son aide à Laurie. Dans ses souvenirs, ses parents se souriaient tout le temps, main dans la main, et répétaient combien ils étaient heureux ensemble. Du cinéma, rien que du cinéma. Maintenant, elle connaissait la vérité, elle savait ce qu'il se passait quand personne n'était dans les parages. Et aujourd'hui, elle avait été témoin chez ses frères d'une colère qu'elle ne leur avait jamais vue auparavant. Peut-être qu'au plus profond d'eux-mêmes ils étaient aussi violents que leur père.

Et si elle oubliait tout bonnement de se rendre à l'enregistrement ? Pourrait-elle retrouver sa vie d'avant, avant que Laurie ne la contacte, à l'époque où elle avait simplement accepté le fait que les meurtres de ses parents ne soient jamais résolus ? C'était tellement plus facile alors.

Elle se rendit compte que pendant que son esprit vagabondait, elle passait et repassait le doigt sur le fermoir de son nouveau bracelet. Elle n'arrivait toujours pas à croire qu'il lui allait aussi parfaitement. Combien de fois lui avait-on répété qu'elle ressemblait trait pour trait à sa mère ! Et à présent, elle avait un bijou identique à celui qu'elle portait si souvent.

« Les perles sont classiques et discrètes, or nous avions été élevées pour être classiques et discrètes. Mais ce gros fermoir en argent, c'était une marque de rébellion, une touche rock'n'roll. Un petit secret subversif juste à l'endroit où le pouls bat le plus fort. »

Elle cessa de jouer avec le bracelet, se repassant les mots que Betsy avait prononcés quand elle lui avait offert la boîte en velours.

Était-il possible que…

Elle baissa les yeux sur le bijou, en examina chaque détail. Ce fermoir si particulier avait sa raison d'être. Le bracelet était censé s'ajuster parfaitement au poignet et les perles étaient retenues par un fin fil d'argent qui reliait les deux maillons du fermoir. Elle essaya de le retirer sans l'ouvrir. C'était tout bonnement impossible.

Quelque chose n'allait pas.

Elle prit son téléphone pour appeler Betsy, mais se ravisa. Si la peur qui lui serrait le ventre était justifiée, Betsy était la dernière personne vers qui elle pouvait se tourner. Elle ne pouvait pas non plus demander à Michelle. Celle-ci irait tout droit voir sa mère.

Elle chercha le numéro de Laurie dans ses contacts. Sa main agrippa l'appareil un peu plus fort tandis qu'elle écoutait les quatre sonneries retentir, avant de tomber sur le répondeur.

« Laurie, c'est Frankie. J'ai besoin des photos que je vous ai données. Vous les avez apportées pour le tournage ? Les idées se bousculent dans ma tête. J'ai compris quelque chose. Rappelez-moi. »

Sur quoi elle regagna la maison, espérant y dénicher un cliché d'elle en compagnie de sa mère. Quand ils séjournaient à Harbor Bay, sa famille se retrouvait souvent sur les photos qui ornaient la maison des Ward, et inversement. Mais désormais, cette maison était une location de vacances à la décoration neutre, toute trace de l'identité des propriétaires avait été effacée.

Elle sentit une poussée d'adrénaline. Ses oreilles résonnaient des questions qui mettaient son cerveau en ébullition. Elle était tellement obnubilée par les réponses qu'elle cherchait qu'elle ne remarqua pas la voiture garée devant la maison et qui n'était pas là trois heures plus tôt.

« Le bracelet de ta mère s'est cassé pendant le… ce soir-là. La police a retrouvé les perles éparpillées dans le salon. »

Si le bijou s'était brisé au moment du meurtre, il devait forcément apparaître sur les photos de la scène de crime.

Laurie avait parlé d'un procureur local qui voulait leur apporter son aide. Le beau-frère de Jenna Merrick.

Debout dans la cuisine, elle fit une rapide recherche sur Internet et trouva le site professionnel de Jenna. Celle-ci décrocha à la seconde sonnerie.

« Jenna à l'appareil.

– Frankie Harrington. Vous vous souvenez de moi ?

– Bien sûr, Frankie ! Comment allez-vous ? Laurie vous a-t-elle dit que nous nous sommes vues hier dans l'ancienne maison de vos parents ? Comment se passe le tournage ?

– Hum… Pas très bien. J'essaie de trouver des photos de la scène de crime. Il me faudrait le nom de votre beau-frère, celui que vous avez présenté à Laurie.

– Randy Macintosh. »

Frankie raccrocha sans même dire au revoir et chercha sur Internet le numéro du bureau de la procureure du secteur de Harbor Bay. Elle crut entendre des pas dans l'escalier. Jeta un coup d'œil. Personne. Elle avait oublié combien les maisons de bord de mer pouvaient grincer et craquer. Lorsqu'elle avait peur, enfant, sa mère lui expliquait que c'était dû à l'humidité et aux changements de température près de l'océan. Elle lança l'appel.

« Bureau de la procureure du district de Cape Cod. Que puis-je faire pour vous ? »

Elle demanda à être mise en relation avec Randy Macintosh. Lorsqu'elle atterrit sur un répondeur, elle laissa échapper un gémissement exaspéré.

« Monsieur Macintosh, Frankie Harrington à l'appareil. Je suis la fille de Richard et Sarah Harrington. Il faut absolument que je voie les photos qui ont été prises le soir du meurtre. C'est important. Ça concerne le bracelet qui a été retrouvé. Il s'était cassé. Je peux tout expliquer. Appelez-moi. »

Elle but un peu d'eau, espérant que ça l'aiderait à se calmer. Comme cela ne fonctionnait pas, elle fit la seule chose qui lui vint à l'esprit et retourna avec son livre au pied du promontoire, où elle s'assit en tailleur comme lorsqu'elle était enfant, espérant que l'histoire qu'elle avait lue tant de fois avec sa mère lui apporterait du réconfort.

Mme Frankweiler était en train de montrer ses dossiers à Claudia, quand Frankie crut entendre une brindille craquer sur le sable. Elle se retourna et se retrouva nez à nez avec une serviette de bain déployée. Elle se mit à hurler au moment où celle-ci s'abattait sur sa tête.

À l'aveuglette, elle lutta tant bien que mal, tentant de se dégager, mais la serviette se resserra autour de son cou. *Non, s'il vous plaît, non.* Instinctivement, elle se cambra, cherchant à prendre une bouffée d'air, mais on tira violemment sur le drap de bain.

Elle tendit les jambes et se contorsionna jusqu'à se retrouver à quatre pattes. Pesant de tout son poids vers l'arrière, elle essaya de dégager sa tête de la serviette qui l'empêchait de s'enfuir. Elle échoua, mais tendit une main vers le rocher et parvint à toucher son téléphone du bout des doigts.

Tout espoir de l'attraper fut réduit à néant quand elle sentit un coup s'abattre sur son poignet. Elle voulut appeler à l'aide, mais le tissu éponge pressé contre sa bouche étouffait sa voix. On la força à se relever.

« Debout ou je tire. »

La voix était basse et rauque, comme pour imiter un monstre de film d'horreur. Y avait-il quoi que ce soit de familier dans cette voix ?

On l'obligea à marcher le long de la plage. Elle essaya de tourner la tête pour apercevoir un visage, mais ne vit que le sol sableux sous ses pieds, qui avançaient plus vite qu'elle ne l'aurait voulu. Elle ralentit, ce qui lui valut un coup de poing dans le dos.

Continue de marcher, se dit-elle. *Il ne faut pas que tu finisses comme tes parents. Tu ne peux pas mourir aujourd'hui.* Quoi qu'il lui arrive par la suite, ce serait mieux que prendre une balle et être laissée pour morte.

Elle entendit le bip d'une clef électronique. Retrouverait-on sa trace une fois qu'on l'aurait emmenée loin d'ici ? Il fallait qu'elle reste en vie, mais aussi qu'elle tente d'appeler à l'aide. C'était maintenant ou jamais. La voiture qui avait bipé semblait toute proche.

Elle pensa à l'héroïne de son livre préféré, Claudia Kincaid, suivant les indices qui l'avaient menée du Metropolitan Museum aux dossiers de Mme Frankweiler et aux réponses qu'ils contenaient. Avec les bonnes cartes en main, une fille futée s'en sortait toujours. Claudia y était bien parvenue, après tout.

Frankie savait ce qu'elle avait à faire.

Elle parvint à glisser son pouce gauche entre le bracelet et son poignet droit et tira aussi fort que possible.

Bingo ! Le rang de perles – *classiques et discrètes, or nous avions été élevées pour être classiques et discrètes* – lâcha juste au moment où le sable cédait la place au gravier de la route permettant d'accéder à la plage.

Le bracelet qu'elle s'était juré de porter toute sa vie était désormais son seul espoir – ses perles répandues sur une scène de crime, tout comme son jumeau avant lui.

Un grognement retentit. Ce son guttural lui sembla familier, sans qu'elle parvienne à l'identifier.

La douleur la fit grimacer quand on la poussa en avant, son corps atterrissant sur le revêtement en feutre d'un coffre de voiture, la serviette fermement pressée contre son visage par la paume d'une main.

Un grand *clac*, l'obscurité.

Toutes ces années, elle leur avait été tellement reconnaissante de l'avoir accueillie.

Quels autres mensonges Betsy lui avait-elle racontés ?

41

TROIS HEURES AVAIENT PASSÉ depuis l'explosion en vol de l'interview de Simon et d'Ethan. Laurie, Grace, Jerry et Ryan s'étaient réunis dans l'ancienne salle à manger des Harrington pour réfléchir aux stratégies à mettre en place pour rattraper le coup. Leur tactique pour convaincre les jumeaux de faire front ensemble et identifier d'autres suspects avait fait long feu.

Les avis divergeaient. Pour Jerry et Laurie, les jumeaux étaient restés tant d'années persuadés de leur culpabilité réciproque qu'il faudrait des preuves en béton pour les convaincre du contraire. Grace et Ryan, quant à eux, les soupçonnaient d'avoir simulé leur querelle pour rester fidèles à leur plan d'origine : s'accuser l'un l'autre afin de ne pouvoir être jugés coupables hors de tout doute raisonnable.

Au bout de deux longues heures de discussion, l'équipe restait divisée. Laurie croisa les bras, prête à clore le débat.

« Si nous étions un jury, je dirais que nous sommes incapables de parvenir à un verdict.

– Une petite injection de sérum de vérité, et le problème serait réglé, dit Grace.

– Juste un tout petit peu illégal », commenta Jerry.

Tout en reprenant point par point l'interaction explosive entre les deux frères, ils avaient passé en revue le monceau de photographies que Frankie avait exhumé du garde-meuble. À contre-courant de ce que la nanny cam dissimulée à Boston leur avait appris, les clichés brossaient le portrait d'une vie de famille pleine de joie. Ethan et Simon faisant un concours de châteaux de sable sous le regard fier de leurs parents. La fête d'anniversaire des quatre ans de Frankie, ses frères, adolescents au physique avantageux, présentant un gâteau à leur petite sœur enthousiaste. Les jumeaux posant en tenue de jeu de crosse.

Jerry était en train de souligner combien Frankie ressemblait à sa mère quand il s'interrompit brusquement. « Mais au fait ! Frankie est en retard. Elle devrait déjà être revenue. »

Laurie se pencha pour jeter un coup d'œil à la montre de son assistant. « Il reste encore un quart d'heure, je me trompe ?

– Je lui ai demandé de venir une demi-heure plus tôt pour le maquillage. Le directeur photo doit partir pile à l'heure cet après-midi. »

Laurie alla chercher son attaché-case sur le comptoir de la cuisine et en sortit son téléphone portable. « Elle a sans doute oublié. Je l'appelle. » Pas de réponse. Laurie envoya un texto. *J'espère que vous allez bien après le coup d'éclat de ce matin. Toujours OK pour l'interview ? N'hésitez pas à m'appeler si vous avez besoin de parler.*

Laurie continua de compulser les photos, mais ses pensées ne cessaient de revenir à Frankie. « Elle était tellement bouleversée quand elle est partie, dit-elle.

– Parce qu'elle a compris que ses frères étaient coupables, déclara Ryan. Il y a de quoi avoir les nerfs en pelote.

– On aurait peut-être dû l'accompagner. Ryan, vous pouvez appeler Simon ? Quand il est parti, il a dit qu'il allait la chercher. Grace, tu essaies Ethan et Annabeth. Moi, je m'occupe de Betsy. »

Betsy répondit dès la seconde sonnerie. Laurie entendait des jeux d'enfants à l'arrière-plan. Quand elle expliqua qu'elle tentait de joindre Frankie, Betsy lui indiqua qu'ils avaient emmené les petits à Provincetown pour laisser un peu d'air à Frankie et à Simon.

« Ça ne s'est pas bien passé ce matin, expliqua Laurie. Simon et Ethan se sont disputés. Ils en sont presque venus aux mains. Frankie a quitté le tournage bouleversée et elle n'est pas revenue pour sa propre interview. »

Un long silence. Laurie crut que la communication avait été coupée. « Je rentre, dit Betsy. Je savais que tout ça finirait mal. »

Laurie raccrocha en espérant que Ryan ou Jerry aurait eu plus de chance.

« Ethan et Annabeth ne l'ont pas vue, annonça Jerry, l'air abattu. Il a essayé de l'appeler, mais elle lui a envoyé un texto il y a cinq minutes. Elle a besoin d'un peu de temps pour réfléchir. »

Ils patientèrent tandis que Ryan ponctuait les propos de son interlocuteur de « OK » et de « Hmm, hmm », avant de prendre congé et de raccrocher à son tour. « D'après Simon, elle est rentrée à pied chez les Ward. Il a réussi à la retrouver, mais elle lui a dit qu'elle avait besoin d'être seule. C'est sans doute pour ça qu'elle ne décroche pas. »

Laurie n'était pas tranquille. Cette explication ne la satisfaisait guère, même si c'était Frankie elle-même qui l'avait donnée à ses frères.

Elle reprit son téléphone et tapa un texto. *Je ne m'attendais pas du tout à ce que l'interview de vos frères tourne au pugilat, je voulais que vous le sachiez. Je suis désolée. Comment puis-je vous aider ?*

Elle avait encore l'appareil à la main quand elle vit une série de points clignoter sur l'écran. Frankie rédigeait un message.

Je vous assure que je vais bien. Mais cette interview a été éprouvante. Laissez-moi un peu de temps. Peut-on déplacer l'enregistrement à demain ?

Aucun problème, répondit Laurie. Elle avait loué la maison et engagé les équipes de tournage pour toute la semaine. *Mais appelez-moi si vous voulez parler.*

Ne vous en faites pas. Je vais bien. Juste besoin de réfléchir.

« Bon, Frankie m'a répondu, annonça Laurie. Ça a l'air d'aller, mais elle veut attendre vingt-quatre heures pour l'interview. »

Jerry quitta la table pour prévenir l'équipe de tournage qu'elle avait quartier libre jusqu'au lendemain.

Laurie venait de sélectionner une autre photo pour l'émission quand elle sentit le regard de Ryan se poser sur elle. « Et les Ward ? dit-il. Les téléspectateurs pourraient avoir envie d'en savoir plus sur la famille qui a accueilli Frankie après les meurtres. »

Laurie hocha la tête. « Bonne idée. Il y a un cliché de Sarah et Betsy ensemble, quand elles étaient plus jeunes. Utilisons-le. Et peut-être aussi une photo des deux familles réunies, pour que les gens voient combien elles étaient proches.

– Celle-ci est parfaite », fit Ryan en poussant une photo vers Laurie.

Elle reconnut le jardin devant la maison des Harrington à Boston. Ethan, Simon et Michelle arboraient tous les trois toge et mortier, et tenaient fièrement leurs diplômes obtenus dans trois universités différentes. Ils étaient flanqués de leurs parents et de leurs cadets, Frankie en robe rose à froufrous et Dennis en maillot de hockey de la Northeastern University.

« Les parents ont dû leur demander de poser pour un portrait de groupe, dit Grace. Sans doute une ou deux semaines avant la fête à Harbor Bay. Regardez comme ils ont l'air heureux. Ils ne pouvaient pas deviner que leur vie était sur le point de basculer. »

Quand Greg avait été abattu, Tim marchait à peine. À cette époque, Laurie prenait des photos de lui presque tous les jours. À chaque fois qu'elle tombait sur un cliché pris dans les semaines et les mois qui avaient précédé le meurtre, elle se rappelait que le bonheur ne tenait qu'à un fil et se jurait de ne jamais rien tenir pour acquis.

Elle attrapa son ordinateur. « Bien vu, Ryan. On la garde. »

De retour dans la salle à manger, Jerry annonça qu'il avait établi un planning pour le lendemain avec le manager de l'équipe de tournage. « Ça veut dire qu'on peut faire un break, non ? s'enquit-il. Je ne sais pas pour vous, mais moi, j'ai l'estomac dans les talons.

– Oh, merci mon Dieu, fit Grace en posant une main sur son ventre. Je pensais que j'étais la seule à avoir faim. Un peu plus et ça se mettait à gargouiller là-dedans. »

Ryan alla chercher les clefs de la voiture sur le comptoir de la cuisine. « On ne va quand même pas se laisser mourir de faim.

– Je reste ici, si ça ne vous embête pas trop, dit Laurie.

– Je te rapporte quelque chose ? proposa Grace.

– Ce serait super. Merci. »

Une fois seule, Laurie lança un appel FaceTime. Alex. Elle sentit un sourire se dessiner sur son visage quand il apparut à l'écran. Surtout, ne jamais s'habituer à le trouver si séduisant.

« Timing parfait, dit-il. J'ai suspendu l'audience. Un témoin du procureur est en retard. Je leur ai accordé dix minutes pour faire prêter serment à quelqu'un d'autre, sinon on devra faire autrement.

– Tu as joué du marteau ?

– Bien sûr.

– Et tu trouves toujours ça rigolo ?

– Un tout petit peu, répondit-il en levant le pouce et l'index.

– Que feras-tu s'ils ne sont pas prêts ?

– Aucune idée, avoua-t-il en riant. Tout ce que je sais, c'est que lorsqu'un juge me donnait ce genre de délai, je trouvais toujours le moyen de le tenir. Qu'est-ce qui me vaut cet appel-surprise ? Je croyais que tu étais sous l'eau aujourd'hui.

– On devait l'être. Ça a été une journée assez compliquée. » Elle commença à lui raconter l'interview des jumeaux, mais s'interrompit. Ce n'était pas pour ressasser cette histoire qu'elle l'avait appelé. « En fait je voulais juste te dire que je t'aime et que tu me manques. Je me rends compte chaque jour un peu plus de la chance que j'ai.

– Exactement ce que je ressens, lui dit-il, les yeux dans les yeux. Tu es toute ma vie, Laurie. Rien ni personne ne compte plus que toi. Je l'ai su dès notre première rencontre. Mais pourquoi tu me dis tout ça ?

– Je n'ai pas le droit de déclarer ma flamme à mon mari ?

– Bien sûr que si, mais…

– Je ne suis pas le genre à faire de grandes déclarations, c'est ça ? demanda-t-elle.

– C'est ça.

– Je regardais de vieilles photos de la famille Harrington, et ça m'a remuée.

– Tu vas bien ? » Son inquiétude était palpable. « Je peux te rejoindre…

– Non, tu as autre chose à faire. Et je n'en ai pas besoin. Je vais bien. Je serai à la maison d'ici quelques jours. Pour la fête d'anniversaire d'un certain jeune homme. » Elle finit par lui raconter l'interview explosive des jumeaux – en version courte – et le ras-le-bol de Frankie. « Je n'aurais peut-être pas dû accepter ce dossier. Elle est si jeune, ses émotions sont encore à vif.

– Ce n'est pas ta faute », dit-il.

Combien de fois le lui avait-il répété ? Elle travaillait trop dur à résoudre les problèmes des autres, parfois même à ses propres dépens. Pourtant, elle ne pouvait s'empêcher de s'inquiéter pour Frankie. Ses frères étaient tellement en colère. Il s'en était fallu de peu qu'ils cèdent à la violence.

C'est de ma femme enceinte que tu parles. Laisse-les, elle et sa famille, en dehors de ça.

La famille d'Annabeth.

Dans le feu de l'action, elle avait presque oublié Jimmy Connolly. Comment cela avait-il pu lui échapper ?

« Désolée, Alex, je viens de penser à quelque chose. Il faut que j'y aille.

– Fais ce que tu as à faire. Je t'aime.

– Moi aussi, je t'aime. »

Elle chercha le numéro de Peter Bennett et lança l'appel. *Décrochez, s'il vous plaît.* Il serait plus rapide de lui poser directement la question plutôt que de visionner l'enregistrement de la caméra de surveillance des Harrington.

Il répondit à la troisième sonnerie. « Peter, Laurie Moran à l'appareil. Vous m'avez dit qu'une camionnette d'un commerce local s'était garée dans l'allée des Harrington la veille des meurtres.

– Effectivement. Elle faisait demi-tour.

– Ce commerce, était-ce la quincaillerie ? C'est à Jimmy Connolly que vous avez parlé ?

– Tout à fait. Sa fille est mariée avec Ethan, maintenant. »

La veille des meurtres. Et le lendemain du jour où Simon avait dit à Annabeth que son père était sur le point de couper les vivres à Ethan à cause d'elle.

« Depuis l'allée, pouvait-on apercevoir la caméra de surveillance du portail ? »

Il y eut un silence. « Je pense que oui, répondit Peter. Elle était tombée de son support, mais on la voyait quand même. Pourquoi ces questions ? »

En tant qu'homme à tout faire, Peter n'aurait pas eu vent de la pression que subissait Ethan pour quitter Annabeth. Il avait pris l'explication de Jimmy Connolly pour argent comptant.

Laurie avait attendu pour contacter le père d'Annabeth parce qu'elle ne voulait pas risquer de s'aliéner Ethan, mais à présent, elle ne risquait plus rien. Elle envoya un texto à Grace, qui saurait en déchiffrer le sens pour les autres membres de l'équipe. *La camionnette qui a fait demi-tour dans l'allée appartenait au père d'Annabeth !*

Elle composa le numéro de Jimmy's et lança l'appel. On lui expliqua que le propriétaire était sorti. Laurie laissa son nom et son numéro, faisant de son mieux pour sembler décontractée.

En jetant un nouveau coup d'œil sur son téléphone pour voir si Grace lui avait répondu, elle s'aperçut qu'elle avait reçu un message vocal vingt minutes plus tôt.

Frankie.

La journée avait été tellement stressante que Laurie était passée à côté. Elle se hâta de l'écouter.

Laurie, c'est Frankie. J'ai besoin des photos que je vous ai données. Sa voix était pressante, presque implorante, le vent soufflait autour d'elle. *Vous les avez apportées pour le tournage ? Les idées se bousculent dans ma tête. J'ai compris quelque chose. Rappelez-moi.*

À mesure que les sonneries s'égrenaient, Laurie sentait l'inquiétude monter. « Allez, décrochez. » Elle poussa un soupir quand elle atterrit sur le répondeur. « Frankie, c'est Laurie. Oui, j'ai les photos. Mais pourquoi avoir dit que vous aviez besoin d'être seule ? Et moi aussi, j'ai compris quelque chose. Ne vous laissez pas submerger par les pensées qui se bousculent dans votre tête. Laissez-moi vous aider. Rappelez-moi. »

Elle raccrocha et ouvrit l'appli Uber. Elle aiderait Frankie, qu'elle le veuille ou non. La voiture arriva. Elle emporta le carton de photos.

42

Le poing de Laurie s'abattit une nouvelle fois sur la porte d'entrée. « Frankie ! » hurla-t-elle.

Elle posa le carton de photos par terre, sous le porche des Ward, et se fraya un chemin dans un massif de fleurs pour jeter un coup d'œil au salon, le nez collé à la vitre, les mains de chaque côté du visage pour se protéger du soleil. La lumière et la télévision étaient éteintes.

Elle fit le tour de la maison. Aucun signe de Frankie. À chaque fenêtre, elle appelait le portable de la jeune femme, dans l'espoir de l'entendre sonner à l'intérieur. Le répondeur. Toujours le répondeur.

Quand Frankie lui avait téléphoné pour lui faire part de ce qu'elle avait découvert, elle avait dû hausser la voix pour se faire entendre malgré le vent. Elle était donc dehors.

Laurie gagna l'arrière de la bâtisse, où elle repéra un étroit sentier au milieu des broussailles. Elle le suivit jusqu'à la mer.

Mains sur les hanches, elle balaya la plage du regard. Au loin, une femme avec un labrador noir. Mais aucun signe de Frankie.

Son téléphone vibra. Nouveau texto. Frankie. *S'il vous plaît, arrêtez de m'appeler. Je suis partie courir. On se voit demain.*

Laurie tourna les talons pour regagner la maison, mais des traces de pas dans le sable, d'abord réguliers puis chaotiques, attirèrent son attention. Il semblait que l'on avait piétiné devant un grand rocher, à quelques mètres d'un espace dégagé, comme si quelqu'un s'était installé là, avant de descendre sur la plage.

En s'approchant du rocher, Laurie remarqua quelque chose dans le sable. Un livre ouvert, les pages claquant au vent. Elle le ramassa et sentit sa gorge se nouer. *Fugue au Metropolitan.*

Frankie s'était installée là pour lire. Jamais elle n'aurait abandonné son livre préféré.

Laurie examina de plus près les traces de pas. Deux séries d'empreintes, extrêmement proches l'une de l'autre, allaient du rocher vers le sud, en tournant le dos à la propriété des Ward. Une image s'imposa à Laurie : celle de Frankie emmenée de force.

Elle suivit les empreintes, prenant soin de ne pas les recouvrir, espérant tomber sur Frankie saine et sauve. Elle se fraya un chemin dans les broussailles et son cœur se serra quand elle arriva sur le chemin de gravier qui menait au rivage. Une impasse, dans tous les sens du terme.

Elle consulta de nouveau les textos échangés avec Frankie.

Je vous assure que je vais bien. Mais cette interview a été éprouvante. Laissez-moi un peu de temps. Peut-on déplacer l'enregistrement à demain ?

Ne vous en faites pas. Je vais bien. Juste besoin de réfléchir.

S'il vous plaît, arrêtez de m'appeler. Je suis partie courir. On se voit demain.

Elle avait dit la même chose à ses frères. Combien de fois Frankie devrait-elle répéter qu'elle avait besoin de quelques heures de solitude ? Se sentant coupable d'avoir fichu la pagaille avec l'interview du matin, Laurie dramatisait-elle la situation ? Ou passait-elle à côté de quelque chose ?

Sans conviction, elle scruta le sol, espérant trouver la confirmation que Frankie avait quitté la plage à cet endroit pour une séance de course à pied. Elle était sur le point de s'en aller quand elle aperçut un minuscule point d'un rose nacré au milieu des graviers gris.

Elle se pencha et ramassa un petit caillou. Non, pas un caillou. Une perle. Elle balaya la zone du regard, à la recherche d'autres étrangetés. Un reflet métallique, quinze centimètres plus loin. Elle le reconnut tout de suite : le fermoir du bracelet que Betsy avait offert à Frankie pas plus tard que la veille.

Le livre, abandonné aux éléments. Le bracelet, manifestement cassé.

Frankie avait découvert quelque chose, c'est ce qu'elle avait dit dans son dernier message vocal. Elle avait l'air si impatiente de voir les photos, pressant Laurie de la rappeler au plus vite. Et maintenant, elle ne voulait plus qu'elle la contacte ?

Une idée germa dans l'esprit de Laurie. Elle lui envoya un nouveau texto : *J'ai retrouvé le rouge à lèvres que vous aviez égaré. Il était resté sur la coiffeuse.*

Des points clignotants. *Mille mercis ! Vous me le donnerez demain !*

Plus de doute, Frankie avait des ennuis.

43

ASSISE SUR LES MARCHES du perron des Ward, Laurie ouvrit le carton de photographies que Frankie était si pressée d'examiner.

Frankie, songea Laurie, *qu'avez-vous bien pu découvrir ? Cela a-t-il un lien avec Annabeth ou son père ?*

Les photos que Laurie et l'équipe avaient sélectionnées pour l'émission étaient sur le haut de la pile. Elle les passa en revue l'une après l'autre, s'arrêtant sur les clichés d'Ethan, Simon et Michelle en toge et mortier, montrant fièrement les diplômes qu'ils avaient obtenus : à Harvard pour Simon, à UMass Amherst pour Ethan et à Tufts pour Michelle, trois universités proches de Boston. Frankie portait une robe rose adorable, tandis que Dennis arborait le maillot de hockey noir de sa fac, étant lui-même en première année à Northeastern. À côté des enfants, les parents. Quelque chose titillait Laurie, un souvenir. Mais comment une photo de Frankie âgée de douze ans pourrait-elle faire avancer l'enquête ? Elle avait un carton entier de clichés à examiner.

Elle en était au deuxième album quand son téléphone sonna. Un numéro inconnu, l'indicatif local. Elle décrocha sur-le-champ, espérant entendre la voix de Frankie.

« Allô ?

– Laurie, c'est Randy Macintosh, du bureau de la procureure de Cape Cod.

– Je suis contente que vous m'appeliez. Vous pourrez peut-être m'aider. Je pense que la fille de Richard et Sarah Harrington est en danger.

– Vous parlez de Frankie ? demanda-t-il d'un ton sec. C'est pour ça que je vous téléphone. Elle m'a laissé un message très insistant. Je l'ai rappelée, mais elle n'a pas répondu. Je me demandais comment elle avait eu mon nom et mon numéro. Je vous ai parlé, à vous et à Ryan, à condition que ça reste en off.

– Frankie vous a contacté ? Je ne lui ai pas... » Laurie se tut. Elle avait dit à Frankie que le beau-frère de Jenna était assistant de la procureure et qu'il essayait de convaincre sa boss de participer à l'émission. Mais tout cela n'avait plus aucune importance. « Pour quelle raison vous a-t-elle téléphoné ? Je suis devant la maison où elle séjourne, mais Frankie a disparu. Je suis très inquiète. J'ai également découvert que le père d'Annabeth s'était rendu chez les Ward la veille des meurtres. Je pense qu'il est reparti quand il a vu la caméra de surveillance. Les jumeaux se sont disputés aujourd'hui au cours du tournage, en partie à cause d'insinuations que Simon a faites à propos d'Annabeth et de son père.

– Que voulez-vous dire par "Frankie a disparu" ? » Il ne restait rien de la note d'irritation que Laurie avait cru déceler dans la voix de Randy. « Elle m'a appelé il y a à peine une demi-heure. Elle voulait voir les clichés de la scène de crime.

– C'est à peu près au même moment qu'elle m'a téléphoné à propos des albums photo qu'elle m'avait prêtés. Je suis en train de les feuilleter, j'essaie de comprendre.

– Elle a parlé du bracelet de sa mère. Du fait qu'il avait été cassé. »

Laurie sursauta. Le bracelet, encore une fois. Un bijou cher à sa propriétaire, brisé dans une lutte violente. Quel lien entre la perle et le fermoir qu'elle avait trouvés près de la plage et le fait que Frankie veuille voir les photos ?

« Vous avez des clichés de la scène de crime montrant le bracelet cassé qui a été retrouvé près du corps de Sarah ? demanda-t-elle.

– Oui, je me souviens les avoir vus en reprenant le dossier.

– Écoutez, je sais que votre patronne ne veut pas que vous collaboriez avec nous, mais je n'utiliserai rien de ce que vous me communiquerez pour l'émission, à moins qu'elle ne donne son feu vert. C'est important. Frankie a disparu. Il faut la retrouver. »

Un instant plus tard, les photos étaient dans sa boîte mail. Elle zooma sur les perles éparpillées sur le parquet en bois blanchi du salon des Harrington, qui chatoyaient dans la mare de sang rougeâtre.

Que cherchait Frankie ?

Elle se mit à compter les perles sur l'image. Quelque chose ne collait pas.

Sur son téléphone, elle chercha le site Internet de Tiffany. Les bracelets en perles. Elle repéra immédiatement celui qu'elle cherchait, décrit comme un classique intemporel : « l'audace des maillons alliée à la délicatesse des perles, un style unique qui s'inspire de l'architecture novatrice et de l'énergie de New York ».

Quelque chose lui échappait… mais quoi ?

Le fermoir qu'elle avait trouvé sur la plage était intact, pourtant le bracelet était à l'évidence tombé du poignet de Frankie. Laurie aussi avait un bracelet de perles, il était élastique et s'enfilait et se retirait facilement. Elle regarda de nouveau le site afin de confirmer ses soupçons. Le bracelet de Frankie n'était pas élastique. Il existait en plusieurs tailles. Pour le retirer, il fallait actionner le fermoir.

Le bracelet allait comme un gant à Frankie, ce qui aurait été logique s'il s'était agi de celui de sa mère, puisqu'elles avaient toutes les deux le même genre de silhouette menue. Mais Laurie en avait la preuve indubitable sous les yeux :

le bracelet de Sarah Harrington avait été cassé le soir du meurtre.

Laurie revint aux photographies qu'ils avaient retenues pour l'émission et sortit celle de Sarah et Betsy à l'université : Betsy en pantalon ample et col roulé ; Sarah, près de quinze centimètres de moins, en cardigan et jupe trapèze. Sarah avait remonté ses manches, dévoilant ses avant-bras. Pas de bleus à cacher à cette époque.

Au poignet droit, les deux amies arboraient le même bracelet de perles, parfaitement ajusté. Même sur ce cliché flou, il était évident que le poignet de Sarah était nettement plus fin que celui de Betsy.

Un bruit de moteur tira Laurie de ses pensées. Un SUV gris se garait dans l'allée. Betsy Ward en descendit et se précipita vers le porche, les clefs à la main. Laurie ouvrit l'appli Voice Memos sur son portable, pressa le bouton rouge pour lancer l'enregistrement et glissa l'appareil dans la poche de sa veste.

« Frankie est là ? s'enquit Betsy en ouvrant la porte. Elle n'arrête pas de m'envoyer des textos pour me dire qu'elle a besoin d'être seule. Elle ne décroche pas. Ce n'est pas son genre de se fermer comme ça. Elle doit être bouleversée. »

Laurie remit les photos dans le carton et se leva, suivant Betsy à l'intérieur, prête à en découdre avec la femme qui, à l'évidence, mentait depuis près d'une décennie au sujet du meurtre de sa meilleure amie.

« Frankie ? lança Betsy. Frankie ! cria-t-elle de nouveau en bas de l'escalier, où elle avait laissé tomber son sac à main. Mais bon sang, où est-elle ? »

Laurie scrutait le visage de cette femme, à la recherche du moindre signe de culpabilité.

« Pourquoi les avez-vous tués, Betsy ? »

44

LAURIE N'AVAIT RENCONTRÉ BETSY en personne que la veille au soir. Sur le moment, elle lui avait semblé bien plus jeune que ses soixante-cinq ans. Il avait suffi d'une question – « Pourquoi les avez-vous tués ? » – pour qu'elle en paraisse vingt de plus.

« Laurie, je n'ai aucune idée de ce dont vous parlez. J'essaie de vous aider depuis votre premier appel, il y a près de trois ans.

– C'est ce que vous m'avez fait croire en tout cas, répliqua Laurie. Mais Frankie et Dennis m'ont tous les deux affirmé que vous étiez opposée à ce que j'enquête. Vous ne voulez pas que la vérité éclate. Vous vous trouviez chez les Harrington au moment des meurtres.

– D'abord, vous m'appelez parce que vous êtes inquiète pour Frankie, et maintenant, vous m'accusez de quelque chose que je ne comprends même pas. Un peu de bon sens, voyons ! »

Si Betsy ressentait la moindre inquiétude quant à ce que Laurie avait pu découvrir, elle cachait bien son jeu. Elle se dirigea d'un pas nonchalant vers la cuisine, se servit un verre d'eau et en but une gorgée. « Vous venez ou non ? lança-t-elle.

– Je préfère rester où je suis », répondit Laurie, ne s'éloignant pas d'un pouce de la porte d'entrée, prête à prendre la fuite si nécessaire. Elle n'avait déjà que trop baissé la garde en s'aventurant dans la maison, avec un téléphone pour seule arme. Betsy était peut-être plus âgée, mais un meurtrier restait un meurtrier. Laurie repéra un imposant vase sur la console près d'elle. Au cas où elle aurait besoin d'un plan B.

« Comme vous voulez, lança Betsy en regagnant le salon et en s'installant sur le canapé. Pourriez-vous m'expliquer ce que vous êtes allée inventer ?

– Le bracelet que vous avez offert à Frankie. Ce n'est pas le vôtre. C'est celui de sa mère. Ce qui signifie que les perles que la police de Harbor Bay a trouvées près du corps de Sarah sont… les vôtres.

– Je ne vois pas de quoi vous parlez. Ces bracelets étaient identiques. Nous nous les sommes offerts mutuellement. C'était tout l'intérêt de la chose.

– Oui, c'était le même modèle, mais ils n'étaient pas identiques. Celui de Sarah était plus petit. Il va tout juste à Frankie, qui est extrêmement menue, comme sa mère.

J'ai vu les photos de la scène de crime. On peut compter le nombre de perles maculées de sang. »

Betsy ouvrit la bouche, mais aucun mot n'en sortit.

« La police les a sans doute récupérées, poursuivit Laurie. Un expert de chez Tiffany pourra témoigner de la taille du bracelet. Et nous pourrons prouver votre présence sur les lieux ce soir-là.

– Quand bien même ce serait le mien, ça ne veut pas dire que j'étais là-bas. Ce n'est qu'un bijou.

– Sauf que vous avez donné un de ces bracelets à Frankie hier. Si vous n'avez pas de reçu prouvant que vous venez de l'acheter, il est évident que c'est celui de Sarah. » Laurie s'imaginait la scène tout en parlant. « C'est votre bracelet qui s'est cassé le soir des meurtres. Impossible d'être certaine d'avoir tout ramassé. Il aurait suffi d'une perle pour vous trahir. Sarah portait le sien, elle aussi, la solution était évidente. Vous avez pris le bracelet sur le corps de votre amie pour que la police pense que les perles éparpillées étaient les siennes. Pourquoi les avez-vous tués ? Sarah avait une aventure avec Walter, c'est ça ? » C'était le seul mobile envisageable. Sarah avait pu se tourner vers un autre homme, l'ami et associé de son mari, pour trouver un peu de réconfort et oublier les violences qu'elle subissait.

Betsy laissa échapper un petit rire. « Vous avez tout faux.

– Si vous le dites, répondit Laurie. J'ai suffisamment d'éléments pour étayer cette nouvelle hypothèse, et le bureau du procureur a déjà accepté de rouvrir le dossier. Mon émission ne fera qu'accroître la pression. La police de Harbor Bay a peut-être bâclé l'enquête, mais croyez-moi, avec la police d'État, ce ne sera pas la même chanson. »

Laurie voulut sortir, mais Betsy lui ordonna de rester où elle était.

Elle semblait étonnamment calme, assise sur le canapé, à boire son verre d'eau. « Je savais qu'il la battait. Cela durait depuis des années, mais Sarah ne m'en avait parlé que quelques mois plus tôt. Nous nous étions inscrites à un cours de spinning, du vélo en salle, à Boston. J'étais habituée à la voir toujours en manches longues, même au sport. Elle devenait soi-disant de plus en plus frileuse avec l'âge. Mais ce jour-là, nous nous sommes changées sur place pour pouvoir enchaîner avec un déjeuner. Elle ne s'était sans doute pas rendu compte qu'elle avait des bleus dans le dos. Quand je lui ai demandé ce qui lui était arrivé, elle m'a répondu qu'elle était tombée. Mais ça ne collait pas. J'ai insisté, elle a fondu en larmes et m'a tout raconté. »

Ce que Laurie voulait, c'était que Betsy lui parle du soir des meurtres. « Vous saviez pour les caméras, dit-elle. Elle essayait de récolter des preuves des violences qu'elle subissait. Vous avez pris la carte mémoire avant de partir, je me trompe ? »

Betsy hocha la tête.

« Est-ce un oui ? demanda Laurie, espérant que son téléphone enregistrait chaque mot.

– Elle voulait le quitter, mais Richard lui avait dit que personne ne la croirait, qu'elle ne pourrait rien prouver, qu'il ferait durer la procédure pendant des années. Les caméras, c'était mon idée. À chaque fois que je lui demandais si elle avait assez de preuves, elle me répondait qu'elle attendait d'être certaine d'en avoir suffisamment pour lui annoncer qu'elle voulait divorcer. Le soir de la fête, elle a refusé d'en parler. Elle voulait se bercer d'illusions une dernière fois. Elle avait toujours accordé tant d'importance aux apparences. À l'image. Richard avait déteint sur elle et les garçons. »

Laurie commençait à discerner le lien entre le traumatisme de la famille Harrington et la tragédie qui avait eu lieu. « Malgré les efforts de Sarah, ce soir-là, les apparences ont volé en éclats », dit Laurie.

Le regard de Betsy se perdit dans le vague. Laurie s'était attendue à ce qu'elle rechigne à lui livrer la vérité, mais, comme hypnotisée, elle laissa les mots couler.

« Richard et Howard buvaient un verre ensemble, ça avait l'air de bien se passer. Mais plus tard, je les ai aperçus seuls sur la terrasse de derrière. Ils se disputaient. J'imagine que mon mari vous a expliqué ce qui se passait au cabinet ? »

Laurie acquiesça. « Howard escroquait des clients.

– Exactement. Richard est parti en trombe, l'air furieux, et quand je l'ai revu, il secouait Sarah comme un prunier contre le mur de la pièce d'à côté. Lorsqu'il m'a vue, il m'a bousculée pour sortir et a pris la direction du parking. Je lui ai emboîté le pas. Les voituriers étaient tous occupés, alors il est monté dans sa voiture et il est parti. »

Ethan avait déclaré avoir vu son père quitter la fête tôt dans la soirée, seul et visiblement contrarié.

« Et ensuite ? Que s'est-il passé ? demanda Laurie.

– Je suis retournée auprès de Sarah. Je lui ai demandé quand elle comptait enfin le quitter. J'avais vu l'agression de mes propres yeux et je pouvais témoigner. Mais elle ne se sentait pas assez forte. Elle voulait croire que lorsque Richard et Walter auraient viré Howard et que les garçons auraient fini leurs études, Richard cesserait d'avoir besoin d'"évacuer son stress", comme elle disait. »

Laurie tenta de se figurer ce qu'elle ferait si Charlotte ou une autre de ses amies se trouvait dans cette situation. « Vous êtes allée chez eux pour le mettre face à ses actes, dit-elle. Mais Walter était déjà rentré chez vous avec Dennis, alors vous n'aviez pas de voiture. Vous avez donc emprunté la Range Rover. »

Betsy hocha de nouveau la tête. Depuis quand les suspects étaient-ils si prompts à confier des informations compromettantes ?

« Quelqu'un devait prendre la défense de mon amie, et j'ai décidé que ce serait moi. Sarah a essayé de m'en empêcher, mais j'étais déterminée. La Range Rover était là, sous mes yeux, les jumeaux étant arrivés dans les premiers. Les clefs étaient posées sur le siège conducteur.

– Étiez-vous loin derrière Richard ?

– Seulement à quelques minutes. Je connaissais le code du portail, je me suis garée dans l'allée. J'ai sonné, et Richard m'a laissée entrer. Je n'ai pas fait dans la dentelle. Je lui ai balancé d'emblée que ce qu'il faisait à Sarah, c'était terminé. Qu'il fallait qu'il accepte le divorce et lui laisse la garde de Frankie.

– Comment a-t-il réagi ? » demanda Laurie.

Les yeux toujours dans le vague, Betsy revivait la scène. « J'aurais dû me méfier, après tout ce que Sarah m'avait raconté. Mais ça s'est passé si vite. Il m'a attrapée et plaquée contre le mur. "Comment oses-tu me parler comme ça dans ma propre maison ?" Je m'en souviens comme si c'était hier. J'ai tenté de me dégager mais tout à coup, il avait une arme à la main. Je n'arrivais pas à croire que cet homme que je connaissais depuis trente ans voulait me tuer. Je l'ai repoussé de toutes mes forces et j'ai voulu lui prendre son arme. C'est là que mon bracelet s'est cassé. Je serais probablement morte si le bruit de la porte de derrière n'avait pas détourné son attention. C'était Sarah. Elle m'avait vue partir. Elle avait compris ce que je comptais faire. Elle était sans doute passée par la plage. »

Laurie songea au scénario que les jumeaux avaient évoqué l'un contre l'autre : une altercation avec Richard qui s'était terminée dans un bain de sang avec l'arrivée inopinée de Sarah.

« Richard était aussi surpris que moi de la voir, continua Betsy. Je ne pense vraiment pas qu'il voulait appuyer sur la gâchette. Il a fait ça par réflexe. Sarah s'est effondrée. À cet instant, j'ai su que c'était une question de vie ou de mort pour moi. Je ne voulais pas que Richard meure. Je voulais survivre, c'est tout. Au moment où je pensais avoir le contrôle du pistolet, il me l'a arraché des mains. Le coup est parti. Il est tombé par terre. Il y avait tellement de sang. Je leur ai pris le pouls. J'espérais pouvoir faire quelque chose. Mais c'était trop tard. Ils étaient morts tous les deux. »

Il y avait quelque chose d'anormalement froid dans le récit de Betsy. Sa meilleure amie et le mari de celle-ci étaient morts, et elle rapportait les faits avec la neutralité d'un simple témoin.

« Pourquoi ne pas avoir appelé la police ? demanda Laurie.

– C'est ce que j'ai voulu faire. J'ai cherché des preuves des violences de Richard. Mais la caméra du couloir ne contenait rien d'intéressant. Sarah en détenait, elle me l'avait dit, mais je ne savais pas où elles se trouvaient. C'est pour ça que la maison était sens dessus dessous. Comme je ne trouvais rien, j'ai pris la carte mémoire pour que la police ne découvre pas ma présence. C'est en partant que je me suis rendu compte que mon bracelet s'était cassé. J'ai pris celui de Sarah, j'étais anéantie. Je lui ai juré de trouver le bon moment pour le donner à Frankie. J'ai ramené la Range Rover au parking secondaire et je suis rentrée chez moi à pied. »

Le récit de Betsy cochait toutes les cases. La Range Rover. Le code d'entrée. L'arme. Le bracelet. « Vous avouez tout, dit Laurie. Pourtant, quelque chose ne colle pas.

– Vous vouliez la vérité, vous l'avez. Je me rends compte que j'aurais dû appeler la police sur-le-champ. J'ai pensé trouver une forme de rédemption en faisant de mon mieux pour aider les enfants de Sarah. Toutes ces années, je me suis voilé la face. Ce n'est que quand vous êtes entrée en scène que j'ai compris combien je les avais fait souffrir.

– Je ne vous connais pas très bien, dit Laurie, mais j'ai du mal à croire que vous ayez passé les dix dernières années à élever Frankie pendant que Simon et Ethan étaient suspectés des meurtres juste pour vous protéger.

– Je me suis promis que si Simon et Ethan se retrouvaient mis en examen, je dirais la vérité. Je ne les aurais jamais laissés aller en prison pour ce que j'avais fait. »

Laurie était habituée à ce que les criminels livrent des semi-vérités. Ils admettaient leur présence sur la scène de crime, mais ce n'étaient pas eux qui avaient appuyé sur la gâchette. Ou ils reconnaissaient avoir tiré, mais clamaient avoir agi en état de légitime défense. Laurie en était certaine, Betsy ne lui disait pas tout. Elle s'était pourtant montrée très pressée d'avouer.

Pourquoi ? Pourquoi aussi rapidement ?

« Vous me cachez quelque chose, insista Laurie. Vous n'étiez pas obligée de donner ce bracelet à Frankie. Et si vous ne l'aviez pas fait, je n'aurais jamais découvert que vous étiez chez les Harrington ce soir-là. Votre meilleure amie est morte et vous n'avez pas appelé la police. Ses fils étaient suspectés et vous n'avez rien fait pour les disculper. Ce n'est pas vous que vous protégiez. C'était quelqu'un d'autre. »

Betsy garda le silence.

Était-ce Michelle ? Non. Les meurtres avaient fichu en l'air la vie de son futur mari.

Walter ? Non plus. Il avait peut-être voulu livrer Howard à la justice, mais c'était Richard qui avait renfloué les comptes et trouvé un moyen de sauver le cabinet.

Il restait donc… Dennis ? Mais qu'avait-il à voir avec cette histoire ?

Ces deux familles, toujours fourrées ensemble. Les mères, meilleures amies du monde. Les pères, associés dans leur cabinet juridique. Même sa sœur aînée avait choisi un Harrington. Et aux dires de tous, les Harrington étaient la perfection incarnée. C'était Richard qui avait les plus gros clients, les honoraires les plus élevés et les maisons les plus vastes. Sarah était une artiste, comme Betsy, mais c'était elle qui était exposée dans les galeries de Manhattan. Les jumeaux étaient beaux, intelligents, l'un d'eux diplômé de Harvard, en passe d'entrer dans l'une des meilleures écoles de droit du pays et l'autre, un musicien bourré de talent. *Comment Dennis aurait-il pu rivaliser ?*

Quand Simon avait avoué à Michelle avoir triché, c'était chez les Ward, pendant les vacances de printemps. « Pourquoi ? avait demandé Michelle. Non seulement c'est mal, mais c'est hyper risqué, alors pourquoi ? » Dennis aurait très bien pu surprendre leur conversation. Ce n'est que quelques jours plus tard que Simon avait commencé à recevoir des mails anonymes.

Et le tag devant la maison des Harrington. *Cette famille est un mensonge*. La vidéo que Peter Bennett avait récupérée… On y apercevait une chaussure et une manche du vandale. Et Peter l'avait bien souligné : Sarah avait catégoriquement refusé d'appeler la police.

Laurie prit soudain conscience de ce qui la chiffonnait concernant la photo sur laquelle les jumeaux et Michelle posaient avec leurs diplômes. Dennis portait un maillot de hockey noir… manches longues, bandes blanches et rouges au niveau du coude, comme dans la vidéo.

Élevé dans l'ombre d'une famille un peu trop parfaite, Dennis devait déborder d'amertume.

« Où est votre fils ? demanda Laurie.

– Nous sommes allés à Provincetown tous ensemble. Je suis rentrée quand vous m'avez informée que Frankie était bouleversée. » Pour la première fois depuis le début de la conversation, Betsy semblait nerveuse. Plus que nerveuse. Terrifiée. Elle avait les poings serrés et ses lèvres tremblaient.

« Il me suffirait d'un coup de téléphone à Michelle pour demander à lui parler. »

Betsy garda le silence.

« C'est pour ça que Sarah ne voulait pas appeler la police pour le tag ? Elle avait reconnu le maillot de hockey de Dennis ? C'est vous qu'elle est allée voir, pas la police. »

Betsy resta murée dans le silence.

« Et le chantage ? Les mails se sont arrêtés peu après l'épisode du tag. Dennis était jaloux, c'est ça ? Incapable d'égaler les jumeaux parfaits. Cette famille qui était toujours un cran au-dessus de la sienne.

– Je vous ai raconté ce qui s'est passé. Je n'aurais jamais dû aller chez Richard et Sarah ce soir-là. Laissez ma famille en dehors de ça.

– Betsy, si tout s'était déroulé comme vous le prétendez, vous auriez appelé la police juste après la mort de vos amis. Vous étiez en état de légitime défense. La seule raison qui peut expliquer que vous ayez pris la carte mémoire et abandonné Sarah, c'est que vous vouliez protéger votre fils. Après avoir quitté la fête avec Walter, il a pu revenir à pied chez les Harrington. Les membres de votre famille avaient leur propre clef. Les avait-il déjà tués quand vous êtes arrivée ?

– Je vous en supplie, laissez Dennis tranquille. Il a toujours vécu dans l'ombre de ces garçons. Je n'avais pas compris à quel point il leur en voulait. Si j'avais pris l'incident du tag plus au sérieux, peut-être que Sarah... » Sa voix se brisa.

« Betsy, vous pensez pouvoir protéger votre fils, mais regardez les choses en face : Frankie a disparu et Dennis aussi, tout comme sa voiture. J'ai trouvé le livre d'enfant préféré de Frankie près d'un rocher. Ainsi que des morceaux du bracelet que vous lui avez offert près du chemin d'accès à la plage. Je pense que c'est là qu'elle a été enlevée. Vous voyez le traumatisme que vous avez infligé à la fille de votre meilleure amie ? Maintenant, Frankie est en danger, et je suis sûre qu'au fond de votre cœur, vous savez que Dennis est impliqué. »

Les épaules de Betsy se mirent à trembler de plus en plus fort, jusqu'à ce qu'elle s'effondre, la tête entre les mains. Puis elle se redressa, essuyant ses larmes. « Il n'est pas allé chez eux pour leur faire du mal. Il leur en voulait à cause de la fête somptueuse et de la façon dont les garçons l'avaient snobé pour rester avec leurs amis de la fac. Il voulait juste les faire tourner en bourrique en déplaçant leurs affaires ou quelque chose comme ça. Mais Richard est rentré plus tôt que prévu. Quand je suis arrivée, j'ai entendu des cris, la voix de mon fils. Richard pointait son arme sur lui. Sarah ne lui avait pas dit qu'elle avait reconnu Dennis sur la vidéo, mais en le trouvant chez lui, Richard a compris. Il voulait appeler la police. J'ai tenté de l'en dissuader, je lui ai promis que Dennis suivrait une thérapie pour apprendre à gérer sa colère, mais Richard a refusé. Quand il s'est approché du téléphone, je lui ai dit que s'il appelait les flics, je leur expliquerais qu'il battait Sarah depuis des années. Le reste s'est passé exactement comme je vous l'ai dit.

– Il vous a agressée ?

– Il m'a giflée tellement fort que je suis tombée par terre. Dennis lui a foncé dessus, tête la première. Il a essayé de récupérer l'arme. Sarah est arrivée par la porte de derrière, elle s'est précipitée dans le salon. Au moment où elle s'approchait d'eux, le coup est parti. Comme je vous l'ai dit, elle a été touchée la première, et ensuite Richard, sauf que ce n'était pas moi qui tentais de sauver ma peau. C'était Dennis. J'ai voulu l'aider, c'est là que mon bracelet s'est cassé. Dennis pensait avoir le contrôle du pistolet, mais Richard a réussi à le reprendre, et c'est à ce moment-là qu'il a été touché, lui aussi.

– C'est donc Dennis qui a ramené la Range Rover au club, dit Laurie. C'est lui que Howard Carver a vu. »

Une silhouette vêtue d'une chemise blanche, d'un pantalon blanc et d'une veste blanche, comme les jumeaux.

Betsy confirma d'un hochement de tête. « Sarah m'avait prévenue que la caméra du portail était cassée. Je ne savais pas qu'elle filmerait la Range Rover. C'est pour ça que j'ai demandé à Dennis de retourner la garer près du yacht-club. Je me suis dit que les voituriers la retrouveraient à la fin de la soirée et que les garçons croiraient que l'un d'eux avait dû la déplacer, comme ça arrivait tout le temps.

– Comment êtes-vous retournée chez vous ?

– J'ai enfermé ce pauvre Bacon dans le bureau de Richard et je suis sortie par la porte de derrière, que j'ai verrouillée avec ma clef. Ensuite, je suis rentrée à pied par la plage. J'étais en pleurs. J'ai même songé à mettre des pierres dans mes poches, comme Virginia Woolf, et à m'avancer dans l'océan. Mais mon fils avait besoin de moi. Frankie aussi.

– Il faut que nous retrouvions Dennis, dit Laurie. Ce qui est arrivé ce soir-là est peut-être un accident, mais cela ne change rien au fait que Frankie a disparu.

– Il ne lui ferait jamais de mal.

– Vous le protégez encore, Betsy. Frankie a découvert quelque chose. Il peut avoir paniqué et voulu l'arrêter. »

Betsy se mordait les lèvres, visiblement déchirée entre la loyauté envers son fils et son engagement à prendre soin de Frankie.

« Je lui téléphone », fit-elle en allant chercher son sac à main. Elle lança l'appel. « Répondeur, déclara-t-elle en secouant la tête. J'essaie Frankie. » Autre hochement de tête déçu. « Leurs portables doivent être éteints. Attendez, je vais voir si je peux les trouver.

– Comment ça ? » s'enquit Laurie.

Betsy tapait dans tous les sens sur son téléphone. « Quand Frankie est partie en Californie pour ses études, je lui ai fait promettre de partager sa localisation avec moi pour que je puisse toujours la retrouver. Même si son téléphone est éteint, je devrais pouvoir voir où elle se trouvait la dernière fois qu'elle avait du réseau. Ça y est, je l'ai. » Elle lut l'adresse à voix haute.

« Le garde-meuble que j'ai loué pour elle ! s'exclama Laurie. Ils doivent être à l'intérieur. C'est pour ça qu'ils ne captent pas. »

Laurie en était certaine, c'était Dennis qui avait envoyé tous ces textos réclamant un peu de solitude avec l'appareil de Frankie. Il pouvait très bien se trouver au garde-meuble à la recherche de preuves à détruire. Et il n'y avait aucune garantie que Frankie soit en vie. *Seigneur, protégez-la.*

Betsy était déjà sur le seuil. Laurie lui emboîta le pas et s'installa sur le siège passager.

Tandis que Betsy démarrait, Laurie appela Randy Macintosh. « J'ai besoin de votre aide. »

45

Les yeux de Frankie commençaient à s'accoutumer à l'obscurité. Elle s'était ménagé un oreiller avec la serviette de bain pour amortir l'impact des cahots sur la route, mais à présent, la voiture était à l'arrêt, moteur éteint.

Lorsqu'elle avait atterri dans le coffre, elle avait espéré que le véhicule quitterait immédiatement la plage, signe que son ravisseur avait renoncé à ramasser les perles éparpillées au milieu des graviers. Laurie aurait son message vocal, partirait à sa recherche et comprendrait que les morceaux du bijou étaient un indice laissé intentionnellement.

Mais les secondes, puis les minutes avaient passé. Quand elle avait cassé son bracelet, son kidnappeur avait émis un grognement exaspéré. Sans doute avait-il compris son importance. C'était la preuve que Betsy s'était trouvée chez les Harrington au moment des meurtres.

Betsy. La femme qui avait pris Frankie sous son aile quand elle était devenue orpheline.

Pourquoi ? Pourquoi aurait-elle fait du mal à ses parents ? « Debout ou je tire. » La personne avait tenté de déguiser sa voix. Mais Betsy ? L'attraper et la jeter dans un coffre ? Non. Impossible.

Depuis combien de temps était-elle enfermée ? Ils avaient roulé une quinzaine de minutes avant de s'arrêter. Le moteur s'était tu, la portière s'était ouverte puis refermée, mais personne n'était venu la chercher. Combien de temps cela faisait-il ? Une quinzaine de minutes de plus ?

Est-ce qu'on me cherche, au moins ?

Promenant la main autour d'elle, elle sentit un genre de filet sur le côté. Elle tira dessus. Il était extensible. Un espace de rangement.

Elle y trouva une boîte en plastique de la taille d'une cassette VHS. Elle l'ouvrit, le contenu se répandit sur elle. Elle ramassa ce qui ressemblait à un petit bout de papier. Un pansement. C'était un kit de premiers secours. Aucune utilité.

Elle se remit à fouiller dans le filet et en tira une sorte de canette ou d'aérosol. Frais au toucher. Elle sentit un bouton sur le dessus. Le pressa. Elle reconnut tout de suite l'odeur d'un spray insecticide. Elle retint sa respiration et ferma les yeux pour se protéger des émanations. Si la personne qui l'avait enlevée rouvrait le coffre, elle lui en mettrait une bonne rasade dans les yeux et prendrait ses jambes à son cou. C'était sa seule chance.

Elle replongea la main dans le filet et découvrit, cette fois, un objet en forme de tuyau. Pas un autre aérosol. C'était plus lourd. Beaucoup plus lourd. Elle appuya sur ce qui semblait être un interrupteur. Le coffre fut soudain baigné de lumière. En clignant des yeux, elle éteignit la lampe torche. Elle avait un plan.

46

En garant sa Subaru bleue devant la maison de ses beaux-parents, Simon fut surpris de ne pas voir d'autre voiture. Michelle avait emmené les enfants à Provincetown avec le monospace, et Dennis avait parlé d'aller à Chatham, mais d'après Michelle, Betsy était rentrée à Harbor Bay pour parler à Frankie. Simon avait alors décidé qu'il avait laissé suffisamment de temps à sa sœur. Il lui devait des excuses pour avoir pété les plombs avec Ethan ce matin-là.

Sous le porche, il trouva un carton ouvert et jeta un coup d'œil à l'intérieur. Il contenait les photographies que Frankie avait récupérées au garde-meuble. Et son livre d'enfant préféré était coincé entre le mur et le carton. Elle les aurait laissés dehors ?

Il glissa sa clef dans la serrure, mais la porte n'était pas verrouillée. « Il y a quelqu'un ? lança-t-il en entrant. Betsy ? Frankie ? »

La maison était plongée dans le silence.

Il monta les marches quatre à quatre. Personne à l'étage. Il descendit à la plage, espérant trouver Frankie dans sa cachette préférée, près de son « rocher à lecture », comme ils l'appelaient. Les traces sur le sable prouvaient qu'elle s'y était réfugiée peu de temps auparavant, mais elle n'était plus là.

Il venait de remonter quand une Subaru blanche, absolument identique à la sienne à l'exception de sa couleur, s'arrêta devant le porche. Ethan en descendit, suivi d'une Annabeth très enceinte.

Simon se précipita dans le jardin, à leur rencontre.

« Qu'est-ce que vous faites ici ? » demanda-t-il.

Ethan leva les yeux au ciel. « Frankie est aussi ma sœur. Elle m'a envoyé des textos. Elle n'a pas envie de parler, mais je voudrais être sûre qu'elle va bien. Elle est là ? »

Le livre. Les photos. Frankie ne les aurait jamais abandonnés là de son propre chef. « Où étais-tu passé depuis l'interview de ce matin ? »

La question désarçonna Ethan.

« Pourquoi es-tu toujours comme ça ? l'interrogea Annabeth, semblant sincèrement blessée. Il était avec moi. J'avais des contractions, il m'a emmenée chez le médecin, par précaution. »

Le ton de sa voix ramena Simon à cette soirée au Pizza Palace, quand il lui avait balancé qu'elle était un caillou dans la chaussure d'Ethan, une gêne pour sa famille. Il avait été abject. « Tout va bien ? demanda-t-il, radouci. Le bébé ?

– Oui, répondit-elle avec un signe de tête. Merci.

– Pourquoi voulais-tu savoir où on était ? » le questionna Ethan.

Simon expliqua qu'il avait trouvé les photos et le livre abandonnés devant la porte.

« Elle l'adore, ce livre, dit Ethan. Il y a quelque chose qui ne va pas. Mais puisqu'on en est là, tu étais où, toi, toute la journée ? »

Simon sentit la moutarde lui monter au nez, mais après tout, c'était lui qui avait posé la question en premier. « En rendez-vous avec un agent immobilier. Daniel et Sophie aiment tellement le coin que j'ai voulu voir ce qu'on pourrait s'offrir. Appelle le type si tu ne me crois pas. »

L'évidence s'imposait à eux. Si Frankie était en danger, ni Simon ni Ethan n'étaient responsables. Laurie Moran avait raison. Pendant toutes ces années, ils s'étaient accusés mutuellement alors que le vrai meurtrier était dans la nature.

Et maintenant, Frankie risquait d'en payer le prix.

« Est-ce qu'il faut qu'on appelle la police ? demanda Simon.

– Pour leur dire quoi ? répliqua Ethan. Qu'elle nous a demandé de la laisser tranquille, mais que son livre traîne sous le porche ? Non, on la retrouve, comme ça on arrêtera de flipper. Où est-ce qu'elle pourrait s'être réfugiée pour qu'on lui fiche la paix ? »

Simon se creusa la tête. Elle ne connaissait personne à Harbor Bay. Et ses baskets étaient dans sa chambre, donc elle n'était pas partie courir. « Le garde-meuble que lui a loué la productrice... Elle s'intéresse au contenu de l'ancienne maison.

– Tu sais où il se trouve ? » l'interrogea Ethan. Simon acquiesça d'un hochement de tête. « Allons-y. Tu viens avec nous. Je conduis, et tu m'indiques la route. »

Quels que soient les différends qui les opposaient, ils allaient devoir coopérer. Pour le bien de leur petite sœur.

47

« DENNIS EST LÀ », dit Betsy en désignant une Audi noire à l'arrière du garde-meuble. Elle prenait déjà cette direction, mais Laurie la retint.

« La police d'État nous a demandé d'attendre. » Randy Macintosh, l'assistant de la procureure, l'avait mise en relation avec l'inspectrice qui dirigerait la nouvelle enquête sur le meurtre des Harrington. Elle leur envoyait une équipe d'intervention.

« Il faut que je voie mon fils. Je peux réussir à le calmer. Il laissera Frankie partir et se rendra.

– Ou alors, comme Sarah, vous arriverez tel un chien dans un jeu de quilles et vous subirez le même sort qu'elle, dit Laurie.

– C'est ridicule. Dennis ne nous ferait jamais de mal, ni à moi ni à Frankie.

– Un coup de feu, ça peut partir tout seul, Betsy. Vous êtes bien placée pour le savoir.

– Dennis n'a même pas d'arme.

– Vous en êtes sûre ? Vous parieriez la vie de Frankie là-dessus ? »

L'argument fit mouche. Betsy gara son SUV le long de la clôture devant le garde-meuble. De leur poste d'observation, elles voyaient la voiture de Dennis, mais lui ne les remarquerait sans doute pas.

Betsy venait de couper le moteur quand la porte du box situé juste à côté de l'Audi s'ouvrit. Dennis.

Laurie sentit son cœur se serrer. Il était seul. Qu'avait-il fait de Frankie ?

Il contourna le véhicule. Elle entendit le bip d'une clef. Le coffre se déverrouilla.

Frankie avait un plan. Elle était prête à tenter le tout pour le tout quand le coffre s'ouvrirait. S'il s'ouvrait. Elle tenait le spray insecticide dans la main gauche, l'index sur la buse, et de la main droite elle agrippait fermement la lampe torche, prête à frapper.

Tout s'était passé si vite, elle avait du mal à croire à ce qui lui arrivait.

Le bip de la clef électronique déchira le silence. Quand le coffre s'ouvrit, elle se redressa d'un coup, le bras gauche tendu. *Vise les yeux.* Elle appuya sur la buse aussi fort que possible tout en se mettant debout, avant de sauter du coffre. Plié en deux, son ravisseur se frottait les yeux. Elle lâcha le spray et leva la lampe torche bien haut, s'apprêtant à frapper, quand elle s'aperçut qu'elle connaissait cette voiture. Et cette voix qui gémissait de douleur.

Dennis ?

La lampe toujours à la main, elle se mit à courir vers le portail du garde-meuble. Elle savait où se trouvait le snack. Et elle courait plus vite que Dennis.

Laurie n'en croyait pas ses yeux. La scène s'était déroulée en un éclair.

Le coffre s'était ouvert, Dennis s'était effondré, comme sous l'effet d'un coup. Frankie avait bondi du véhicule, un objet à la main, prête à frapper, mais quelque chose l'avait retenue. Puis elle s'était mise à courir.

Dennis à ses trousses.

Impossible d'attendre la police. Sans réfléchir, Laurie descendit de voiture et fit de grands signes à Frankie. Elle évita de justesse la portière qu'elle avait laissée grande ouverte quand Betsy démarra sur les chapeaux de roues, fonçant vers Dennis.

Laurie prit Frankie dans ses bras tandis que Betsy virait de bord, coupant la route à son fils.

« Oh, vous m'avez trouvée ! Je l'espérais tellement !

– Vous vous êtes bien débrouillée, Frankie. Vous êtes en sécurité maintenant. »

Au même moment, Betsy descendait de voiture. En la voyant, Dennis s'arrêta net et s'écroula dans ses bras, pleurant comme un enfant qui avait besoin, une fois de plus, de la protection de sa mère.

Les sirènes des voitures de police résonnaient au loin.

48

L'INSPECTRICE DE LA POLICE D'ÉTAT responsable de l'enquête s'appelait Jessica Foster. À son arrivée sur les lieux, Laurie lui avait communiqué tout ce qu'elle savait, pendant que des policiers recueillaient les dépositions préliminaires. Betsy et Dennis étaient profondément secoués, ils voulaient parler aux enquêteurs de ce qui était arrivé à Richard et Sarah. Bien que complètement traumatisée, Frankie fut capable de donner les terrifiants détails de son enlèvement.

Dennis et Betsy furent emmenés dans des voitures de patrouille séparées, et Laurie demanda à l'inspectrice Foster ce qui allait leur arriver.

La policière haussa les épaules. « Jusqu'ici, ils se sont montrés coopératifs. Nous verrons s'ils le restent une fois au poste. Betsy a déjà avoué avoir pris la carte mémoire, c'est de la dissimulation de preuves. À cela s'ajoutent ses fausses déclarations, notamment quand elle a prétendu avoir vu les Harrington pour la dernière fois lors de la fête. S'agissant des homicides, ce sera au bureau de la procureure de trancher lorsque nous aurons bouclé l'enquête. Mais elle et son fils affirment qu'ils essayaient de se défendre. »

Laurie avait été élevée par un flic, était mariée à un avocat au pénal devenu juge et couvrait ce genre d'affaires depuis plusieurs années. Elle savait que c'était plus compliqué que cela. « Richard avait sorti son arme parce qu'il était sur le point de livrer Dennis à la police », souligna-t-elle.

L'inspectrice Foster fronça les sourcils, réfléchissant à la question. « Il pourrait être poursuivi pour homicide concomitant à une infraction majeure, sauf qu'il n'est pas entré par effraction, puisqu'il avait la clef. Et rien ne prouve qu'il y soit allé pour autre chose qu'un canular. Je vous l'ai dit, c'est la procureure qui tranchera.

– Et pour l'enlèvement de Frankie ? » insista Laurie.

Dennis prétendait avoir paniqué en l'entendant appeler Randy Macintosh pour lui parler du bracelet. Il l'avait laissée sortir du coffre parce qu'il était revenu à la raison et avait décidé de lui révéler ce qui s'était passé la nuit des meurtres.

L'inspectrice jeta un coup d'œil dans la direction de Frankie. Par précaution, les secouristes surveillaient ses constantes pendant qu'elle récupérait, assise sur les marches d'une ambulance. Elle était hors de portée de voix.

« Pour l'instant, elle ne veut pas déposer plainte. La procureure ne peut rien prouver sans son témoignage. Mais j'ai pris sa déposition et je lui ai conseillé de ne pas prendre de décision hâtive. Avec le temps, elle pourrait changer d'avis. »

Laurie avait le sentiment que cela n'arriverait pas.

L'inspectrice Foster tira une clef de la poche de son manteau. « Betsy vous laisse sa voiture, à Frankie et à vous, pour rentrer.

– Walter a-t-il été prévenu ? demanda Laurie. Betsy jure qu'il n'était au courant de rien.

– L'assistant de la procureure, Ryan Macintosh, l'a convoqué. Il doit être en train de lui annoncer la nouvelle. »

Laurie hocha la tête. Pas de happy end ici. Betsy avait tenté de protéger Dennis, mais s'ils avaient dit la vérité à l'époque, il serait probablement déjà libre aujourd'hui, et cette histoire serait derrière eux.

Il s'était passé exactement ce que Dennis craignait quand il l'avait appelée pour essayer de lui faire lâcher l'affaire. *J'ai le sentiment qu'ouvrir cette porte sur le passé aura des conséquences dramatiques.*

En attendant que les secouristes donnent leur feu vert à Frankie, Laurie s'efforça de répondre du mieux qu'elle put aux questions de la jeune femme.

« Je n'arrive pas à le croire… pendant tout ce temps, ils savaient, dit Frankie. Alors que tout le monde accusait mes frères. »

Laurie faillit lui expliquer que Betsy comptait se dénoncer si les jumeaux avaient été mis en examen, mais ce n'était pas à elle de lui trouver des excuses. Quand Frankie se sentirait prête, elle pourrait écouter ce que Betsy avait à dire.

Une Subaru blanche apparut à l'entrée du parking. Un agent de police l'arrêta d'une main levée. Frankie se redressa en apercevant la voiture.

L'agent lança à l'inspectrice Foster : « C'est la famille. »

Laurie distingua deux visages identiques, côte à côte, à l'avant.

Frankie sauta de l'ambulance, le sourire aux lèvres.

Simon et Ethan se ruèrent hors du véhicule, passant en courant devant l'agent de police.

« On croyait t'avoir perdue ! cria Simon.

– On t'aime tant, tous les deux. Plus rien ne pourra nous séparer », sanglota Ethan, les deux frères serrant leur petite sœur contre eux.

Laurie sentit les larmes lui monter aux yeux. Tout irait bien pour les enfants Harrington.

Épilogue

DEUX MOIS PLUS TARD, Frankie chantait « Sur le pont d'Avignon » pour la énième fois avec Daniel et Sophie dans le jardin. « Les belles dames font comme ça… » N'étaient la joie extatique de sa nièce et les rires de son neveu quand il s'agissait de mimer les belles dames et les beaux messieurs, elle se serait lassée depuis belle lurette.

Elle regarda ses frères, assis côte à côte sur le banc derrière la table, Simon penché sur le téléphone d'Ethan, le sourire aux lèvres tous les deux. Depuis la résolution de l'enquête, ils se ressemblaient plus encore, comme si les différences qui s'étaient développées pendant les années qu'avait duré leur brouille se dissipaient.

Après tout ce qui s'était passé à Harbor Bay, Frankie ne savait plus quel cours donner à sa vie. Elle avait songé à quitter son stage au tribunal de New York, ce qui l'aurait obligée à différer l'obtention de son diplôme au semestre suivant. Le doyen lui avait suggéré de prendre quelques jours de réflexion. Pendant ce temps, son maître de stage avait fait en sorte qu'elle puisse télétravailler tout en menant les dernières recherches pour son mémoire depuis Boston.

Elle décrocherait ainsi son diplôme le mois suivant, en même temps que ses camarades.

Ce qu'elle avait tout de suite compris en revanche, c'est qu'elle ne pourrait plus vivre chez les Ward, du moins pas pour l'instant. Avec Dennis et Betsy reconnus coupables, Walter devrait se résoudre à accepter les conséquences des décisions qu'ils avaient prises dans son dos. Frankie et lui étaient les innocentes victimes de leurs mensonges. Vivre tous les deux sous le même toit leur aurait rappelé constamment qu'ils se retrouvaient bien malgré eux dans des camps opposés.

Sans hésiter, Simon comme Ethan l'avaient invitée à emménager chez eux. Elle passa les dix premiers jours ballottée entre leurs foyers, consciente qu'il lui faudrait trancher pour poser sa valise quelque part.

Elle penchait pour Ethan et Annabeth. Elle pourrait les aider quand le bébé serait là. Sans compter que si Michelle était la femme de Simon, et donc sa belle-sœur, elle était également la fille de Betsy et la sœur de Dennis. Encore plus que Frankie et Walter, elle était tiraillée, déchirée même, entre les deux familles. Malgré tout, pour Frankie, choisir serait revenu à faire passer l'un de ses frères avant l'autre.

Ethan suggéra qu'elle tire à pile ou face. Et le hasard décida que ce serait chez lui et Annabeth qu'elle s'installerait.

Le choix ne se révéla pas aussi catégorique que cela. À partir du moment où Simon et Ethan étaient arrivés ensemble au garde-meuble, ils furent de nouveau frères. Maintenant qu'ils connaissaient la vérité sur la mort de leurs parents, ils n'avaient plus aucune raison de se disputer. Ces deux derniers mois, ils avaient déjeuné ou dîné tous ensemble au moins une fois par semaine.

Ce soir-là, ils se trouvaient chez Simon. Quand Annabeth et Michelle arrivèrent avec une assiette de biscuits, Daniel et Sophie gagnèrent la terrasse d'un bond.

« Il y en a aux pépites de chocolat ? s'enquit Daniel.

– Moi, je voudrais des sablés », dit Sophie, sur les talons de son frère.

Tandis que Frankie les rejoignait, Michelle leur assura qu'il y avait tout ce qu'ils aimaient, et Sophie demanda à Annabeth si elle pouvait encore une fois toucher son « gros bidon ». Annabeth posa la main de la petite fille sur son ventre et Daniel s'approcha en hâte.

« Je veux voir notre bébé cousin, s'exclama-t-il.

– Bientôt », dit Annabeth.

Ce que Simon montrait à Ethan sur son portable n'était autre qu'une maison à vendre : un genre de cottage à Harbor Bay, non loin de la maison des Ward et de celle des parents d'Annabeth. Il projetait de faire une offre le lendemain.

Pour l'instant, les repas en famille ne concernaient que les Harrington et leurs moitiés. Frankie avait vu Betsy plusieurs fois pour tenter de comprendre les décisions qu'elle avait prises ce soir-là et au cours des dix années qui avaient suivi. Betsy avait même trouvé un thérapeute, dans l'espoir que Frankie l'accompagnerait. Leur premier rendez-vous était fixé à la semaine suivante. Sa relation avec Betsy pourrait-elle être sauvée ? Elle n'en avait aucune idée, mais elle ne l'exclurait pas de sa vie sans avoir au moins essayé.

Frankie jeta un coup d'œil à son téléphone. Bientôt vingt heures. « Il est temps de rentrer. C'est presque l'heure. »

Suspicion était sur le point de commencer. Cela ne pouvait pas mieux tomber. La semaine précédente, Dennis avait plaidé coupable à l'accusation d'homicide involontaire. Frankie avait décidé de ne pas porter plainte contre lui pour l'enlèvement. Cela ne lui aurait pas semblé juste. Dennis payait déjà le prix de la mort de ses parents, malgré le rôle qu'avait joué Richard dans cette funeste soirée. À l'époque des faits, Dennis avait un an de moins qu'elle-même aujourd'hui. Il n'y avait aucune raison d'ajouter à la douleur de Walter et de Michelle.

Frankie avait mis un point d'honneur à ignorer les détails de la négociation de peine de Dennis et de Betsy.

Elle savait seulement que Betsy devait effectuer une peine d'un an de travaux d'intérêt général pour obstruction à l'enquête initiale. Tout ce qui comptait désormais, c'était sa famille.

Deux heures plus tard, d'un bout à l'autre des États-Unis, les téléspectateurs connaissaient la vérité : le Duo mortel était tout sauf mortel. Il ne restait que deux jeunes hommes innocents qui non seulement avaient perdu leurs parents dix ans plus tôt, mais avaient été en proie aux soupçons de la police et du grand public. Et pour couronner le tout, pendant des années, ils avaient douté l'un de l'autre. Les sombres nuages qui s'étaient accumulés au-dessus de leur tête se dissipaient enfin.

À la fin de l'émission, alors qu'ils se laissaient aller à un tonnerre d'applaudissements, Frankie remarqua qu'Annabeth, les mains sur le ventre, ne suivait pas le mouvement. Ethan se leva du canapé où il avait pris place à côté d'elle.

« Ça y est ? C'est maintenant ? » demanda-t-il.

Annabeth fit oui de la tête, prenant de longues inspirations par la bouche.

La famille Harrington était sur le point de compter un nouveau membre.

À quelque trois cent cinquante kilomètres de là, à New York, Laurie se faisait du tracas. Ses choix de production paieraient-ils ?

Elle avait finalement décidé de se concentrer exclusivement sur les familles Harrington et Ward. Aucune raison de dévoiler au public que Peter Bennett était secrètement amoureux de Sarah. Ni que Howard Carver était un ancien toxicomane qui avait escroqué ses clients. Ou que, comme Laurie en avait eu confirmation après l'arrestation de Dennis et de Betsy, Jimmy Connolly s'était rendu chez les Harrington pour dire deux mots à Richard mais avait fait demi-tour, décidant plutôt de se fier à Ethan et Annabeth pour faire le bon choix, quels que soient les sentiments de leurs pères respectifs.

Sur l'écran, Frankie était assise entre Simon et Ethan devant un fond noir, dans les studios Fisher Blake. « Il m'a fallu dix ans pour être prête à me battre et trouver quelqu'un qui accepte de rouvrir l'enquête sur le meurtre de mes parents, disait-elle. Je savais qu'il n'y aurait pas de happy end. Mes parents sont morts, rien ne les ramènera. Mais j'avais espoir que l'on découvre que mes frères étaient innocents. Je n'aurais jamais imaginé que la vérité puisse être source de tant de souffrance pour ma deuxième famille, mais j'essaie de me concentrer sur les bonnes nouvelles. Et tous les trois, nous formons de nouveau une famille. »

Ryan regarda droit dans la caméra qui zoomait sur lui. Laurie et lui avaient dû s'y reprendre à quinze fois au moins avant de trouver une conclusion.

« Rien n'est jamais tout noir ou tout blanc, même pour les crimes les plus abjects. Nous avons appris ce soir qu'un père, un homme, un mari bien sous tous rapports en public pouvait se montrer violent et toxique en privé. Que des fils parfaits peuvent perdre pied sous la férule d'un tyran. Que le vandalisme et le chantage auxquels un lycéen perturbé s'adonne par rancœur peuvent se terminer dans un bain de sang. Ce que nous avons vu ce soir, c'est la vérité sans fard, pour le meilleur et pour le pire. Simon et Ethan Harrington ne font plus l'objet d'aucune *suspicion.* »

L'écran devint noir, puis apparut un texte en lettres blanches informant les téléspectateurs des derniers détails de l'affaire. Dennis et Betsy avaient coopéré avec la police et les procureurs. Betsy n'avait pas été mise en examen pour les homicides, mais avait plaidé coupable de falsification de preuves, ce qui lui avait valu une liberté surveillée et des travaux d'intérêt général. Dennis avait plaidé coupable d'homicide involontaire et commencé une peine de trois ans de prison.

C'était la meilleure émission qu'ils aient jamais faite. Même Brett l'avait reconnu en la visionnant en avant-première. Quand le générique commença, il fut le premier à se lever pour une standing ovation. « À la meilleure équipe de production ! lança-t-il en brandissant une flûte de champagne. Bon boulot, Ryan. »

Ryan leva son verre en direction de Laurie. « À Laurie ! Ce programme, c'est le sien, du début à la fin. »

Brett avait fait une folie : il avait loué un salon privé dans le restaurant français le plus réputé de la ville : Le Bernardin. Preuve de son influence, il avait convaincu cet établissement huppé d'y installer un écran pour la soirée. Ramon, qui jouait habituellement les chefs d'orchestre de ce genre de sauteries, avait essayé de trouver une raison de râler, mais il n'avait pas échappé à Laurie qu'il avait visiblement apprécié chacun des plats.

Tim se précipita vers elle et la serra dans ses bras. « Tu assures, maman. C'est peut-être grand-père le policier de la famille, mais la vraie Sherlock Holmes, c'est toi ! » Il avait toujours un pétillement dans le regard, comme un enfant qui connaîtrait un secret. Et ce soir, il en connaissait effectivement un. Deux semaines plus tôt, avec Alex, elle leur avait annoncé la nouvelle, à lui et à son grand-père.

Leo ébouriffa les cheveux de Tim. « À ton avis, qui lui a montré les ficelles, crapule ? dit-il. Comment va Ranger ? »

Le garçon laissa échapper un gloussement à la mention du chiot qu'il avait eu pour son onzième anniversaire. Bien sûr, il lui avait donné le nom de son équipe de hockey préférée. « Il est trop mignon. Ramon et moi, on lui a appris à donner la patte aujourd'hui. J'ai hâte de te montrer. »

Une fois Tim reparti discuter avec les autres invités, le père de Laurie la prit dans ses bras et lui déposa un baiser sur le front. « Je suis tellement fier de toi, ma puce. » Il prit une bouteille d'eau pétillante sur la table et remplit sa flûte. Pour la première fois, il avait convié la juge Russell à l'accompagner lors d'une sortie en famille. Laurie n'espérait qu'une chose : que ce ne soit qu'un début.

Elle termina de faire le tour des invités tandis que Tim, dans un coin de la pièce, répétait avec Grace et Jerry une nouvelle chorégraphie trouvée sur TikTok, parfaitement en rythme, pendant que Charlotte filmait.

Elle remarqua que Ryan semblait s'attarder à ses côtés. « Laurie, vous avez une seconde ? »

Elle lui emboîta le pas en direction du couloir, au calme. Grace les suivait des yeux. Deux semaines plus tôt, en allant retrouver Charlotte pour dîner, Laurie les avait aperçus chez Del Frisco's, un steakhouse, mais n'en avait pas soufflé mot. Si Grace avait une nouvelle à lui annoncer, elle le ferait le moment venu.

« Vous êtes contente de l'émission ? lui demanda-t-il.

– Très. C'est notre meilleure à ce jour.

– C'est encore plus difficile à annoncer que je ne l'avais imaginé, mais c'était la dernière fois que je présentais *Suspicion*. Brett ne le sait pas encore. Je tenais à ce que vous soyez la première au courant.

– Ryan, non..., dit Laurie en lui posant une main sur le bras. Nous avons eu des hauts et des bas, mais on se connaît maintenant. Nous travaillons bien ensemble, n'est-ce pas ? »

À son tour, il posa sa main sur celle de Laurie. « Absolument. Mais la télé, ce n'est pas pour moi. Je vais me présenter aux élections pour devenir procureur du district de Manhattan.

– C'est vraiment ce que vous voulez ? Ce n'est pas votre père ni votre oncle qui vous mettent la pression ? »

Il hocha la tête, l'air plus serein que jamais. « Oui, c'est ce que je veux. Je dévoilerai ma candidature la semaine prochaine.

– Eh bien ! En voilà une grande nouvelle ! Mais c'est rapide, tout de même.

– Plus rapide que je ne l'avais prévu. Toutefois, mon directeur de campagne est d'avis qu'il faut battre le fer tant qu'il est chaud. Et je vous dois des remerciements : c'est vous qui avez prouvé l'innocence de Simon et d'Ethan et c'est moi qui passe pour le héros.

– Que voulez-vous, nous sommes une équipe. Nous l'avons toujours été. Vous me donnerez de vos nouvelles, n'est-ce pas ?

– Faites-moi confiance, si tout se passe comme je le veux, vous m'aurez constamment dans les pattes. » Il jeta un regard en coin à Grace et Laurie fit ostensiblement de même.

« Vous voulez dire, quand vous serez élu procureur de district », souligna-t-elle avec un sourire malicieux.

Lorsqu'elle revint dans le salon privé, Alex l'attendait. « Que se passe-t-il ? Je vais devoir jouer les arbitres ?

– Premièrement, ai-je déjà eu besoin que tu me protèges de Ryan ?

– Non, effectivement. C'est plutôt lui qui aurait besoin de protection !

– Et deuxièmement, je vais, semble-t-il, devoir trouver un nouveau présentateur pour mon émission. Ça vous dirait de reprendre du service, votre honneur ? »

Il repoussa une mèche folle derrière l'oreille de Laurie et l'embrassa. « La petite amie de ton père serait très déçue.

– Je te mets au défi d'appeler la juge sa "petite amie" devant eux.

– Jamais de la vie. » Il passa un bras autour d'elle. « Tu as l'air heureuse, mon amour. »

Elle balaya la pièce du regard. « C'est le cas. Vraiment. Comment pourrais-je ne pas l'être ? » Un fils formidable, un mari aimant, un père qui était son héros de toujours, des collègues géniaux, sa meilleure amie et, bien sûr, Ramon, qui, plus qu'un majordome, était devenu comme un oncle pour eux.

Elle sentit le regard d'Alex et se retourna pour lui faire face. « C'est un peu dingue, mais on pourrait le leur annoncer ?

– Maintenant ?

– C'est le bon moment, non ? dit Laurie.

– En fait, je pensais la même chose », répondit-il en souriant.

La naissance était prévue six mois plus tard. Il n'y avait plus aucun risque.

Elle lui prit la main. « Notre enfant aura tellement de chance d'avoir toutes ces personnes réunies autour de lui. Sa famille. Allons-y ! »

REMERCIEMENTS

Merci à Sean Manning, ce formidable éditeur, et à toute l'équipe de *Suspicion* (autrement dit la « team Clark ») : Jonathan Karp, Tim O'Connell, Tzipora Baitch, Anne Tate Pearce et Danielle Prielipp chez Simon & Schuster ; Robert Barnett et Deneen Howell chez Williams & Connelly ; et la famille de notre bien-aimée Reine du Suspense, Mary Higgins Clark.

Merci également à vous, lecteurs et lectrices, d'avoir une fois encore rendu visite à Laurie, Alex, Leo, Tim, Grace, Jerry, Ramon, Charlotte, et même à Ryan et Brett. Bonne lecture !

De la même autrice

Aux Éditions Albin Michel

LA NUIT DU RENARD
Grand Prix de littérature policière 1980
LA CLINIQUE DU DOCTEUR H.
UN CRI DANS LA NUIT
LA MAISON DU GUET
LE DÉMON DU PASSÉ
NE PLEURE PAS, MA BELLE
DORS MA JOLIE
LE FANTÔME DE LADY MARGARET
RECHERCHE JEUNE FEMME AIMANT DANSER
NOUS N'IRONS PLUS AU BOIS
UN JOUR TU VERRAS
SOUVIENS-TOI
CE QUE VIVENT LES ROSES
DOUCE NUIT
LA MAISON DU CLAIR DE LUNE
JOYEUX NOËL, MERRY CHRISTMAS
NI VUE NI CONNUE
TU M'APPARTIENS
UNE SI LONGUE NUIT
ET NOUS NOUS REVERRONS
AVANT DE TE DIRE ADIEU
DANS LA RUE OÙ VIT CELLE QUE J'AIME
TOI QUE J'AIMAIS TANT
LE BILLET GAGNANT
UNE SECONDE CHANCE
ENTRE HIER ET DEMAIN
LA NUIT EST MON ROYAUME

RIEN NE VAUT LA DOUCEUR DU FOYER
DEUX PETITES FILLES EN BLEU
CETTE CHANSON QUE JE N'OUBLIERAI JAMAIS
LE ROMAN DE GEORGE ET MARTHA
OÙ ES-TU MAINTENANT ?
JE T'AI DONNÉ MON CŒUR
L'OMBRE DE TON SOURIRE
QUAND REVIENDRAS-TU ?
LES ANNÉES PERDUES
UNE CHANSON DOUCE
LE BLEU DE TES YEUX
LA BOÎTE À MUSIQUE
LE TEMPS DES REGRETS
NOIR COMME LA MER
DERNIÈRE DANSE
EN SECRET
MEURTRE À CAPE COD

En collaboration avec Carol Higgins Clark

TROIS JOURS AVANT NOËL
CE SOIR JE VEILLERAI SUR TOI
LE VOLEUR DE NOËL
LA CROISIÈRE DE NOËL
LE MYSTÈRE DE NOËL

Avec Alafair Burke

L'AFFAIRE CENDRILLON
LA MARIÉE ÉTAIT EN BLANC
LE PIÈGE DE LA BELLE AU BOIS DORMANT

LA REINE DU BAL
DE SI BELLES FIANÇAILLES
À LA VIE, À LA MORT
LES ENFANTS DU GUET

Composition : Nord Compo
Impression : CPI Firmin-Didot en octobre 2024
Éditions Albin Michel
22, rue Huyghens, 75014 Paris
www.albin.michel.fr
ISBN : 978-2-226-47544-2
N° d'édition : 25057/01 – N° d'impression : 181065
Dépôt légal : novembre 2024
Imprimé en France